Die Katzenlady

Melisa Schwermer

E-Mail: melisa.schwermer@gmail.com

www.melisa-schwermer.de

Cover: © Traumstoff

Korrektorat: Astrid Pfister

Verlag: Create Space Independent Publishing Platform

ISBN-13: 978-1517327286

ISBN-10: 1517327288

Für Michael. Du bist nun frei, und unsere Träume
wünschen dir Glück. (Goethe)
Und für ANAA-Katzen Deutschland. Danke für euren
großartigen Einsatz für die spanischen Straßenkatzen.

Als eine Katzenlady (crazy cat lady) wird im englischen Sprachraum eine Frau bezeichnet, die (meist Single) Menschen gegenüber als sozial inkompatibel gilt und ihr Leben stattdessen ihren Katzen widmet. Eine Extremform der Katzenlady sind die animal hoarders, hier auch als Tiermessies bekannt. Im Glauben, den Tieren etwas Gutes zu tun, erkennen diese Leute nicht, dass sie nicht in der Lage sind, den Bedürfnissen ihrer Tiere gerecht zu werden.

Das Zuhause oder auch: die Hölle

Die feinen Härchen in ihrem Nacken stellten sich auf, sobald der Schlüssel ins Schloss glitt. Sabrina atmete noch einmal tief durch, bevor sie ihn mit einem Ruck herumdrehte. Wie immer fiel ihr Blick zuerst auf die Kellertür und es war nicht nur der kalte Luftzug, der mit ihr in den Flur strömte, der sie erschaudern ließ. Sie verdrängte schnell den Gedanken an das, was sich dort unten befand, und zog die Tür hinter sich zu.

Mit dem Fuß schob sie eine umgekippte Tüte zur Seite. Ein Teil des Inhalts verteilte sich dabei über den Fußboden, eine Kellerassel rannte Schutz suchend umher und verkroch sich schließlich unter einer der anderen Tüten.

Aus dem Wohnzimmer hörte sie das Schnaufen ihrer Mutter, hin und wieder begleitet von einem rasselnden Husten. Sabrina vergrub ihre Hände in den Manteltaschen und versuchte ein weiteres Mal, den Fetzen Haut an ihrer Lippe endlich mit den Zähnen erwischen zu können, um ihn abzureißen. Es war kalt im Haus. So kalt, dass Sabrina sich manchmal schon darüber wunderte, weshalb ihr Atem hier drinnen nicht ebenfalls kondensierte. Nur das Wohnzimmer durfte geheizt werden. Dort hielt sich ihre Mutter auf und die wollte es schließlich immer schön warm haben.

Ansonsten versuchte Sabrina, das obere Stockwerk an besonders kalten Tagen wenigstens mit dem kleinen Heizlüfter aus dem Badezimmer zu erwärmen. Das trieb zwar die Stromrechnung in schwindelerregende Höhe, doch die zahlte schließlich Sabrina; ihre Mutter bekam die Rechnungen gar nicht erst zu Gesicht.

Sabrina nahm einen tiefen Atemzug durch die Nase. Der Gestank nach vergammelnden Lebensmitteln und Fäulnis stieg ihr sofort in den Kopf. Irgendwo hatte sie einmal gelesen, dass der Geruch verschwand, wenn man nur tief genug durch die Nase einatmete, doch darauf wartete sie immer noch vergeblich. Das war noch nie geschehen.

Ihr Blick fiel nun auf einen Fleck, der sich von der vergilbten Tapete abhob. Sie versuchte zu erkennen, worum es sich dabei genau handelte. Ein wenig sah es danach aus, als hätte jemand eine fette Spinne oder eines der zahlreichen anderen Ungezieferarten, die sich hier im Haus tummelten, an dieser Stelle erschlagen und die Überreste danach nicht abgewischt.

Vermutlich war es jedoch einfach nur Schimmel, der sich langsam immer mehr im Inneren des Hauses breitmachte, und begann, die Wände hochzukriechen. Wenn ihre Mutter es doch nur erlauben würde, dass sie wenigstens ab und zu mal lüftete ...

Oftmals versuchte Sabrina sich einzureden, dass das Ganze nicht so schlimm war, doch eigentlich wusste sie genau, wie man Menschen wie ihre Mutter nannte. Messies! Genau das war es, was die Nachbarn über sie sagten. Und zumindest was das Erdgeschoss betraf, hatten sie damit auch vollkommen recht. Der Müll türmte sich bereits im Flur neben der Tür, dazwischen befanden sich überall getragene

Klamotten ihrer Mutter und Stapel von Altpapier und Plastikmüll, der darauf wartete, endlich in gelbe Säcke verstaut zu werden. Und das war nur der Flur, der mittlerweile so vollgemüllt war, dass man kaum noch den PVC-Boden darunter erkennen konnte. Nicht, dass es schade um den vorigen Anblick gewesen wäre.

»Sabrina, bist du das?«, rief ihre Mutter aus dem Wohnzimmer und als sie nicht sofort eine Antwort bekam noch einmal: »Sabriiina, hörst du mich?«

Sabrina schloss die Augen und antwortete nicht. Sie wünschte sich augenblicklich wieder zurück auf die Arbeit, denn dort hatte sie wenigstens ihre Ruhe. Sie nahm stets jede Überstunde dankbar an, doch heute hatte Jens darauf bestanden, dass sie sich mal ein ruhiges Wochenende gönnen sollte. Jens, ihr Lieblingskollege, bei dem sie bereits einige Male darüber nachgedacht hatte, ob sie sich ihm nicht einfach mal anvertrauen sollte.

Bisher hatte sie sich selbst immer wieder davon abgehalten, es zu tun, denn wie sollte sie ihm erklären, dass ihre Mutter ein Messie war und sie einfach nichts dagegen unternehmen konnte? Dass sie sich ihrer Mutter nicht entgegenstellte oder die Konsequenzen zog und sich schlichtweg eine eigene Wohnung nahm? Nein, er würde bestimmt Fragen stellen, die zu beantworten sie nicht in der Lage war.

Ein Poltern aus dem Wohnzimmer zog Sabrinas Aufmerksamkeit auf sich. Mit einem Klacken sprang plötzlich die Tür auf. »Komm doch mal zu mir, ich rufe schon die ganze Zeit nach dir«, kreischte ihre Mutter, mittlerweile schon deutlich aggressiv.

»Du bist es doch, oder nicht?«

»Nein, es ist der verdammte Postbote, du dumme Kuh«, murmelte Sabrina in sich hinein.

Sie schloss die Augen und legte sich ihre kalten Finger an die Schläfen, um die aufkommende Migräne zu unterdrücken. Natürlich war sie es! Wer denn auch sonst? Gerdi hatte mit Sicherheit bereits das Hoftor, spätestens aber den Motor ihres Autos gehört und daran erkannt, dass Sabrina nach Hause kam.

Außerdem war sie die Einzige, die einen Schlüssel zu dem Haus besaß, es konnte also niemand sonst die Haustür aufschließen und einfach so in den Flur marschieren. Mal ganz davon abgesehen: Weshalb sollte sie sich die Mühe machen, ihrer Mutter zu antworten? Wenn es tatsächlich so dringend war, könnte Gerdi doch ebenso gut aufstehen und zu ihr in den Flur kommen.

»Das kann doch nicht wahr sein«, grummelte Gerdi und stöhnte theatralisch auf. »Ist die Tür vielleicht offen? Dann kann ja Hinz und Kunz einfach so ins Haus kommen. Nicht mal das kann ...« Der Rest des Gemurmels ging in dem lauten Knacken der Federkerne des Sofas unter.

Wahrscheinlich wuchtete sie sich gerade hoch, um doch in den Flur zu kommen und ihrer nichtsnutzigen Tochter eine Standpauke zu halten.

Sabrina verdrehte die Augen, bis in ihrem Kopf ein schmerzhaftes Ziehen entstand. Als sie das Gefühl nicht mehr aushielt, entspannte sie die Augenmuskulatur und rieb sich abermals mit ihren kalten Fingern über die Schläfen.

»Wusste ich es doch! Wie oft soll ich dich denn rufen, bis du endlich kommst? Muss ich jetzt schon anfangen zu betteln?«

Sabrina öffnete die Augen. Gerdi stand schnaufend im Türrahmen des Wohnzimmers. Das schlohweiße Haar stand wirr von ihrem Kopf ab und man erkannte deutlich, dass sowohl die Haare, als auch der dazugehörige Mensch seit mehr als einer Woche keine Dusche mehr gesehen hatten. Vor Anstrengung war Gerdis Gesicht rot angelaufen und sie wedelte sich mit der Hand angestrengt Luft zu.

»Ich bin doch kein D-Zug. Darf ich wenigstens noch meine Jacke ausziehen?«

»Antworte mir gefälligst nicht so patzig. Du solltest mir lieber mal ein bisschen Respekt zeigen. Hätte ich damals gewusst, wie du es mir danken wirst ... Wegen dir habe ich meinen Beruf aufgegeben und das Hausmütterchen gespielt. Ist da ein bisschen Dankbarkeit etwa zu viel verlangt?«

Sabrina unterdrückte ein Lachen. Dankbarkeit! Als hätte ihre Mutter je wirklich etwas für sie geopfert. Vermutlich hatte sie sich damals nur für Sabrinas Vater entschieden, weil sie genau gewusst hatte, dass dieser in der Lage war, eine Familie alleine zu versorgen und sie deshalb zu Hause bleiben konnte. Um ihr Kind hatte sie sich allerdings nie wirklich gekümmert. Sabrina erinnerte sich nicht einmal mehr daran, wann sie es aufgegeben hatte, um die Anerkennung und die Aufmerksamkeit ihrer Mutter zu kämpfen. Heute fragte sie sich häufig, weshalb sie überhaupt jemals Wert darauf gelegt hatte.

Noch immer stand Gerdi an den Türrahmen gelehnt da und starrte Sabrina mit zusammengekniffenen Augen an. Demonstrativ starrte Sabrina zurück, während sie stocksteif an ihrem Platz verharrte.

»Du kommst gleich zu mir, oder?«

»Je mehr du mich jetzt aufhältst, desto länger dauert es«, Mit Mühe verkniff sich Sabrina ein hämisches Grinsen.

Gerdi kapitulierte, drehte sich hinkend um und schlurfte wieder zurück zum Sofa. Die Tür ließ sie offen, nur für den Fall, dass Sabrina vergaß, was sie als Nächstes zu tun hatte.

Sabrina entledigte sich erst einmal ihrer Jacke und warf diese wütend in Richtung Kommode; der einzige Gegenstand im Flur, der nicht vor Dreck nur so strotzte. Beim Landen streifte der Ärmel den Speer einer Soldatenstatue und brachte diese gefährlich ins Wanken. Sabrina stürzte los, um zu verhindern, dass sie von der Kommode fiel. Zum Glück war sie auf einem schweren Marmorsockel befestigt und so schaffte es Sabrina noch rechtzeitig, das Schlimmste zu verhindern. Der reitende Soldat aus Zinn war die Lieblingsfigur ihres Vaters gewesen und nur mit Mühe hatte Sabrina ihre Mutter davon abhalten können, sie nach seinem Tod mit all den anderen Wertsachen zu versetzen.

Nachdem sie ihre Tasche auf dem Mantel abgestellt hatte, strich Sabrina der Figur entschuldigend über den Kopf, denn sie könnte es sich nie verzeihen, wenn dem Andenken etwas zustoßen würde.

Auf dem Weg ins Wohnzimmer musste Sabrina erst einmal einigen Müllbergen ausweichen, die sich teilweise kniehoch vor ihr auftürmten. An einer Stelle blieb sie sogar mit dem Schuh am Boden kleben, aber sie versuchte den Gedanken daran, was es wohl Widerwärtiges war, das sich gerade unter ihrer Schuhsohle ausbreitete, zu verdrängen. Einen Moment lang überlegte sie, ob sie nicht einige der Tüten nach draußen bringen sollte, allerdings war die Mülltonne bereits ziemlich voll und schon die Vorstellung alleine überforderte sie. Wo sollte sie denn bitteschön anfangen ... welchen Müllhaufen sollte sie zuerst beseitigen?

Im Wohnzimmer angekommen, schlug Sabrina augenblicklich der Geruch von Fäkalien entgegen. Offensichtlich war Gerdi mal wieder zu faul für den Gang ins Badezimmer gewesen und hatte stattdessen einfach den Toilettenrollstuhl benutzt. Eigentlich war dieser nur für äußerste Notfälle gedacht, doch für Gerdi war anscheinend jedes Bedürfnis ein dringendes und somit war der Stuhl schon seit einiger Zeit zu ihrem mobilen Klo geworden.

Gerdi hatte mittlerweile wieder ihren angestammten Platz auf der Couch eingenommen. Durch die Dauerbelastung hatte sich bereits eine tiefe Kuhle unter ihrem Hintern gebildet. Sie kratzte sich gerade ausgiebig am Hinterkopf, wobei ihr Oberarm, der in einem vergilbten Schlafanzugoberteil steckte, exzessiv hin und herschwabbelte. Auch auf ihrem Bauch entstanden Wellen, die den gewaltigen Busen ebenfalls zum Wogen brachten.

»Na das hat aber lange gedauert«, sagte sie vollkommen außer Atem. Das Kratzen hatte sie anscheinend enorm angestrengt.

»Wir müssen gleich duschen, meine Kopfhaut bringt mich noch um.«

»Aha«, entgegnete Sabrina nur und wünschte sich, diese Information nicht bekommen zu haben. »Können wir das vielleicht auch morgen machen? Ich würde gerne wenigstens mal ein bisschen Freizeit nach der Arbeit haben.«

Gerdi beugte sich nach vorne und prustete Sabrina ihren alkoholgeschwängerten Atem entgegen. »Wie kann man nur so egoistisch sein? Von mir hast du das bestimmt nicht«, sagte sie empört und wedelte ihren Finger aufgeregt in Sabrinas Richtung durch die Luft.

»Auf keinen Fall«, erwiderte Sabrina ironisch und lächelte. »Ich bin doch ganz der Papa.« Jedenfalls hoffte sie das, denn zu ihrem Leidwesen musste sie feststellen, dass sie äußerlich ihrer Mutter langsam immer ähnlicher wurde. Obwohl sie erst im letzten Jahr die Dreißig überschritten hatte, schimmerten bereits die ersten grauen Strähnen in ihren dunklen Locken. Ihre Augen waren eingefallen und von geschwollenen Tränensäcken gezeichnet. Was allerdings auch kein großes Wunder war, denn sie wusste nicht, wann sie das letzte Mal eine ganze Nacht durchgeschlafen hatte. Als Folge zeichneten sich bereits die ersten Falten um ihre müden Augen ab und die tiefen Furchen an ihren Mundwinkeln verliehen ihr das Aussehen einer grimmigen Bulldogge.

»Sabrina!« Gerdi schnipste mit den Fingern vor Sabrinas Gesicht herum. »Die Terrasse.« Sie deutete mit dem Kopf auf die Tür zum Garten.

Sabrina wusste genau, was das zu bedeuten hatte und sie sträubte sich innerlich gegen das, was sie nun erwartete. Denn das war bei Weitem schlimmer als alles, was sie innerhalb des Hauses durchleben musste.

Leben und leben lassen

Zögernd öffnete Sabrina die Tür zur Terrasse. Etliche Fruchtfliegen, die einen Weg in die Freiheit gesucht hatten, stoben nun plötzlich auseinander und verteilten sich aufgeregt im Wohnzimmer. Vermutlich würden sie bis zu ihrem Tod in diesem Horrorhaus gefangen bleiben. Sabrina seufzte schwer. Dann gab sie sich einen Ruck und trat ins Freie. Jedes Mal kostete es sie eine enorme Überwindung, denn ihr Gewissen tat ihr nicht den Gefallen, sich an diese Prozedur zu gewöhnen.

Der Gedanke daran, was die Tiere durchleiden mussten, schmerzte sie beinahe so sehr, als würde sie all diese Grausamkeiten selbst über sich ergehen lassen müssen. Und irgendwie musste sie es ja auch, wenn auch nur indirekt.

Das leise Wimmern der Katze ließ sie aufschrecken. Natürlich war Gerdi wieder eine in die Falle gegangen. Bei diesem Wetter gehörte allerdings nicht viel Glück dazu, denn die kleinen Streuner waren ständig auf der Suche nach Schutz vor dem Regen oder etwas zum Fressen und landeten dann früher oder später alle auf der Terrasse und somit in der Lebendfalle, die als Köder ein ganz exquisites Dosenfutter für sie bereithielt.

Sabrina beugte sich zu der Falle hinunter und blickte nun in zwei angsterfüllte Augen. Die Katze war unglaublich winzig und hatte sich panisch in die hinterste Ecke des

Käfigs verzogen, wo sie ängstlich ihr zerzaustes Fell aufplusterte. Als Sabrina näherkam, fauchte das Tier wütend in ihre Richtung und schlug mit der Tatze nach ihr. Sabrina verlangsamte ihre Schritte und versuchte ruhig zu atmen. Mittlerweile hatte sie zwangsläufig schon einige Erfahrungen gesammelt. Sie wollte unter allen Umständen verhindern, dass das Tier sich verletzte.

Um die Katze möglichst unfallfrei aus der Falle befreien zu können, musste sie Ruhe ausstrahlen und versuchen, hektische Bewegungen zu vermeiden. Wie in Zeitlupe verlagerte sie ihr Gewicht auf die Steinplatte vor ihr, die schon lange nicht mehr fest im Fundament saß und dumpf klackte, wenn man sie belastete. Die Katze drehte sich einmal um die eigene Achse und fauchte weiterhin wütend vor sich hin.

»Pssst, ganz ruhig«, flüsterte Sabrina und ließ sich vorsichtig auf die Knie sinken. Mit einem kurzen Schulterblick überprüfte sie, ob sie von Gerdi beobachtet wurde. Aber am Fenster war niemand zu sehen. Mit ein bisschen Glück würde sie die Katze vielleicht unversehrt in die Freiheit entlassen können. Das Tier hackte mit der Pfote durch die engen Maschen des Drahtgeflechts und verfehlte Sabrinas Hand nur um Haaresbreite, als diese vorsichtig den Käfig anhob. Behutsam löste Sabrina den Verschluss der Klappe und drehte die Öffnung dann in Richtung Treppe.

Mit einem Satz sprang die Katze aus ihrem Gefängnis nach vorne, als Sabrina mit dem Finger durch die hinteren Maschen stach. Dann entdeckte das Tier plötzlich die offene Käfigtür, flitzte auf die Terrasse, orientierte sich kurz und nahm dann den schnellsten Weg in den Garten hinein.

Ein letztes Rascheln ertönte, und dann war sie auch schon im Gebüsch verschwunden.

»Verschwinde von hier und erzähl all deinen Katzenfreunden, was sie hier erwartet«, murmelte Sabrina und atmete erleichtert auf.

Noch heute verfolgten sie die Schreie der ersten Katze, die sie Gerdi mithilfe der Falle ins Haus gebracht hatte. Sie wachte regelmäßig aus Albträumen auf, in denen Horden von Katzen sie vorwurfsvoll aus leeren Augenhöhlen anstarrten. Mit blutigen Lefzen krochen sie auf sie zu, um die Qualen ihrer Freunde zu rächen. Sabrina hatte doch damals nicht ahnen können, was ihre Mutter mit der Katze vorhatte.

Sie hatte doch nicht gewusst, dass diese das Tier einfach an den Hinterläufen packen und mit ihrem stumpfen Küchenbeil köpfen würde. Im Krieg hätten sich die Leute auch nicht so angestellt, da hatte es regelmäßig *Dachhase* gegeben, hatte lapidar gesagt und so ihre Skrupellosigkeit erklärt.

Dass sie weit davon entfernt war, im Krieg aufgewachsen zu sein und die Praxis des Katzenbratens deshalb maximal aus den Erzählungen ihrer Mutter kennen konnte, schien sie dabei nicht sonderlich zu interessieren. Ihrer Meinung nach tat sie den Tieren und der Umwelt sogar gleichermaßen noch etwas Gutes, indem sie die Katzen, die kein Zuhause hatten, von ihrem *armseligen Dasein* erlöste.

Sollte es allerdings tatsächlich so etwas wie das Jüngste Gericht geben, dann würde sie bestimmt dafür in die Hölle kommen, dass sie ihre Mutter nicht aufgehalten hatte, davon war Sabrina überzeugt. Gemeinsam mit ihrer Mutter würde sie dann im ewigen Feuer schmoren. Die Höchststrafe für die Ewigkeit.

Seit diesem Erlebnis damals war Sabrina darum bemüht, jedes gefangene Tier – so gut es ging – zurück in die Freiheit zu entlassen. Meist gelang es ihr auch. Nur selten geschah es, dass sich die Tiere in ihrer Panik so schwer verletzten, dass sie es kaum von der Terrasse schafften. Diese Katzen erlöste Sabrina dann selbst von ihrer Qual, bevor sie die kleinen Wesen dem ungeschärften Küchenbeil ihrer Mutter auslieferte. So konnte sie ihnen wenigstens den schlimmsten Schmerz ersparen.

Den Rest inklusive des Verzehrs überließ sie ausschließlich ihrer Mutter. Nicht im Traum würde ihr einfallen, jemals ein Stück Katzenfleisch in den Mund zu nehmen. Im Gegenteil, seit ihre Mutter die Sparmaßnahme *Streunerbraten* eingeführt hatte, war Sabrina der Appetit auf sämtliche Tierarten komplett vergangen.

Sie war mittlerweile überzeugte Vegetarierin geworden und bemühte sich manchmal sogar, vegan zu essen. Das Internet bot eine Vielzahl an Informationen zu diesem Thema und die Abende, die Sabrina alleine in ihrem Zimmer verbrachte und hoffte, dass ihre Mutter sie nicht weiter belästigen würde, nutzte sie dazu, sich in dieser Hinsicht schlauzumachen.

Da sie nicht viel Geld verdiente und Gerdi ihre Witwenrente in der Regel schon Mitte des Monats versoffen hatte, standen allerdings meist Spaghetti mit Tomatensoße oder Toastbrot mit Margarine auf Sabrinas Speiseplan. Nicht gerade gesund, was auch gut an ihrer Figur zu erkennen war. Denn seit dem Tod ihres Vaters hatte sie sich quasi verdoppelt. Und sie war schon früher nicht gerade eine zarte Elfe gewesen ...

»Und haben wir Glück gehabt?«, fragte Gerdi neugierig, die mittlerweile in der Balkontür stand. Sabrina lief ein kalter Schauer über den Rücken. Hoffentlich hatte ihre Mutter nicht mitbekommen, wie sie die Katze freigelassen hatte.

»Nein, leider nicht. Die Tür stand offen, sie muss also irgendwie entkommen sein«, sagte Sabrina, bemühte sich um eine betroffene Miene und stand auf.

»Das darf doch nicht wahr sein«, jammerte Gerdi. »Dabei habe ich doch so schrecklichen Hunger auf ein gutes Stück Fleisch. Nur von Kartoffeln allein kann doch niemand leben, das sieht man ja daran, wie ungesund du aussiehst. Und das in deinem Alter ...«

»Mir geht es bestens«, entgegnete Sabrina und versuchte, sich an ihrer Mutter vorbei ins Wohnzimmer zu drängen. Gerdi bewegte sich allerdings kein Stück zur Seite. »Wir sollten hier zumachen, sonst kühlt es noch aus.«

»Du musst endlich eine neue Falle besorgen«, motzte Gerdi und zog eine Schnute. »Kann ja wohl nicht angehen, dass diese Viecher ständig entkommen. Es ist ja nicht so, als wären sie besonders schlau.«

Vermutlich immer noch schlauer als du, konterte Sabrina in Gedanken. Allerdings würde sie sich hüten, jemals so eine Antwort laut auszusprechen.

Gerdis Mundwinkel zogen sich nach oben, als ihr eine

Idee kam. »Morgen nach der Arbeit kannst du mir eine mitbringen, oder nicht? Bei dem Wetter dauert es bestimmt nicht lange, bis wir endlich wieder eine gefangen haben.«

Am liebsten hätte Sabrina ihre Mutter angeschrien. *Wir, von wegen wir!* Gerdi ganz allein war für diese Gräueltaten verantwortlich, sie hatte damit gar nichts zu tun.

»Gerdi, es ist Wochenende. Morgen habe ich frei.« Sabrina ignorierte den jammernden Unterton in der Stimme ihrer Mutter.

Gerdi nickte aufgeregt. »Das ist ja noch viel besser, denn dann kannst du das ganz in Ruhe erledigen und eine anständige Falle aussuchen. Nicht wieder so ein Billigteil. Immer sparst du an den falschen Stellen.«

»Wenn du nicht immer so viel Fusel von deinem Geld kaufen würdest, könntest du dich vielleicht auch mal ...« Weiter kam sie nicht, denn eine leere Flasche Wodka flog plötzlich nur wenige Zentimeter an ihrem Kopf vorbei. Für ihren hohen Alkohol-Pegel war Gerdi noch außerordentlich zielsicher.

»Es geht dich einen Scheiß an, wofür ich mein Geld auf den Kopf haue. Dafür habe ich deinem Vater immerhin jahrelang den Rücken freigehalten. Während er sich auf die Arbeit verpisst hat, habe ich mich hier zu Hause um dich gekümmert.«

»Mach dir keine Gedanken, ich haue bereits meinen letzten Cent für dich auf den Kopf. Was interessiert es dich, ob ich die Rechnungen für das Haus bezahlen kann oder nicht. Ich frage mich nur, wie du dein Essen kochen willst, wenn sie uns erst mal den Strom abgestellt haben.«

Sabrina hatte genug von den haltlosen Vorwürfen ihrer Mutter.

»Immerzu musst du diskutieren. Ich bitte dich um eine Kleinigkeit und du machst sofort ein Riesending daraus. Als würde es dich umbringen, mal eben für deine Mutter zum Baumarkt zu fahren. Was glaubst du, wie oft ich schon für dich irgendwohin gefahren bin?«

Gerdis Mundwinkel zitterten und wenn Sabrina ihre Mutter nicht besser gekannt hätte, würde sie jetzt vielleicht ein schlechtes Gewissen bekommen. Dieser Auftritt war wirklich oscarreif.

Warum hatte Sabrina am Todestag ihres Vaters in einem Anflug von Sentimentalität Gerdi bloß versprochen, sie nicht alleine in diesem Haus leben zu lassen? Seit diesem Tag befand sich Sabrinas Leben auf einer stetigen Abwärtskurve. Gerdis Trinkerei hatte sich seitdem exponentiell gesteigert, sie hatte den Haushalt komplett schleifen lassen und Sabrina augenblicklich jegliche Aufgaben übertragen.

Doch irgendwann hatte auch sie den Versuch aufgegeben, Ordnung in ihr gemeinsames Leben zu bringen. Ihre Überforderung hatte dazu geführt, dass das gesamte untere Stockwerk mittlerweile einer Müllhalde glich. Was sie letztendlich noch mehr überforderte.

Manchmal, wenn Sabrina abends in ihrem Bett lag und dem Schnarchen ihrer Mutter lauschte, das aus dem unteren Stockwerk nach oben drang, wünschte sie sich, dass ein Feuer ausbrach, welches das gesamte Haus mitsamt ihrer Mutter den Erdboden gleichmachte. Es gab sogar

Situationen, in denen sie sich vorstellte, das Ganze selbst zu erledigen. Sie musste nur herausfinden, wie man belastende Beweise vernichtete ...

Für's Leben lernt man, nicht für die Uni

Kerstin wischte nervös an dem Soßenfleck auf ihrer Bluse herum. Sie hatte sich extra schick gemacht für das Vorstellungsgespräch und jetzt das. Ein auffälliger roter Fleck zierte ihre hellblaue Baumwollbluse. Dieses Malheur war das perfekte Sinnbild für das vergangene Jahr. Dabei hatte sie sich alles so schön vorgestellt.

Studieren, the next big step. Wissen anhäufen, einen Status erreichen, den nicht jeder hat. Dazu kam noch das Studentenleben. Freiheit, unendlich lange schlafen, viele interessante Begegnungen auf den Studentenpartys und spannende Diskussionen mit gebildeten Menschen. Genau davon hatte sie immer schon geträumt. Während ihrer stinklangweiligen Lehre hatte sie es kaum erwarten können, endlich die Immatrikulationsbescheinigung in den Händen zu halten. Der Gedanke daran hatte ihr geholfen, die ewig lästernden Bürotanten mit ihren ständigen Gerüchten über Affären zwischen Chef und Chefsekretärin ausblenden zu können.

Aber irgendwie war dann doch alles anders gekommen. Ihr größtes Problem war zwar mittlerweile nicht mehr, ob sie schon die fünf Euro in die Geburtstagskasse für Kolleginnen, die sie eh nicht leiden konnte, eingezahlt hatte, sondern viel mehr plagte sie sich gerade mit der Tatsache herum, dass ihre Wunschvorstellungen und die Realität eines Studiums so weit auseinanderklafften.

Freizeit hatte sie nur noch selten, denn die meiste Zeit verbrachte sie damit, die Bibliothek aufzusuchen, um Hausarbeiten zu schreiben oder Referate vorzubereiten. Kontakte hatte sie bisher noch gar keine geknüpft. Das lag in erster Linie vor allem daran, dass die meisten ihrer Kommilitonen gerade erst aus der Schule gekommen waren oder maximal ein Jahr im Ausland verbracht hatten, sie also im Schnitt drei Jahre älter als der gesamte Rest war.

Dazu kam noch, dass sie die meisten Einladungen zu Partys ausschlagen musste, weil sie am Abend noch den letzten Bus nach Hause erwischen musste. Denn sie konnte sich keine Wohnung in der Stadt leisten, jedenfalls nicht ohne einen Nebenjob. Nicht selten fragte sie sich, wie es sich wohl anfühlen mochte, Eltern zu haben, die einem alles finanzierten.

Deswegen musste sie sich nun auch dringend auf den Weg machen, wenn sie nicht zu spät kommen wollte. Der Job war wichtig für sie. Neben dem mickrigen BAföG, auf dessen Genehmigung sie noch immer wartete, war er bitter notwendig, damit sie sich eine eigene Wohnung leisten konnte. Es war ein Nebenjob im Supermarkt an der Stadtkirche. Nicht gerade ein prestigeträchtiger Arbeitsplatz, aber das war ihr momentan vollkommen egal. Sie wollte eine Wohnung in der Stadt und deshalb brauchte sie eine Arbeit in der Stadt. Und bei dem Supermarkt standen ihre Chancen bestimmt gut. Sie hatte eine Ausbildung im Groß- und Einzelhandel, war bereit, an den Wochenenden zu arbeiten und sich nicht zu fein, auch bei körperlichen Arbeiten wie dem Regaleinräumen kräftig anzupacken.

Im Schaufenster des Nagelstudios neben dem

Supermarkt überprüfte sie noch ein letztes Mal, ob sie den Fleck ordentlich unter ihrem Schal verborgen hatte, und ordnete ihren vom Wind zerzausten Bob.

Die pfeifenden Obdachlosen, die auf den Begrenzungen der Grünanlagen hockten und ihre Bemühungen begeistert kommentierten, ignorierte sie ebenso wie das lautstark streitende Pärchen, das soeben den Supermarkt verlassen hatte. Zuversichtlich stolzierte sie durch die automatische Schiebetür in den Laden hinein. Ihre Absätze klackten auf den PVC-Fliesen, als sie den Markt betrat.

Die Inneneinrichtung passte exakt zu dem Publikum, das davor herumlungerte. Der Boden war alt und fleckig, die Auslage der Gemüsetheke wirkte nicht gerade frisch und die Metallregale schienen Überbleibsel aus den Achtzigern zu sein. Die Damen, die an der Kasse arbeiteten, sahen weder besonders gepflegt noch außerordentlich freundlich aus.

Dieser Eindruck bestätigte sich auch, als Kerstin höflich nach dem Marktleiter fragte. Sie wurde wie ein Störenfried behandelt, obwohl sich in diesem Moment gar kein Kunde an der Kasse befand. Eine der Damen machte daraufhin mit einem Gesicht, als hätte Kerstin von ihr verlangt, sich die Haare grün zu färben, die Durchsage. Immerhin wirkte der Marktleiter ein wenig frischer als der Rest der Einrichtung. Freundlich lächelnd trat er auf sie zu und schüttelte ihr die Hand.

»Guten Tag Frau Seitz. Schön, dass Sie es so spontan einrichten konnten, hier vorbeizuschauen.“

Er entblößte seine Zähne, die davon zeugten, wie lange sein letzter Zahnarztbesuch her sein musste. Sabrina schüttelte es innerlich.

„Mein Name ist Ebert. Kommen Sie doch mit in mein Büro«, plapperte er weiter und verschwand zwischen den Regalen.

Kerstin bemühte sich, ihm quer durch den Verkaufsraum zu folgen. Hinter einer Feuerschutztür befand sich anscheinend der Personalbereich, der aus einer Art Umkleide mit Metallschränken, einem winzigen Aufenthaltsraum, Toiletten und dem besagten Büro bestand. Der Raum war noch winziger als die übrigen und wirkte noch gedrungener, da sich ein riesiger Tresor an der linken Wand befand. Auf der gegenüberliegenden Seite stand ein Schreibtisch mit zwei Stühlen, von denen Herr Ebert ihr nun einen anbot.

Nur mit Widerwillen hockte sich Kerstin möglichst weit vorne auf die Kante des Stuhls. Wie der Rest des Ladens wirkte auch dieser nicht sonderlich hygienisch. Das Holz war seltsam klebrig, und nachdem sie es kurz angefasst hatte, klebten auch ihre Fingerspitzen aneinander, wenn sie sich berührten. Sie wischte sich die Hand unauffällig am Hosenbein ab und hoffte, dass Herr Ebert es nicht mitbekam.

Der war jedoch eifrig damit beschäftigt, ihr in den Ausschnitt zu starren. Eigentlich tat er nichts andres, seit sie den Raum betreten hatten. Kerstin räusperte sich und platzierte den Schal statt auf dem Fleck nun lieber auf ihrem Dekolleté. Es wirkte anscheinend, denn er schaute nun endlich nach oben in ihr Gesicht.

»Und Sie wollen also bei uns arbeiten? Dann erzählen Sie doch mal etwas über sich«, sagte er, als ob er nicht schon längst alles wüsste. Entweder hatte ihr Busen ihn schrecklich abgelenkt oder er war nicht sonderlich geübt in Vorstellungsgesprächen.

Kerstin ratterte ihre zurechtgelegte Antwort herunter, während Herr Ebert ihr nur bedingt zuzuhören schien. Vermutlich ärgerte er sich über den Schal, der ihm nun die gute Aussicht versperrte.

»Haben Sie denn schon Erfahrung?«, fragte er schließlich doch sehr doppeldeutig und grinste dabei anzüglich. Dann lachte er laut und fügte hinzu: »Natürlich meine ich damit im Kassenbereich.«

»Selbstverständlich.« Kerstin lächelte gequält.

Wenn sie geahnt hätte, was für ein schmieriger Typ der Marktleiter war, wäre ihr Outfit für diesen Termin weitaus biederer ausgefallen. Aber jetzt musste sie da durch und lenkte das Gespräch deshalb auf ihre Ausbildung. Vielleicht würde das den Marktleiter ja dazu animieren, sich an die geschäftliche Ebene zu halten.

Nach quälenden weiteren zehn Minuten hatte sie es endlich überstanden und Herr Ebert entließ sie aus dem winzigen Büro. Gerade rechtzeitig, denn Kerstin hatte sich zunehmend unwohler dort gefühlt. Erst jetzt, als sie wieder vor dem Laden stand, wurde ihr bewusst, wie stickig die Luft in dem kleinen Raum gewesen war. Ihr Magen rebellierte und sie atmete einmal tief durch, um sich zu beruhigen.

Sie durchwühlte ihre Tasche auf der Suche nach einer Flasche Wasser, die sie ursprünglich für die Uni eingepackt hatte, fand sie und leerte den Rest darin mit einem langen Zug.

Möglicherweise sollte sie es doch in Betracht ziehen, sich von ihrer Oma Geld zu borgen, das sie ihr zurückzahlte, wenn sie einen anständigen Nebenjob gefunden hatte. Wenn sie erst einmal in der Stadt wohnte, hätte sie auch viel mehr Ruhe, um sich umzuschauen und müsste nicht bei dem erstbesten Supermarkt zusagen, vor dem es nur so von Obdachlosen und dubiosen Gestalten wimmelte.

Sie schaute sich um und entdeckte vor dem Nagelstudio einen jungen Kerl in dem Kittel des Supermarktes. Er lehnte an dem Schaufenster und rauchte gerade eine Zigarette. Kerstin fischte sich ebenfalls eine aus der Schachtel in ihrer Tasche und stellte sich kurzerhand neben ihn.

»Hast du mal Feuer?«, fragte sie.

Er nickte und versuchte mit dem Zeigefinger das Feuerzeug aus der Hosentasche seiner viel zu engen Röhrenjeans zu holen. Amüsiert sah Kerstin ihm beim Scheitern dieses Unterfangens zu, bis er es schließlich doch noch erwischte. Grinsend streckte er seine Hand aus und präsentierte ihr das Feuerzeug als wäre es ein ganz besonderer Schatz.

»Danke dir«, sagte sie und zündete sich ihre Zigarette an. »Arbeitest du auch hier? Ich durfte mich gerade für den vierhundert Euro Job vorstellen.«

»Ach, das ist ja cool. Bist du auch Studentin?«

»Ja, richtig. Zweites Semester soziale Arbeit an der FH. Und du?«

»Bio. An der Uni. Wobei ich mich frage, warum zur Hölle ich mich dafür entschieden habe.«

Kerstin lachte. »Geht mir ähnlich. Aber wofür all die Qualen gut waren, wissen wir wahrscheinlich erst am Ende, was meinst du?«

Er nickte und musterte sie neugierig. »Da magst du wohl recht haben. Ich drücke dir auf jeden Fall die Daumen, dass das mit dem Job was wird.« Er hielt ihr erneut die Hand hin. »Ich bin Robin. Und ich brauche dringend nette Kolleginnen. Vielleicht sollte ich mal ein gutes Wort für dich einlegen.«

»Kerstin«, antwortete sie und strahlte ihn an. »Das wäre wirklich super von dir. Der Job ist verdammt wichtig für mich, weil ich gerne eine Wohnung in der Stadt haben würde, um mir die Fahrerei sparen zu können.«

»Oh«, meinte er und setzte einen mitleidigen Blick auf.

»Was ist?«

»Hast du dich schon nach Wohnungen oder Zimmern umgeschaut?«

Kerstin trat die zur Hälfte gerauchte Zigarette auf dem Boden aus und winkte ab. »Eine WG ist nicht unbedingt das, was ich suche. Eine kleine Wohnung wäre mir da lieber ...«

»Haha«, sagte Robin und stupste sie leicht an die Schulter. »Das kannst du dir gleich wieder abschminken. Du wirst dich schnell an den Gedanken gewöhnen müssen, dass du alles nehmen musst, was dir gerade so angeboten wird.«

»Ist es wirklich so schlimm?« Kerstin hatte bereits davon gehört, dass der Wohnungsmarkt dank der vielen

Studenten in der Stadt vollkommen überlaufen war. Doch sie hatte die Schauergeschichten von Übernachtungen im Geldautomatenbereich der Bank als reine Übertreibungen von Kommilitonen abgetan.

»Sogar noch viel schlimmer. Oft durchläuft man hier regelrechte Castings alá *Wer wird der neue Supermitbewohner*. Da geht es dann darum, wer der geselligste Typ ist, aber nicht ständig Partys schmeißen will, wer am besten putzen kann und gleichzeitig eine Spülmaschine hat, die er mitbringen kann und vielleicht sogar noch einen Trockner.«

»Na immerhin damit kann ich punkten, denn ich besitze beides«, sagte Kerstin hoffnungsvoll. Gut, dass sie damals gleich ihr Interesse an den Elektrogeräten ihrer Oma angemeldet hatte, als diese in ein Pflegeheim gekommen war. Jetzt warteten die Teile im Keller ihrer Eltern darauf, endlich wieder zum Einsatz zu kommen. »Vielleicht gibt es ja auch etwas im Wohnheim für mich. Ich habe mich da bereits für ein Einzimmerappartement auf die Warteliste setzen lassen.«

»Sorry, aber vergiss es. Da bekommst du frühestens ein Zimmer, wenn du dein Abschlusszeugnis in der Hand hältst. Dort geht alles unter der Hand weg. Wenn du nicht jemanden kennst, der jemanden kennt, der auszieht ... Du verstehst, was ich meine?«

»Ganz rosige Aussichten also«, sagte Kerstin ernüchtert. Vielleicht hätte sie sich doch erst eine Wohnung und dann einen Job suchen sollen.

Sie verabschiedete sich und machte sich auf den Weg in Richtung Bibliothek, weil sie noch dringend ein Referat vorbereiten musste. Vorher tauschte sie noch Telefonnummern mit Robin aus, der versprach, sich zu melden, sobald er etwas von einer Wohnung oder dem Job hörte.

Das Fenster zur Welt

Das monotone Klopfen der Regentropfen an der Fensterscheibe sorgte dafür, dass Sabrina an ihrem freien Samstag viel zu früh aufwachte. Ihr Blick wanderte nach draußen zu dem wolkenverhangenen Himmel. Es würde wohl den ganzen Tag regnen. Und das war ganz und gar nicht gut.

Denn bei so einem Wetter suchten viele der freilaufenden Katzen und Streuner einen trockenen Unterschlupf und fanden diesen dann auf der Terrasse des Hauses. Immerhin lockte dort frisches Nassfutter oder manchmal sogar rohes Hackfleisch. Je nachdem, ob Gerdi es geschafft hatte, sich mit ihrem Rollator zu dem kleinen Supermarkt zwei Straßen weiter zu schleppen oder ob sie auf den Dosenvorrat im Wohnzimmerschrank zurückgriff.

Wenigstens musste ihre Mutter warten, bis sie die neue Falle besorgt hatte. Oder besser gesagt vorgab, dies getan zu haben, denn sie hatte nicht vor, tatsächlich Geld dafür auszugeben.

Sabrina wälzte sich auf die Seite und streckte sich. Dabei berührten ihre Füße die Heizung und das Bett knarzte besorgniserregend. Kein Wunder, denn das Einzige, was sie in den fünfzehn Jahren, die sie dieses schon Bett besaß, erneuert hatte, war der Lattenrost. Der Rest bestand noch immer aus den mit Buchendekor beklebten Pressspanplatten der Reihe Leonie des örtlichen Billigmöbelhauses.

Eigentlich nichts, was für die Ewigkeit gedacht war und

schon damals, als sie es zu ihrem sechzehnten Geburtstag von ihrem Vater bekommen hatte, zu klein für sie. Aus Angst, dass es irgendwann gemeinsam mit ihr zusammenbrach, vermied sie, so gut es ging, jegliche übertriebenen Bewegungen. Oft schlief sie stocksteif und wachte am nächsten Morgen mit Verspannungen im Rücken auf.

Gähnend setzte sie sich auf und lauschte nach unten. Aber noch war nichts zu hören. Spätestens gegen elf Uhr rechnete sie damit, dass sich Gerdi beschwerte. Denn dann war diese bereits einige Zeit auf den Beinen, hatte ihre ersten Gläser Wodka in sich hineingeschüttet und verspürte dann den Drang nach etwas Essbarem. Sabrina blieb bis dahin aber noch mehr als eine Stunde, und die würde sie in ihrem Zimmer ausnutzen. Nämlich mit Nichtstun. Etwas, das ihr nur äußerst selten vergönnt war.

Auf ihrem Bett rutschte sie vorsichtig in Richtung Fenster und legte ihr Kinn auf die Fensterbank. In der Wohnung ihres Nachbarn – Christian, so hieß er – waren die Vorhänge noch geschlossen. Schade, denn sie beobachtete ihn wirklich gerne. Vor allem deswegen, weil er sich oftmals leicht bekleidet in seinem Wohnzimmer aufhielt. Sehr leicht bekleidet. Manchmal sogar nackt. Selten kam er, so wie Gott ihn geschaffen hatte, ans Fenster, um eine Zigarette zu rauchen und Sabrina verfluchte regelmäßig die Tatsache, dass die Glasscheiben direkt vor der entscheidenden Höhe endeten.

Sabrina seufzte bei dem Gedanken daran und die Stelle zwischen ihren Beinen in ihrer Schlafanzughose wurde augenblicklich ganz feucht. Sie erwischte sich dabei, wie ihre Hand unwillkürlich in Richtung Schlafanzughose wanderte.

»Nein«, sagte sie streng zu sich selbst. Sie musste sich aufsparen. Denn vielleicht tauchte er ja irgendwann in der nächsten Stunde auf und dann wäre sie schon fertig. Das musste sie unter allen Umständen vermeiden.

Doch irgendwie fand sie einfach keine Ruhe und wurde innerlich immer nervöser. Schließlich stand sie vom Bett auf. Die Hose ihres verwaschenen Schlafanzugs rutschte ihr bis zu den Knöcheln hinab. Das lag daran, dass sie beinahe so alt wie das Bett war und der marode Gummizug seine Arbeit einfach nicht mehr erledigte. Sabrina musste die Hose stets an ihrer Hüfte festhalten, wenn sie unfallfrei ins Bad kommen wollte.

»Ach Christian«, flüsterte sie und warf noch einen sehnsuchtsvollen Blick zum Fenster. Dann tauschte sie den alten Schlafanzug gegen den Bademantel, den sie sich selbst vor zwei Jahren zu Weihnachten geschenkt hatte, und der bei Weitem das neueste Kleidungsstück in ihrem Schrank war. Anschließend ging sie ins Bad.

Nachdem sie sich dort erleichtert hatte, kämmte sie sich ausgiebig und warf die Haare, die dabei in der Bürste hängen blieben, achtlos auf den Boden. Heute war es ihr nicht wichtig, wie es hier drin aussah, denn sie würde später ohnehin eine Grundreinigung vornehmen müssen, wenn sie erst einmal Gerdi gebadet hatte.

Das obere Stockwerk einigermaßen in Schuss zu halten, war ihr kleines Stückchen Freiheit, das sie sich in diesem Horrorhaus stets bewahrt hatte. Fast schon wie ein geheimes

Leben, in das ihre Mutter nur selten eindrang. Denn Gerdi kam lediglich einmal in der Woche hier herauf, um so etwas Ähnliches wie Körperpflege zu betreiben, und hatte somit auch nicht viel Gelegenheit, hier ihren Müll zu verteilen.

Als Sabrina aus dem Bad kam, hörte sie ihre Mutter von unten bereits brüllen: »Sabriiinaaa! Bist du schon wach?«

Nein, es ist der Heilige Geist, der hier oben rumläuft. Tu doch nicht so, als hättest du mich nicht gehört.

»Wie lange muss ich denn noch auf mein Frühstück warten?«

Am besten bis in alle Ewigkeit. Oder du machst es dir zur Abwechslung einfach mal selbst.

»Es ist schon fast elf. Ich verhungere. Komm runter, jetzt sofort, hast du gehört?«

Sabrina schloss die Augen und suchte mit der Zunge wieder nach einem Hautfetzen auf ihrer Lippe, als sie einen fand, zog sie mit den Zähnen fest daran. Als sie den stechenden Schmerz fühlte und einen Hauch von Blut schmeckte, öffnete sie die Augen wieder. »Ich habe gerade geduscht«, log sie. »Bin schon auf dem Weg. In fünf Minuten hast du dein Frühstück, keine Sorge. Warte einfach im Wohnzimmer auf mich.«

Sabrina verfluchte die damalige Entscheidung, eine Padmaschine für den Kaffee gekauft zu haben. Denn seitdem weigerte sich Gerdi strikt, ihren Kaffee selbst zuzubereiten, weil sie angeblich mit der neuen Technik nicht zurechtkam. So sehr Sabrina sich auch bemühte, ihrer Mutter die wenigen Handgriffe beizubringen, Gerdi schaffte es trotzdem, sich so dumm anzustellen, dass Sabrina diese Aufgabe zähneknirschend für sie übernahm und bei dieser Gelegenheit auch gleich noch das Frühstück zubereitete.

Damit Gerdi nicht noch schlechtere Laune bekam, beeilte sie sich. In ihrem Zimmer nahm sie sich dennoch kurz die Zeit, zu Christians Fenster hinüberzuschauen. Die Vorhänge waren mittlerweile zurückgezogen und er stand – nur mit einer Trainingshose bekleidet – in seinem Wohnzimmer und stemmte gerade Hanteln in die Höhe. Sabrina seufzte schwer.

»Ich wünschte, ich hätte es nicht so eilig«, flüsterte sie in Richtung Fenster. »Aber du musstest dir ja Zeit lassen mit dem Aufstehen. Vielleicht heute Abend?«

Sie nickte kichernd, als habe er ihr geantwortet und zog sich rasch an.

Wie erwartet hatte Gerdi nicht auf Sabrina gehört, denn als diese wenige Minuten später nach unten kam, wartete sie anstatt im Wohnzimmer in der Küche auf sie. Und ebenfalls wenig überraschend war ihre Laune nicht besonders gut.

Mit beleidigter Miene saß Gerdi auf dem wackeligen Küchenstuhl, der jeden Moment unter ihrem Gewicht zusammenzubrechen drohte. In der Hand hielt sie mehrere Scheiben Käse, die sie in sich hineinschaufelte und deren Packung sie achtlos neben sich auf den Boden geworfen hatte.

Sabrina kickte sie beiseite, sodass wenigstens der Weg von der Tür zum Herd frei blieb. Der Geruch, den ihre Mutter verströmte, raubte ihr fast den Atem. Das Gemisch aus Alkohol, altem Schweiß und Erbrochenem war so penetrant, dass es sogar den allgemeinen Gestank des Hauses überdeckte.

»Das wird aber Zeit. Wegen dir musste ich aufstehen und in die Küche gehen.«

»Ich habe doch gesagt, dass ich gleich komme und du warten sollst«, entgegnete Sabrina, die im Kühlschrank nach etwas Essbarem suchte, das noch nicht das Mindesthaltbarkeitsdatum überschritten hatte.

»Als wüsstest du nicht genau, wie sehr mir meine Beine in letzter Zeit zu schaffen machen«, zeterte Gerdi weiter, während sie Sabrinas Einwand einfach ignorierte. »Mit dem Rollator hat man ja keine Chance, hier durchzukommen, weil Madame sich zu fein ist, hier mal Ordnung reinzubringen.«

»Und wo soll ich damit bitteschön anfangen? Hast du dich hier in letzter Zeit mal umgeschaut?«

»Jetzt ist es also meine Schuld, dass es hier aussieht, als hätte eine Bombe eingeschlagen? Als du ein Kind warst, habe ich deinen Dreck ständig hinter dir weggeräumt, jetzt ist es doch wohl an der Zeit, dass du mal etwas zurückgibst, findest du nicht?«

Sabrina fasste ihre Mutter unter dem Arm und versuchte, sie von dem Stuhl hochzuziehen. »Komm, ich bringe dich zurück ins Wohnzimmer. Danach kann ich uns dann in Ruhe Frühstück machen«, murmelte sie. Sie hatte gelernt, dass es sinnlos war, sich mit ihr auf eine Diskussion einzulassen.

»Die ganze Woche stehst du früh auf und ich habe mein Frühstück immer direkt morgens neben dem Sofa stehen. Ein Magen gewöhnt sich eben an so etwas, da brauchst du dich nicht zu wundern, wenn ich samstags nicht darauf warten kann, bis du endlich ausgeschlafen hast.«

Der Stuhl unter Gerdi begann laut zu knacken, als diese sich an ihren Unterarmen nach oben zog. Schritt für Schritt wankten sie gemeinsam ins Wohnzimmer, wo Sabrina eine bereits zur Hälfte geleerte Flasche Wodka auf dem Tisch entdeckte.

Schnaufend ließ sich Gerdi in die Kuhle auf dem Sofa fallen, die ihren gesamten Lebensraum darstellte. Sie schlief dort, sie aß dort, sie schaute dort den ganzen Tag fernsehen und sie erledigte sogar so manches Geschäft dort, wenn sie nicht schnell genug bemerkte, dass sich ihr Darm meldete. Manchmal fragte sich Sabrina, weshalb sie ihrer Mutter nicht einfach auch noch einen Kühlschrank in das Zimmer stellte und die beiden Türen zumauerte. Es würde vermutlich einige Tage dauern, bis Gerdi das überhaupt merken würde.

»Wenn du mit dem Frühstück fertig bist, kannst du ja direkt losfahren«, sagte Gerdi, nachdem sie es geschafft hatte, wieder normal zu atmen. »Denn heute ist genau der richtige Tag, um die Falle aufzustellen. Ich habe es im Urin, dass wir eine fette Beute machen werden.«

Ohne etwas zu erwidern, drehte sich Sabrina um und ging in die Küche. Sollte Gerdi doch im Urin haben, was sie wollte.

Aus dem Kühlschrank nahm sie die letzten beiden Eier, obwohl sie sich nicht sicher war, ob diese nicht auch schon längst ihre Haltbarkeit überschritten hatten. Ihr war der Appetit ohnehin vergangen und ihre Mutter schaufelte alles in sich hinein, was ihr auf den Teller kam. Sabrina schlug die Eier in die Pfanne, legte eine labberige Scheibe Toast auf einem Teller bereit und schaltete dann die Kaffeemaschine ein. Die fertigen Eier packte sie auf das Brot, nahm den fertig überbrühten Kaffee und ging dann mit beidem zurück ins Wohnzimmer.

»Endlich«, sagte Gerdi und warf einen abwertenden Blick auf den Teller. Angewidert schürzte sie ihre Oberlippe und drehte den Kopf zur Seite. »Was soll das denn für ein Frühstück sein? Ei und Weißbrot. Da ist ja nicht mal eine Scheibe Wurst mit dabei. Davon soll ich satt werden?«

Sabrina lächelte süffisant und stellte den Teller vor ihrer Mutter ab. »Lass es dir schmecken«, sagte sie, als habe sie die Einwände überhört, und setzte sich ans andere Ende der Couch.

Gerdi zerstach die Eigelbe, vermischte alles mit dem in Stücke gerissenen Toast, bis eine undefinierbare Masse entstanden war. Mit dem Löffel schaufelte sie den Brei, der eher dem Erbrochenen eines Betrunkenen glich, als etwas zu Essen, in sich hinein und schmatzte dabei genüsslich. Als sie fertig war, schob sie den Teller von sich weg und wischte sich mit dem Ärmel über den Mund.

»Kann ich dir sonst noch etwas bringen?«, fragte Sabrina und nahm den Teller.

»Mhh«, brummte Gerdi und schüttelte den Kopf. Sie war gerade dabei, die Kaffeetasse mit dem restlichen Wodka aufzufüllen.

Im Kühlschrank stand bereits die nächste Flasche bereit und wartete auf ihren Einsatz. Offensichtlich hatte es Gerdi gestern mal aus dem Haus geschafft. Wenn es darum ging, ihren Alkoholvorrat aufzufüllen, entwickelte sie plötzlich eine ungeahnte Fitness. Denn sie wusste anscheinend genau, dass es sinnlos war, Sabrina mit der Besorgung von Nachschub zu beauftragen.

In der Küche spülte Sabrina schnell die Pfanne und den Teller ab und wischte dann das Fett vom Herd. Als sie das Spülmittel zurück in den Schrank unter der Spüle stellte, fiel ihr Blick auf das Rattengift, das seit Jahren dort unten sein Dasein fristete. Sie griff nach der Packung, hob sie hoch und wiegte sie in der Hand hin und her. Die kleinen Körnchen raschelten leise im Innern des Kartons.

Nur ein kleines Bisschen, dachte sie. *Nur mal ausprobieren. Ein Löffelchen in den Wodka.* Das würde doch niemanden umbringen, aber es würde vielleicht dafür sorgen, dass Gerdi einen ordentlichen Kater bekam und ihr möglicherweise auch ziemlich schlecht nach dem Genuss des Alkohols wurde.

Ein Denkzettel, der ihren ohnehin schon stark beanspruchten Organen noch ein wenig mehr schaden würde. Und dann, irgendwann würde sie vielleicht einfach so sterben. Tot auf dem Sofa liegen, wenn Sabrina nach dem Aufstehen hinunterkam.

Ein Lächeln breitete sich auf ihrem Gesicht aus. Sie nahm einen Teelöffel von der Anrichte und holte dann die Flasche Wodka aus dem Kühlschrank.

Überraschung

Als Sabrina das Haus verließ, fegte ihr ein eisiger Wind entgegen. Seit es Anfang November das erste Mal in diesem Jahr geschneit hatte, hielt die Kälte die Stadt fest in ihrem Griff. Vom Himmel fiel eine Mischung aus Schnee und Regen, die dafür sorgte, dass einem die feuchte Kälte sofort bis in die Knochen kroch. Da half selbst die dickste Winterjacke nichts.

Sabrina schlich sich dicht an der Mauer entlang, um das Haus herum zur Terrasse, damit sie sich die Lebendfalle holen konnte. Diese würde sie lediglich ein wenig säubern und sie Gerdi dann als die neu Gekaufte präsentieren. Ihre Schritte knirschten leise, als sie auf die Putzhäufchen trat, die im Laufe der Zeit von der Fassade herunter gebröckelt waren. Vermutlich würde es nicht mehr lange dauern, bis auch von außen Feuchtigkeit ins Haus eindrang und noch mehr Schimmel entstehen ließ. Eine Sanierung war schon längst überfällig, doch dafür hatte sie einfach nicht das notwendige Geld. Und solange Gerdi am Leben war, würde sie es auch niemals aufbringen können.

Als sie an der Treppe zur Terrasse angekommen war, ließ sie sich auf die Knie sinken und kroch gebückt auf den Tisch zu. Jetzt ärgerte sie sich, dass sie gestern nicht vorausgedacht und die Falle direkt an den Aufgang gestellt hatte. Immer wieder schaute sie zum Fenster hoch, entdeckte Gerdi jedoch glücklicherweise nirgendwo. Als sie den Korb mit den Fingerspitzen erreicht hatte, zog sie ihn langsam zu sich heran. Das leise Kratzen des Drahtes, als er über die Steinplatten scharrte, hörte sich in Sabrinas Ohren wie ein startender Flugzeugmotor an. Trotz der Minustemperaturen trat ihr der Schweiß auf die Stirn und ihre Hand fing an zu zittern. Sie rechnete jeden Moment damit, von Gerdi erwischt zu werden, doch alles ging gut, sie stieg rückwärts von der Treppe und eilte zu ihrem Wagen.

Den Korb warf sie achtlos auf die Rückbank und startete dann schnell den Motor, damit die Heizung bald ansprang. Danach öffnete sie das Hoftor und stieg wieder in den Wagen. Sie wartete noch einen Moment, bis sie nicht mehr das Gefühl hatte, ihre Finger würden aus Eis bestehen, bevor sie den Rückwärtsgang einlegte und langsam die Einfahrt zurückrollte. Ein Radfahrer kam plötzlich von Links angeschossen, den Sabrina im letzten Moment gerade noch so sah. Heftig stieg sie auf die Bremse und vergaß vor Schreck die Kupplung. Gluckernd erstarb der Motor und das Auto kam ebenso wie der Radfahrer ruckartig zum Stehen. Der Mann stieg von seinem Rad und schaute finster durch die Heckscheibe. Es war ausgerechnet Christian!

Sie hörte ihn undeutlich etwas rufen und an seinem Tonfall ließ sich erahnen, dass es nichts Freundliches war. Sie hob entschuldigend die Hand, um seine Hasstiraden abzuschwächen. Doch er schüttelte nur den Kopf und schob sein Rad zum Nachbarhaus hinüber. Sabrina beobachtete ihn durch den Rückspiegel. Schnell ließ sie ihr Seitenfenster herunter, lehnte sich über den Beifahrersitz und rief: »Es tut mir ehrlich leid, ich habe dich nicht gesehen.«

»Das würde mir auch nichts helfen, wenn ich jetzt unter deinem Auto liegen würde«, entgegnete er, warf ihr einen finsteren Blick zu und verschwand in der Haustür.

Verschämt startete Sabrina den Motor und fuhr auf die Straße. Das hatte sie ja mal wieder prima hinbekommen. Ihn fast umzubringen, würde sie bestimmt nicht näher an ihn heranbringen. Dabei wünschte sie sich nichts sehnlicher, als ein wenig Kontakt zu ihm aufbauen zu können. Okay, vielleicht gab es doch noch das ein oder andere, das sie sich außerdem wünschte. Doch Christian stand schon sehr weit oben auf ihrer Liste. Wenn sie doch nur mal den Mut aufbringen könnte, ihn anzusprechen. Einfach nur ein unverfängliches Gespräch unter Nachbarn. Daran war doch nichts auszusetzen und mit Christians Vermieter, der unten im Haus wohnte, funktionierte es doch auch. Gut, er war bereits jenseits der Achtzig, doch was machte das für einen Unterschied? Christian war immer nett zu Sabrina, jedenfalls, wenn sie ihn nicht gerade beinahe überfuhr.

Aber worüber sollten sie sich unterhalten? Sabrina hatte ja bekanntlich nichts zu erzählen. Ihr Leben war ein Gefängnis aus Arbeit und der Müllhalde, die sich ihr Zuhause schimpfte. Einmal während ihres Urlaubs hatte sie für Christian ein Paket angenommen. Den ganzen Tag hatte sie überlegt, was sie sagen könnte, wenn er klingelte, um es abzuholen. Als es dann endlich so weit war, hatte sie das Gefühl gehabt, vor Nervosität beinahe zu sterben. Sie hatte die Tür geöffnet, eingeschüchtert auf den Boden gestarrt und ihm schweigend das Paket in die Hand gedrückt. Noch bevor er sich überhaupt bedankt hatte, war Sabrina bereits wieder im Haus verschwunden und hatte ihm die Tür vor der Nase zugeknallt.

Sabrina war so in die Gedanken versunken, dass sie beinahe den Blinker des Vordermannes übersehen hätte. Erst als die Bremslichter gefährlich nahe vor ihr aufleuchteten und er den Rückwärtsgang einlegte, um in die Parklücke zu fahren, stieg Sabrina auf die Bremse. Ihr Herz raste und die Luft in ihrem Wagen kam ihr plötzlich unglaublich stickig vor.

Das war jetzt schon der zweite Beinaheunfall an diesem Morgen. Sie sollte den Wagen wahrscheinlich lieber stehen lassen und zu Fuß gehen, bevor wirklich noch etwas passierte. Nachdem der Fahrer vor ihr sein Auto endlich in die Lücke gezwängt hatte, bog Sabrina in die nächste Querstraße ab, um sich dort eine freie Parklücke zu suchen.

Sie stellte sich auf den Parkplatz eines Supermarktes und lehnte sich mit ihrer Stirn auf das Lenkrad. Sie musste einen Weg finden, um sich Christian aus dem Kopf zu schlagen. Für ihn war sie bestimmt keine interessante Frau. Zumindest nicht, solange sie so viel Übergewicht mit sich herumschleppte. Noch nie in ihrem Leben hatte sich ein Mann für sie interessiert oder war nett zu ihr gewesen. Von ihrem Arbeitskollegen Jens mal abgesehen, aber der war schwul, weshalb ihm ihr Aussehen wahrscheinlich auch egal war.

Entschlossen schnallte Sabrina sich ab und zog den Reißverschluss ihrer Jacke nach oben. Es war an der Zeit, endlich etwas zu ändern, anstatt immer nur herumzujammern. Gleich heute Abend würde sie die Vorräte an Süßigkeiten in ihrem Geheimversteck vernichten. Ab jetzt war Schluss mit dem Aufschieben. Sie stieg aus dem Wagen und verschloss die Tür. Anstatt die Zeit mit Kaffeetrinken oder sinnlosem Herumgefahre zu überbrücken, konnte sie sich ebenso gut körperlich betätigen. Für Sport fehlte ihr zwar noch die passende Kleidung, aber ein Spaziergang war doch immerhin schon mal ein Anfang und weitaus mehr Aktivität, als Sabrina sonst hatte. In einer Frauenzeitschrift beim Arzt hatte sie einmal gelesen, dass schon zwanzig Minuten Bewegung in der Woche einen großen Unterschied machen konnten, da der Stoffwechsel dadurch angekurbelt wurde.

Mit tief ins Gesicht gezogener Kapuze marschierte sie stramm durch das Viertel, in dem wegen des Regens kaum Menschen auf der Straße waren. Sie genoss es, dass sie hier niemand beobachtete oder sich gar über sie lustig machte. Nicht wie damals im Schwimmbad, als sie sich wie beim Spießrutenlauf vorgekommen war.

Nach dem Tod ihres Vaters hatte sie etwas Entspannung gebraucht, deshalb hatte sie sich kurzerhand einen Badeanzug gekauft und war in ein Erholungsbad gefahren. Noch jetzt spürte sie die abwertenden Blicke der anderen Frauen, wenn sie sich an den Tag zurückerinnerte. Zwischen all den trainierten und schlanken Körpern war sie sich wie ein Walross vorgekommen und selbst im Vergleich zu den fülligeren Rentnerinnen hatte sie sich dick und unförmig gefühlt. Die meiste Zeit des teuren Besuchs hatte sie in der dunklen Salzgrotte im dreißig Grad warmen Wasser zugebracht, der leisen Meditationsmusik gelauscht und gegen ihre Tränen angekämpft. Nachdem sie ihre bezahlte Zeit abgesessen hatte, hatte sie den Badeanzug weggeworfen und sich vorgenommen, so schnell kein Schwimmband mehr von innen zu sehen. Zumindest so lange nicht, bis sie einige Kilos abgespeckt hatte.

Wenn sie das meisterte, dann könnte sie sich auch endlich in einem Fitnessstudio anmelden und sich vom hässlichen Entlein zu einem einigermaßen ansehnlichen Schwan verwandeln. Und dann würde sich auch Christian endlich für sie interessieren und mit ihr ins Gespräch kommen. Vielleicht würden sie ja essen gehen, danach ins Kino und anschließend würde er sie zu sich nach Hause einladen. In das Wohnzimmer, das sie immer sehnsüchtig von ihrem Fenster aus beobachtete.

Sabrina rieb sich die Hände, die mittlerweile eher kleine Eisklötze waren, und schaute auf die Uhr. Sie war schon seit über einer halben Stunde unterwegs. Das sollte für den Anfang genügen. Außerdem musste sie noch zurück zum Wagen und an der Tankstelle vorbei, um den Käfig zu reinigen. Das wäre dann genug Zeit um Gerdi in dem Glauben zu bestärken, dass sie zum Baumarkt gefahren war.

An der Tankstelle angekommen, meldete sich Sabrinas Magen. Eigentlich hatte sie sich vorgenommen, sich später etwas Obst zu gönnen und am Abend nur Gemüse zu essen. Doch das ausgefallene Frühstück machte ihr zu schaffen und ihre Hände waren bereits ganz zittrig, weshalb sie all ihre guten Vorsätze über Bord warf und sich eine Laugenstange von der Backtheke gönnte. Das Gebäck war noch warm, mit Käse überzogen und schmeckte vorzüglich. Sobald sie allerdings den letzten Bissen heruntergeschlungen hatte, meldete sich ihr schlechtes Gewissen. Sie glaubte fast zu spüren, wie sich die Hefe augenblicklich an ihrem Hüftspeck festsetzte.

Die gute Laune, die sie nach dem Spaziergang verspürt hatte, war verflogen. Grimmig putzte sie den Käfig mit dem Hochdruckreiniger vor der Waschanlage und fuhr dann nach Hause. Gerdi war bestimmt schon unruhig und fragte sie, wo Sabrina blieb.

Als diese vor dem Hoftor hielt und aus dem Wagen stieg, entdeckte sie Herrn Engert - ihren Nachbarn und gleichzeitig auch Christians Vermieter. Mit rotem Kopf schleifte er gerade einen Koffer zu einem mit laufendem Motor bereitstehenden Taxi. Der Fahrer saß im Wagen und war anscheinend damit beschäftigt, auf seinem Handy herumzutippen. Den alten Mann würdigte er keines Blickes.

»Warten Sie«, rief Sabrina und eilte auf ihren Nachbarn zu. »Ich helfe Ihnen.«

Herr Engert blieb stehen, schaute sich um und lächelte dann sichtlich erleichtert. »Fräulein Wichert, das ist aber sehr freundlich von Ihnen, dass Sie mir zu Hand gehen.«

Sabrina schnappte sich den Koffer und wuchtete ihn zum Auto. »Da haben Sie aber einiges zusammengepackt. Geht es in den Urlaub?«, fragte sie und öffnete den Kofferraum.

»Ich wünschte, es wäre so. Leider habe ich einen Aufenthalt im Krankenhaus vor mir. In meinem Hüftgelenk hat sich eine Zyste gebildet, die ausgeschabt werden muss. Heute werde ich auf die Station aufgenommen und am Montag erfolgt dann der Eingriff.«

Sabrinas Magen zog sich zusammen. Sie fand die Vorstellung, dass jemand ihren Körper aufschnitt und mit seinen Händen darin herumwühlte, unerträglich. Was für

Menschen waren das, die so etwas zu ihrem Beruf machten? Und das auch noch freiwillig ... Weshalb sollte irgendjemand darauf scharf sein, in Blut und Fleisch von wildfremden Leuten herumzuwühlen?

»Das tut mir sehr leid für Sie. Hoffentlich sind Sie schnell wieder auf den Beinen«, sagte sie.

»Dürfte ich Sie noch um einen Gefallen bitten?«, fragte Herr Engert und wartete ihre Antwort gar nicht erst ab. »Ich habe Herrn Püschel zwar schon darauf aufmerksam gemacht, dass er hin und wieder in den Postkasten schauen soll, doch der steckt gerade mitten in den Umzugsvorbereitungen, da kann man so etwas auch mal schnell vergessen.«

»Er zieht um?« Sabrina wollte nicht glauben, was sie da gerade gehört hatte. *Ihr* Christian hatte sich eine andere Bleibe gesucht? Jetzt, wo sie sich endlich dazu durchgerungen hatte, für ihn abzunehmen?

»Wenn ich es Ihnen doch sage. Er arbeitet ja etwas außerhalb und will sich wohl die Fahrtzeit ersparen, aber ich bin ehrlich gesagt nicht sehr betrübt darüber. Sie müssen wissen, dass er immer heimlich am Fenster geraucht hat, obwohl das ausdrücklich eine Nichtraucherwohnung ist ...«

Sabrina nickte. »Ich weiß. Dann sind Sie sicher froh, dass Sie ihn bald los sind. Wann ist es denn so weit?«

»Diesen Monat schon. Deswegen befürchte ich ja, dass er vergessen wird, in den Postkasten zu schauen. Sollten Sie sehen, dass er voller Briefe ist und das Zeitungsrohr überquillt, wären Sie dann so gut, die Post an sich zu nehmen?«

»Mhm«, meinte Sabrina und nickte niedergeschlagen. Sie konnte einfach nicht fassen, dass sie Christian bald nie wieder sehen würde.

»Das ist so freundlich von Ihnen«, sagte Herr Engert dankbar und streckte ihr seine knöcherige Hand hin.

Sabrina warf den Kofferraumdeckel zu, verabschiedete sich von ihrem Nachbarn und winkte dem Taxi noch hinterher. Selbst, als es schon längst um die Ecke gebogen war, stand sie noch vor ihrem Haus und starrte die Straße entlang. Wütend trat sie gegen einen Stein. Warum war sie nur immer so faul gewesen? Jetzt war es zu spät! So wie sie momentan aussah, würde sie Christian bestimmt nicht von sich überzeugen können. Erst recht nicht, nachdem sie ihn vorhin beinahe über den Haufen gefahren hatte.

Missmutig nahm sie die Falle von der Rückbank, ließ den Wagen vor der Einfahrt stehen und ging dann die Treppe zur Haustür hinauf. Ungelenk fingerte sie an dem Schlüsselbund herum, bis sie den passenden gefunden hatte, und schloss die Tür auf.

Als sie den Flur betrat, herrschte eine seltsame Stille im Haus. Keine genervt kreischende Gerdi begrüßte sie, keine Vorwürfe, wo sie so lange geblieben war. Nicht mal der obligatorische Husten, das Keuchen oder Stöhnen.

»Hallo, ich bin wieder da«, rief Sabrina in die Stille hinein.

Keine Antwort.

»Mama?«, versuchte sie es noch einmal. Doch im Haus blieb weiterhin alles ruhig.

Nur ein kleines Bisschen

Die Tür zum Wohnzimmer stand ein kleines Stück offen. Im Licht, das in den Flur fiel, tanzten Staubflocken. Sabrina stand noch immer an der Haustür und war kaum in der Lage, sich zu bewegen. Sie hielt den Atem an und horchte in die Stille hinein.

»Gerdi, wo bist du?«, rief Sabrina noch einmal. Vielleicht war sie ja nach oben gegangen, um alleine zu duschen.

»Nie im Leben«, flüsterte Sabrina sich selbst zu. Gerdi hätte es alleine gar nicht die Treppe hinauf geschafft. Sabrina gab sich einen Ruck, zog ihre Jacke aus und ging dann vorsichtig ins Wohnzimmer. Ihr kam ein Gestank entgegen, als hätte Gerdi gerade ihr Geschäft auf dem Toilettenrollstuhl erledigt.

Gerdi saß wie gewohnt auf dem Sofa. Doch anstatt sich in ihrer Sitzkuhle zu lümmeln, hockte sie stocksteif auf ihrem Platz. Den Rücken hatte sie durchgedrückt, der Kopf war in den Nacken gelegt und der Mund weit aufgerissen. Ihre glasigen Augen starrten ausdruckslos ins Nichts. Die blutleeren Lippen verschmolzen beinahe mit ihrer gräulichen Gesichtsfarbe, wäre da nicht der blutige Schleim gewesen, der an ihrem Kinn klebte und der von dort aus auf ihre Brust getropft war. Ihre Hände hatten sich wie im Kampf gegen sich selbst in ihr Schlafanzugoberteil gekrallt.

Sabrina sank auf die Knie und starrte ihrer Mutter abwechselnd in das bleiche Gesicht und auf den Brustkorb.

Nervös kaute sie auf ihrer Lippe herum und versuchte zu erkennen, ob Gerdi noch atmete. Doch der gewaltige Busen war komplett still unter dem blutbefleckten Frotteestoff des Pyjamas.

»Das tust du mir nicht an«, flüsterte Sabrina und erschrak vor ihrer eigenen Stimme. »Du bist doch nicht wirklich tot, oder?«

Sie stupste ihre Mutter vorsichtig gegen das Schienbein. Keine Reaktion.

Ein seltsames Gefühl breitete sich plötzlich in Sabrinas Magen aus. Es kroch ihre Speiseröhre hinauf, kitzelte sie im Hals und brach dann schließlich aus ihr heraus. Sabrina lachte! Erst ganz leise, dann immer lauter und schließlich saß sie mitten im Wohnzimmer auf dem Boden und schrie beinahe vor Lachen. Erst als ihr Bauch schon wehtat, hielt sie inne.

»Wegen eines verdammten kleinen Löffelchens. Das kann doch nicht dein Ernst sein.«

Doch Gerdi weigerte sich weiterhin hartnäckig, wieder lebendig zu werden. Sie hatte ihre Mutter tatsächlich umgebracht. Dabei hatte sie doch bloß nur ein winzig kleines Bisschen ...

Sabrina sprang auf und stürmte aus dem Wohnzimmer. Würgend zwängte sie sich in die mit Müll vollgestopfte Gästetoilette. Gerade noch rechtzeitig, denn die Laugenstange von der Tankstelle schoss nahezu mit Lichtgeschwindigkeit aus ihr heraus. Immer wieder erbrach sie sich in die Toilettenschüssel, bis sie nichts mehr weiter als bitter schmeckende Gallenflüssigkeit hochwürgte.

Sie spülte sich an dem verstaubten Waschbecken den Mund aus und atmete dann einmal tief durch.

Kaum hatte sie sich wieder aufgerichtet, fing sie abermals zu kichern an. Und wie schon zuvor schwoll es schnell zu einem hysterischen Kreischen an, das gespenstisch von den Kacheln des kleinen Badezimmers widerhallte.

»Verflucht Sabrina! So eine riesengroße dumme Scheiße«, rief sie in die Stille des Hauses hinein. Ihr Spiegelbild verzog den Mund zu einer makabren Fratze, während sie damit beschäftigt war, das Lachen zu unterdrücken. Ihr Gesicht war mittlerweile kalkweiß, ihre Augen gerötet und der Schweiß stand ihr auf der Stirn. *Wie eine psychopathische Mörderin aus einem Horrorfilm*, dachte sie. Was ja gar nicht mal so weit entfernt von der Realität war, denn immerhin hatte sie gerade kaltblütig ihre Mutter gekillt.

Sie schloss die Augen und versuchte, sich zu beruhigen. Als sie es endlich schaffte, normal zu atmen, ohne sofort wieder in Gelächter auszubrechen, tupfte sie sich mit etwas Klopapier die Stirn trocken und schnäuzte sich ausgiebig die Nase. Dann presste sie sich eine Lage Klopapier auf Mund und Nase und ging zurück ins Wohnzimmer.

Den Körper ihrer toten Mutter ignorierend, hielt sie auf die Terrassentür zu und öffnete diese. Bevor sie auch nur annähernd darüber nachdenken konnte, wie sie nun weiter vorgehen sollte, musste erst einmal dieser furchtbare Gestank aus dem Raum. Anscheinend hatte Gerdi sich während ihres Todeskampfes nicht nur übergeben, sondern auch den Darm entleert.

Als Sabrina zurück in den Flur ging, warf sie noch einen letzten Blick auf Gerdi. Was hatte sie bloß getan? Das hatte sie doch nicht gewollt. Gerdi sollte nur ein wenig Magenschmerzen von dem Wodka bekommen ... vielleicht ein bisschen Durchfall, sodass sie ihre Lebensweise überdachte und den Alkoholkonsum möglicherweise endlich reduzierte. Nur ein Löffelchen hatte sie hineingegeben. Nicht mehr.

Zurück unter den Lebenden?

Seit etwa zwei Stunden hatte Sabrina sich nicht mehr bewegt. Sie lag auf ihrem Bett und starrte an die Decke. Ob der Fleck dort neben ihrem Fenster Schimmel war? Und wenn schon, was sollte sie daran ändern? Momentan hatte sie nicht das Gefühl, sich je wieder bewegen zu können, sie hatte nicht einmal ihre Schuhe ausgezogen, bevor sie nach oben gegangen war.

So oft hatte Sabrina sich schon gewünscht, dass Gerdi aus ihrem Leben verschwand. Dass sie eines Morgens aufwachte und die letzten Jahre sich lediglich als ein böser Traum herausstellten. Dass sie in einem sauberen Haus ein glückliches Leben führte, mit einem Mann und einer Familie, die sie liebte. Sie hatte sich etliche Male ausgemalt, wie ihr Leben ohne Gerdi und ohne den alltäglichen Terror aussehen könnte.

Aber das hier war nicht die Situation, die sie sich ausgemalt hatte. Im Gegenteil, sie fühlte sich nicht annähernd frei. Alles, was sie momentan spürte, war Panik. Nackte Panik.

Gerdi hatte sich schließlich nicht einfach so in nichts aufgelöst, weder in der Realität noch in Sabrinas Kopf.

Sie lag als toter Fleischberg unten im Wohnzimmer. Und sie, Sabrina, war daran schuld. Sie hatte ihre Mutter auf dem Gewissen!

Was auch bedeutete, dass sie auf keinen Fall einen Arzt rufen konnte. Nicht, dass der noch etwas für Gerdi hätte tun können, doch das hatte ihre Mutter damals auch gemacht, als Sabrinas Vater eines Morgens nicht mehr aus dem Bett aufgestanden war. In der Nacht war er einem Herzanfall erlegen und der Hausarzt hatte seinen Tod festgestellt und Gerdi die Nummer eines Bestatters gegeben, der den Leichnam dann abgeholt hatte. Die Gerichtsmedizin hatte daraufhin eine natürliche Todesart bescheinigt. Was bei Gerdi allerdings mit Sicherheit nicht der Fall sein würde.

Ausgeschlossen also, dass sie einen Arzt rief. Sie würde bestimmt nicht wegen Gerdi ins Gefängnis gehen.

Eine Lösung musste her, und zwar schnell. Denn allzu lange würde es nicht mehr dauern, bis der Verwesungsprozess einsetzte und mit ihm ein noch viel schlimmerer Gestank entstand als der, der gerade herrschte. Sie hatte extra die Heizung abgedreht, um noch etwas Zeit zu schinden, aber lange würde das den natürlichen Fortgang nicht aufhalten können. Ihre erste Eingebung, einfach die Rollläden im Wohnzimmer herunterzulassen und die Tür fest zu verschließen, hatte sie schnell wieder verworfen.

Sabrina presste ihre Fäuste auf die Augen, um die Tränen zurückzuhalten. Das war alles nur Gerdis Schuld! Sie hatte Sabrina so weit getrieben, dass sie jegliche Skrupel abgelegt hatte. Hätte sie sich auch nur ein wenig für die Gefühle ihrer Tochter interessiert, wäre es doch niemals so weit gekommen. Es geschah ihr vollkommen recht, dass sie dort unten auf ihrem Sofa lag und niemand sich um sie kümmerte. Sie und ihr Lieblingsplatz waren nun für immer vereint.

»Wärst du mal netter zu mir gewesen. Warum sollte ich mich denn jetzt um dich kümmern? Du hast es doch bei mir auch nie getan. Verrotte doch da in deinen Polstern!«

Sabrina kicherte. Es tat so gut, Gerdi endlich mal die Meinung zu geigen. Auch wenn diese es nun nicht mehr hören konnte. Sabrina stand auf und ging zur Zimmertür.

»Hast du gehört? Du hast genau das bekommen, was du verdient hast.«

Wie als Antwort ertönte plötzlich von unten ein leises Klopfen. Sabrinas Herz setzte einen Schlag aus. Sie hielt den Atem an und lauschte. *Kam das Geräusch etwa aus dem Wohnzimmer? Wie war das möglich?*

Das Klopfen verstummte und es folgte ein schwaches Poltern, als habe jemand etwas heruntergeworfen.

Eindeutig. Da war jemand im Wohnzimmer.

Sabrina wusste nicht, welche Vorstellung schlimmer war: dass jemand von draußen ins Haus gekommen war und die Leiche gefunden hatte oder, dass Gerdi doch nicht tot gewesen war. Wobei das unmöglich war, denn Sabrina hatte extra auf die Atmung geachtet und nicht die kleinste Bewegung feststellen können. Außerdem war da noch die weiß-bläuliche Gesichtsfarbe gewesen.

»Hallo?«, rief Sabrina ängstlich nach unten. Ein leises Pochen war die Antwort.

Langsam schlich sie zur Treppe. Ihre Beine zitterten, und sie hatte das Gefühl, dass jeden Moment ihre Wadenmuskulatur schlappmachen und sie zusammenbrechen würde. Sie ging die Treppe zur Hälfte nach unten und lauschte dann erneut. Jetzt konnte sie ein leises Krächzen vernehmen. Dann wieder ein Poltern.

»Na dann los«, sprach sie sich selber Mut zu und ging nach unten. Im Prinzip konnte ihr nichts Besseres passieren, als dass es wirklich Gerdi war. Denn so müsste sie sich nicht weiter den Kopf darüber zerbrechen, wie sie einhundertvierzig Kilo totes Fleisch möglichst unauffällig entsorgte. Am Wohnzimmer angekommen, atmete sie noch einmal tief durch und stieß dann die Tür auf.

Auf den ersten Blick entdeckte sie keine Veränderung zu vorhin. Gerdi saß noch immer mit weit aufgerissenem, blutigem Mund in ihrer Kuhle und stank wie eine Klärgrube. Ihre Hände wirkten noch steifer als vorhin und bläuliche Verfärbungen breiteten sich darauf aus. Sie sah aus wie ein Zombie aus den Horrorfilmen, die Sabrina gerne schaute. Aber Zombies gab es bekanntlich keine, also konnten die Geräusche auf keinen Fall von ihrer Mutter stammen.

Dann entdeckte Sabrina endlich die Ursache. Links neben dem Sofa, halb hinter der Tür verborgen, lag ein kleiner Vogel auf dem Boden. Sein Gefieder war braun und wies leichte, weiß-beige Flecken auf. Vermutlich ein Star. Er war tot. Wahrscheinlich hatte er sich auf der Flucht vor seinen Verfolgern durch die geöffnete Terrassentür ins Wohnzimmer verirrt. Direkt neben ihm saßen zwei Katzen und starrten Sabrina aus weit aufgerissenen Augen an. Ihr Fell war struppig und sie wirkten abgemagert. Bestimmt Streuner.

»Hallo ihr Süßen«, sagte Sabrina und schloss die Augen. Sie hatte gelesen, dass es auf Katzen beruhigend wirkte und Vertrauen signalisierte, wenn man sie ansah und blinzelte. Eine Weile stand Sabrina da und zwinkerte, bis es tatsächlich Wirkung zeigte. Eine der Katzen, die getigerte, wandte den Blick von Sabrina ab und widmete sich nun dem Vogel. Sie packte ihn mit einer Tatze und biss ihm einen der Flügel ab. Es knackte leise und schon war der Körperteil in dem Mäulchen verschwunden. Nur noch ein paar Federn schauten vorne heraus.

Sabrina würgte bei dem Geräusch. Wie nahrhaft konnten denn schon Federn sein? Die armen Katzen. So abgemagert, wie sie aussahen, brauchten sie dringend etwas Richtiges zum Fressen. Gerdi hatte doch noch kiloweise Katzenfutter für die Falle gebunkert.

Langsam bewegte sich Sabrina nach rechts. Wenn sie die Tür zur Terrasse zumachte, könnte sie die beiden Streuner aufpäppeln. Sie vielleicht den Winter über drin behalten. Denn draußen erfroren oder verhungerten sie womöglich. Warum sollten sie sich in der Kälte herumschlagen, wenn sie doch für die beiden sorgen könnte? Nur noch zwei Schritte, dann wäre sie da ...

Die Tür gab plötzlich ein leises Quietschen von sich, das die Katzen aufschrecken ließ, doch da war es schon zu spät. Sabrina hatte bereits den Hebel umgelegt, als sie hinter dem Sofa hervorschossen. Als sie merkten, dass der Weg nach draußen versperrt war, vollführten sie eine hastige Kehrtwende, flitzten in den Flur und von dort die Treppe hinauf nach oben.

Sabrina nahm sich eine Packung Katzenfutter und folgte ihnen. Da alle anderen Türen im oberen Stockwerk geschlossen waren, mussten sich die Tiere in ihrem Zimmer befinden. Langsam ging sie zum Türrahmen, öffnete die Aluschale mit dem Futter und stellte diese an die Ecke. Mit dem Fuß schob sie die Schale weiter in den Raum hinein und setze sich dann in den Schneidersitz auf den Boden.

Es dauerte nicht lange, bis sich die erste Katze – wieder war es die getigerte – unter dem Bett hervorwagte. Den Körper ganz dicht an den Boden gepresst, schlich sie in Richtung Futter, ließ Sabrina dabei allerdings keine Sekunde aus den Augen. Nachdem sie die ersten Brocken verschlungen hatte, ließ sich auch die andere Katze blicken. Während des Fressens entspannten sie sich zunehmend und Sabrina hatte das Gefühl, dass die beiden für einen Moment sogar ganz vergaßen, dass sich ein Mensch in ihrer Nähe befand.

Sabrina nutzte die Gelegenheit und betrachtete die Tiere genauer. Die Tatzen wirkten im Vergleich zu ihren Körpern riesig, die Ohren lang. Vermutlich waren sie noch sehr jung und doch war ihr Fell struppig und einer der beiden fehlte sogar ein Stück von ihrem linken Ohr.

Nein, auf keinen Fall würde sie diese armen Katzen wieder nach draußen lassen, wo sie der sichere Tod erwartete. Sie waren ja noch nicht einmal kräftig genug, um sich gegen die riesigen Kater aus der Nachbarschaft zu wehren.

»Ihr bleibt bei mir«, sagte sie leise, aber die Katzen flüchteten beim Klang ihrer Stimme sofort zurück unter das Bett. »Entschuldigung, ich lasse euch besser einmal zur Ruhe kommen.«

Sie schloss die Tür zu ihrem Zimmer und ging dann nach unten in die Küche. Sie brauchte nun dringend einen starken Kaffee, um wieder einen klaren Kopf zu bekommen. Denn es war an der Zeit, dass sie sich einen Plan überlegte. Einen Plan, wie sie Gerdi aus dem Wohnzimmer herausbekam. Denn mittlerweile war sie sich immer sicherer, dass sie nicht die Behörden informieren könnte. Gerdi hatte keine Freunde und keinen Job. Das hieß, niemand würde sie vermissen. Zumindest nicht so bald. Fürs Erste musste sie also nur irgendwohin, wo der Gestank nicht zu sehr auffallen würde.

Sabrina wusste sogar schon, wo dieser Ort war. Der Keller! Denn wann immer Gerdi ein Tier geschlachtet hatte, war das Fell im Keller gelandet. Sabrina konnte sich nicht mehr daran erinnern, wann sie das letzte Mal dort unten gewesen war und war deshalb lediglich in der Lage zu erahnen, wie schrecklich es dort aussehen musste. Das wäre genau die richtige letzte Ruhestätte für Gerdi.

Doch wie sollte sie es schaffen, die Leiche ihrer Mutter in den Keller zu verfrachten? Sie brauchte auf jeden Fall eine Menge Plastiksäcke. Außerdem Putzmittel und Raumspray. Bei dieser Gelegenheit konnte sie dann auch gleich etwas Spielzeug und eine Toilette für die Katzen kaufen.

Zufrieden nahm Sabrina einen Schluck von ihrem Kaffee. Von wegen unfähig. Gerdi hätte sich bestimmt gewundert, wie selbstständig und erwachsen Sabrina reagierte. Aber das war andererseits auch kein Wunder, denn schließlich begann jetzt endlich ihr eigenes Leben.

Work hard

Kerstin saß im Pausenraum des Supermarktes und strich sich mit der Hand über den Kaffeefleck auf ihrer Hose. Es war bereits nach zwölf und sie hatte die Hälfte ihres Probetages erfolgreich hinter sich gebracht. Abgesehen von ihrem Zusammenstoß mit Robin an der Bushaltestelle, bei dem sie sich gleich den frisch gekauften und noch heißen Kaffee über die Kleidung geschüttet hatte. Schlechter konnte ein Tag eigentlich kaum beginnen. Doch Kerstin hatte Robins Rat angenommen und versucht, es positiv gesehen: Das Missgeschick war bereits passiert, das hieß, der Tag konnte ja eigentlich nur noch besser werden.

Bisher hatte er recht behalten, der Vormittag war gut verlaufen und sie hatte sogar ein Lob von dem Marktleiter bekommen. Wobei sie sich fast sicher war, dass es bloß eine weitere Masche von ihm war, junge weibliche Angestellte auf möglichst unauffällige Art anzumachen. Und damit war er bei Weitem nicht der Einzige, denn seit etwa einer Stunde tummelten sich in dem Markt die Obdachlosen und Partysüchtigen, die nun ihren Rausch ausgeschlafen hatten. Kerstin hatte nach dem dritten Spruch über ihre *schönen Augen* aufgehört zu zählen, wie viele Komplimente darüber gemacht worden waren. Robin hatte sie vorgewarnt und ihr erklärt, dass Ignorieren das beste Mittel dagegen war.

Zum Glück durfte sie nach der Pause Regale einräumen und musste so nicht mit jedem dritten Kunden darüber diskutieren, warum die Lebensmittelmarken denn nicht auch für Wodka galten oder weshalb an einem Samstag nur zwei Kassen geöffnet waren. In solchen Momenten freundlich zu bleiben, war eine echte Herausforderung. Wie konnte man nur um diese Uhrzeit bereits stockbesoffen sein? Jeder hatte doch irgendein Päckchen zu tragen und Alkohol war da wohl kaum die richtige Lösung.

Der Vibrationsalarm an ihrem Handy verriet Kerstin, dass ihre Pause nun beendet war. Seufzend stand sie auf. Zeit, sich wieder um die Waren zu kümmern. Im Lager holte sie sich einen der Rollwägen, die ihr der Marktleiter vorhin gezeigt hatte. Er war bestückt mit Duschgel, Deodorants und anderen Artikeln, die in die Drogerieabteilung mussten. Sie stemmte sich mit ihrem gesamten Körpergewicht dagegen und bugsierte das schwere Teil unfallfrei in den richtigen Gang.

Als hätte sie bereits auf Kerstin gelauert, kam sofort eine Kundin auf sie zu, kaum dass sie den Wagen angehalten hatte.

»Sie da, arbeiten Sie hier?«, fragte sie gehetzt.

Nein, Kerstin trug die Uniform des Supermarktes nur, weil sie so unheimlich kleidsam war und ihre Figur so gut zur Geltung brachte. Manchmal zweifelte sie doch extrem an der Intelligenz ihrer Mitmenschen. Sie zupfte sich den Kittel zurecht, lächelte und sagte: »Selbstverständlich. Wie kann ich Ihnen denn helfen?«

»Haben Sie Spielzeug? Für Katzen? Und Leckerchen?« Das Gesicht der fülligen Frau war rot, sie schwitzte und schien völlig außer Atem zu sein. Unbeholfen fuchtelte sie mit den Händen in der Luft herum.

»Ich habe schon überall gesucht, aber nichts gefunden.«

»Da müssen Sie bei dem Haustierbedarf nachsehen. Ich kann Ihnen gerne zeigen, wo die Sachen stehen. Beim Spielzeug dürften Sie aber Pech haben. Da müssten Sie eher in einem Zooladen nachfragen«, antwortete Kerstin und führte die Frau zu dem Gang, in dem sie das Katzenfutter vermutete.

»Ach«, sagte die Kundin, als sie vor dem Regal standen. »Katzentoiletten haben Sie ja auch nicht. Und Streu. Was brauche ich denn noch ...?«

»Sie sind auf der Suche nach einer Erstausstattung?«

»Wenn Sie es so nennen wollen. Mir ist heute Morgen eine Katze zugelaufen und ich habe sie aufgenommen. Irgendjemand muss sich ja um sie kümmern, sie wäre sonst verhungert. Eigentlich hatte ich gehofft, dass ich hier alles bekommen kann ...« Sie ließ die Schultern hängen und schaute Kerstin vorwurfsvoll an, als wäre es ihre Schuld.

»Eine Streunerkatze? Ist sie denn gesund?«

»Natürlich ist es eine Streunerkatze. Das sieht man ihr sofort an. Sie war ganz zerzaust und abgemagert. Ich kümmere mich bestimmt gut um sie.«

»Ich will damit doch gar nicht sagen, dass Sie sich nicht gut um sie kümmern, aber bei dem Wetter wäre es nicht verwunderlich, wenn die Katze krank ist. Selbst ein einfacher Schnupfen kann fatale Folgen für so ein Tier haben, das ist ganz anders als bei Menschen.« Nur ungerne erinnerte sich Kerstin an die Schauergeschichten ihrer Mutter. Diese war Tierarzthelferin und erzählte häufig von freilaufenden

Katzen, die aufgrund von unbehandelten Krankheiten ihre Augen verloren oder sogar Mundfäulnis bekamen.

»Hören Sie, ich habe vielleicht keine Ahnung von Tieren, aber der Katze geht es gut. Alles, was ihr fehlt, ist ein bisschen Futter und Liebe. Ich schaue mich dann mal in einem Zooladen um. Aber vorher könnten Sie mir noch verraten, wo ich Müllsäcke finde. Die grauen, aus dickem Plastik. Außerdem Gummihandschuhe, Küchentücher, Wischlappen und Allzweckreiniger.«

Mittlerweile musste Kerstin sich anstrengen, um zu lächeln. Diese Frau behandelte sie, als wäre sie ihre persönliche Shopping-Beraterin. »Diese Sachen finden Sie allesamt in der Putzmittelabteilung«, sagte Kerstin und schürzte die Lippen. »Klingt nach einer Menge Dreck, die Sie entsorgen wollen.«

»Wie meinen Sie das?«, fragte die Kundin nervös. Kerstin hatte das Gefühl, dass das Gesicht der Frau noch mehr errötete. Falls das überhaupt möglich war.

»Na, ich meine ... in so einen Sack geht doch eine Menge rein ... Ach, vergessen Sie es.«

Die Kundin gab einen empörten Laut von sich. Mit ihrer speckigen Hand wedelte sie vor Kerstins Gesicht herum und klappte ihren Mund stumm auf und zu. Schließlich sagte sie: »Was erlauben Sie sich denn? Es geht Sie doch wohl gar nichts an, was ich mit den Dingen mache, die ich hier einkaufe! Sie arbeiten nur hier und haben sich nicht in die privaten Angelegenheiten von Kunden einzumischen!«

Kerstin hob beschwichtigend die Hände. »So war das doch gar nicht gemeint. Es sollte nur ein Witz sein ...«

Aber bevor sie ihren Satz beenden konnte, drehte sich die Kundin wutentbrannt um und stürmte in Richtung Kasse. Ihren Wagen hatte sie einfach mitten im Gang stehen lassen.

Kerstin schaute sich um, ob irgendjemand diesen Vorfall beobachtet hatte, aber zum Glück war niemand zu sehen. Sie konnte eigentlich froh darüber sein, dass die Frau direkt gegangen und sich nicht beim Marktleiter über sie beschwert hatte. Da musste sie mit ihrem harmlosen Spaß wohl unabsichtlich einen wunden Punkt getroffen haben. Sie zuckte mit den Schultern und ging wieder zurück zum Rollwagen.

Aufräumarbeiten

Der Besuch im Zooladen hatte Sabrina wieder einigermaßen beruhigt. Die Fragen der aufdringlichen Verkäuferin im Supermarkt hatten ihr Angst eingejagt. Sie hatte sich gefühlt, als könne man ihr von der Stirn ablesen, was sie getan hatte. Mittlerweile war sie jedoch eher wütend auf die Indiskretion dieser blöden Ziege. Als Angestellte eines Supermarktes stand es ihr nicht zu, die Kunden zu belästigen und sie zu fragen, wofür sie die gewünschten Utensilien benötigten.

Und dann war da noch dieser unterschwellige Vorwurf wegen der Katze gewesen. Sabrina wusste vielleicht nicht viel über Tierhaltung, aber ganz bestimmt hatten es die beiden Streuner bei ihr viel besser, als sie es je auf der Straße gehabt hatten. Sie war bereit, den beiden ein Zuhause zu geben, bei einem Menschen, der sie liebte. Und genau dafür würden die Katzen sie auch zurücklieben. Alle hatten etwas davon, da hatte sich diese dreiste Person überhaupt nicht einzumischen.

Immerhin hatte sie im Fachhandel alles bekommen, was sie benötigte und sogar noch etwas mehr. Die Utensilien zum Putzen hatte sie kurzerhand in einer Drogerie gekauft, in der zum Glück ebenfalls niemand unangenehme Fragen gestellt hatte. Die Einkäufe waren zwar nicht gerade billig gewesen und ihr Dispokredit würde diesen Monat beinahe bis zum Ende ausgereizt sein, doch das war es ihr wert. Bepackt mit vier Tüten voll mit zusätzlichem Futter,

Spielzeug und Katzenstreu sowie den Sachen aus der Drogerie machte sie sich auf den Weg zur Bushaltestelle.

Dort angekommen ließ sie die Tüten erschöpft auf den Boden sinken und rieb sich die Handflächen. Weiße Striemen zeichneten dort ab, wo das Plastik ihre Hand eingequetscht hatte. Ihre Finger kribbelten leicht, als endlich wieder Blut durch sie floss. Sie streckte ihren Rücken und ließ die Schultern kreisen. Wäre sie doch besser mit dem Auto in die Stadt gefahren, doch nach dem Schock hatte sie sich nicht mehr hinter das Steuer getraut. Ein Unfall wäre jetzt das Letzte, das sie gebrauchen konnte.

»Hallo Frau Nachbarin«, riss sie plötzlich eine Stimme aus den Gedanken. Sabrina drehte sich um und blickte genau in das Gesicht von Christian. Sie merkte, wie ihr das Blut in den Kopf schoss und ihre Wangen ganz heiß wurden.

»Oh ... du meinst ... Hallo, was machst du denn hier?«, stammelte sie. *Wie konnte man nur solch einen Mist von sich geben?* Das hier war die Innenstadt. Was machte man da wohl so? Ihr Mund fühlte sich staubtrocken an und sie räusperte sich.

»Hast das Auto wohl stehen gelassen, nachdem du mich vorhin beinahe überfahren hast, was?«

Sabrina starrte ihn an. Er unterhielt sich tatsächlich mit ihr. Und dabei grinste er so verschmitzt, dass ihr ganz anders zumute wurde. »Also das tut mir echt ... ich weiß gar nicht, was ich dazu sagen soll. Entschuldige bitte, das war nicht meine Absicht, wirklich.«

»Schon vergessen. Ich habe ja auch ein bisschen überreagiert, aber in diesem Moment dachte ich wirklich, dass es gleich kracht.« Er deutete auf die Tüten, die sie zwischen ihren Beinen festgeklemmt hatte. »Soll ich dir etwas davon abnehmen? Die sehen schwer aus.«

Alles, was Sabrina zustande brachte, war ein erstauntes Nicken. Der Mann ihrer schlaflosen Nächte stand vor ihr, lächelte sie an und sprach mit ihr. Und dann war er auch noch so nett. Er interessierte sich ganz offensichtlich für sie.

Als die Linie 781 vor ihnen hielt, griff er nach den Tüten. Er schnaufte kurz, als er sie anhob, trug sie dann aber ohne zu murren in den Bus hinein. »Die sehen also nicht nur schwer aus«, sagte er. »Ich wusste gar nicht, dass ihr Katzen habt. Lasst ihr die gar nicht raus?«

»Wir haben gar keine. Also zumindest bis heute nicht. Mir sind zwei Kätzchen zugelaufen, eines davon verletzt und ich kümmere mich jetzt um sie, bis die eine wieder gesund ist.«

»Wow, Respekt. Das ist ja richtig nobel von dir.«

Sabrina nickte, stolz auf sich, dass ihr die Sache mit der Verletzung so spontan eingefallen war. Klar machte es einen guten Eindruck, wenn sich jemand einer armen Kreatur annahm. Doch es war auch mutig und heldenhaft, ohne dass eines der Tiere verletzt war. Ganz egal, was die Verkäuferin sagte, Sabrina würde sich von ihr nichts einreden lassen.

Als sich die Türen an der nächsten Haltestelle öffneten, stürmte eine Bande Jugendlicher in den ohnehin schon überfüllten Bus. Sabrina drängte sich enger an Christian heran, um ihnen Platz zu machen. Sogar ein wenig näher, als es notwendig gewesen wäre, so sehr, bis ihre Brüste seinen Unterarm berührten. Christian verzog keine Miene, schaute jedoch stur in die andere Richtung. Doch das war ihr egal. Wenn er bald umzog, war das vermutlich die letzte Gelegenheit, ihm irgendwie nahezukommen und die würde sie nicht ungenutzt verstreichen lassen.

Leider schlängelte sich der Bus viel zu schnell durch den dichten Stadtverkehr und erreichte das Viertel, in dem sie wohnten, viel zu früh für ihren Geschmack. Nur noch zwei Haltestellen lagen jetzt vor ihnen, dann müsste sie sich wieder von Christian trennen. Ganz leicht schwankte sie mit dem Oberkörper hin und her, sodass sich ihre Brüste erneut an ihm rieben. Sie atmete tief ein und saugte unauffällig seinen Geruch in sich auf. Die Stelle zwischen ihren Beinen wurde feucht.

Wenn nur all diese Menschen um sie herum nicht wären.

An der Haltestelle in ihrer Straße angekommen, stürmte Sabrina aus dem Bus. Sie stand kurz vor einer Explosion. Zu Hause musste sie dringend duschen. Eiskalt duschen. Sie nahm sich vor, die Zeit, die ihr noch mit Christian als Nachbar blieb, so gut es ging zu nutzen, und jeden Abend am Fenster nach ihm Ausschau zu halten.

»Soll ich dir die Sachen noch reintragen oder kommst du alleine zurecht?«, fragte er, als sie vor Sabrinas Haus angekommen waren.

»Oh nein. Lieber nicht, aber danke.«

Ihre Antwort einfach ignorierend hob er die Tüten hoch und ging damit auf das Hoftor zu.

»Nein, wirklich. Meine Mutter ... Es geht ihr heute nicht so gut. Sie wäre sicher gar nicht begeistert, wenn ich einfach jemanden mitbringe.« Sie zog ihn am Ärmel seiner Jacke zurück und nahm ihm eine der Tüten ab. »Aber wenn du willst, lade ich dich irgendwann gerne mal auf einen Kaffee ein. Als Dankeschön ...« Ihr Gesicht glühte und sie konnte nicht fassen, dass sie das gerade wirklich gesagt hatte. Am liebsten wäre sie sofort im Erdboden versunken.

Christian blieb stehen und hielt ihr die restlichen Einkäufe hin. »Ach, das war doch kein Ding.«

Klar, dass er nicht zusagte. Was Sabrina momentan allerdings eher beruhigte als enttäuschte. Denn das Haus war weit davon entfernt in einem vorzeigbaren Zustand zu sein und so schnell würde sich das auch nicht ändern.

»Wobei ... eine Einladung zu Kaffee und Kuchen, kann ich gar nicht ausschlagen. Also sag mir einfach Bescheid«, fügte er hinzu und zwinkerte sie an.

Mist. Jetzt konnte sie die Einladung wohl kaum wieder zurücknehmen.

Christian verabschiedete sich und ging dann eilig die paar Schritte hinüber zum Nachbarhaus. Sabrina wartete, bis er verschwunden war, und schloss dann die Tür auf.

Drinnen prallte sie augenblicklich auf eine Wand aus Gestank. Zu dem Aroma des Mülls mischte sich mittlerweile auch noch ein leicht süßlicher Geruch. Sabrina stellte die Tüten ab, legte ihre Jacke neben die Statue und ging dann in die Küche, um dort die Fenster zu öffnen. Wenn sie hier unten vorankommen wollte, musste sie erst einmal für frische Luft sorgen. Bei dem Gedanken an die ihr bevorstehenden Aufgaben musste sie spontan würgen.

Sie lehnte ihre Stirn sicherheitshalber kurz an den Schrank über dem Spülbecken und atmete eine Weile durch den Mund, um ihren Magen wieder zu beruhigen. Dann wagte sie noch einmal den Versuch, tief durch die Nase einzuatmen. Dieses Mal funktionierte es tatsächlich. Der Geruch kam ihr nur noch halb so schlimm vor.

Sabrina stützte sich erleichtert auf die Anrichte. Mit dem Ellenbogen fegte sie die Ordner mit den Rezepten vom Schrank. Auch Gerdis geliebtes Milchkännchen in Kuhform fiel herunter und zerschellte auf dem Boden. Aber Sabrina interessierte es nicht. All diese angeblichen Sammlerstücke ihrer Mutter waren doch in Wirklichkeit gar nichts wert. Sie standen nur nutzlos herum und verschwendeten Platz oder waren längst unter Müll begraben.

Zum Glück musste ihr Vater nicht mehr erleben, was Gerdi aus dem Haus gemacht hatte. Und wenn Sabrina ehrlich war, war sie mit dafür verantwortlich. Sie war nicht hartnäckig genug gewesen. Hatte sich nicht ausreichend gegen Gerdi zur Wehr gesetzt. Es war ihre Schuld, dass es so weit gekommen war.

Doch jetzt würde sich endlich alles ändern. Es würde kein Aufschieben mehr geben, sie würde sich sofort an die Arbeit machen. Sie nahm die Packung Latexhandschuhe aus einer der Tüten, streifte sich zwei Paar über und ging dann ins Wohnzimmer.

Mutig schaute sie Gerdi direkt ins Gesicht. Mittlerweile hatte der Anblick für sie seinen Schrecken verloren. Die

Person auf dem Sofa war nur noch eine leere Hülle. Nicht einmal eine besonders furchteinflößende Hülle. Mit den wirr abstehenden Haaren und der wächsernen Haut sah sie in ihrem fleckigen Schlafanzugoberteil eher wie eine bemitleidenswerte Verrückte aus den Achtzigern aus.

»Du machst es dir ganz schön leicht«, sagte Sabrina zu dem toten Körper. »Erst verwandelst du unser Zuhause in eine Müllkippe und jetzt machst du dich einfach aus dem Staub. Überlässt es mir, damit klarkommen zu müssen.«

Das sah ihrer Mutter ganz ähnlich. Sogar im Tod sorgte sie noch dafür, dass Sabrinas Leben die Hölle war.

Neugierde mit Folgen

Bei jedem Schuss, der durch die Luft pfiff, zuckte Christians Körper unwillkürlich zur Seite, als müsse er in seinem Schreibtischstuhl den Kugeln ausweichen. Er hatte das Gefühl, die Patronen würden genau neben seinem Kopf und nicht zwischen den Pixeln auf dem Monitor explodieren, was nicht zuletzt an der voll aufgedrehten Lautstärke seiner Kopfhörer lag. Wäre er nicht zu faul gewesen, seine Anlage an den Computer anzuschließen, hätte er das Spiel sogar über die Boxen laufen lassen können, da sein Vermieter für einige Zeit im Krankenhaus war. Weil er aber einen Abend mit Christopher Nolans Batman-Trilogie geplant hatte, hatte er die Anlage an den Fernseher angeschlossen gelassen und begnügte sich stattdessen mit den Kopfhörern.

Ein Ladebildschirm ploppte plötzlich auf seinem Monitor auf. Er hatte ein weiteres Level geschafft. Automatisch wanderte seine Hand weg von der Maus zu der Stelle, an der sich normalerweise seine Bierdose befand. Vor zwei Wochen hatte er sich vorgenommen, seinen Alkoholkonsum einzuschränken, und seitdem ließ er das Bier weg, das er sonst nebenbei während des Zockens in sich hineingeschüttet hatte. Aber die Automatismen seines Körpers hatten sich anscheinend noch nicht daran gewöhnt.

Ein Schuss, der direkt neben seinem virtuellen Ego in den Boden einschlug, zog seine Aufmerksamkeit wieder auf sich. Der neue Abschnitt hatte bereits geladen, ohne dass er es auf seiner Suche nach der Bierdose mitbekommen hatte.

Eine weitere Kugel zischte gerade an seinem Charakter vorbei. Zeit, sich Deckung zu suchen. Mittels der W- und Shift-Taste befahl er dem Soldaten auf dem Monitor, zur nächsten Hausecke zu rennen. Bevor er sein Ziel erreicht hatte, dröhnte allerdings ein weiteres Krachen aus seinen Kopfhörern und sein Spielcharakter kippte nach vorne um. Die Kamera löste sich aus der Ego-Perspektive, schwebte nach oben und zeigte den erschossenen Spieler, während er auf dem Boden lag.

Sie sind tot …

Die leuchtend rote Schrift auf dem langsam dunkler werdenden Hintergrund brannte sich auf seiner Netzhaut ein.

»Verdammt«, brüllte er wütend und riss die Kopfhörer von seinen Ohren. »So eine Scheiße!« Mit voller Wucht schlug er seine Faust auf die Tischplatte. Der Pressspan krachte besorgniserregend und für einen Moment hatte er die Befürchtung, der Schreibtisch würde seiner Wut nicht standhalten. Er rieb sich seine schmerzenden Fingerknöchel und atmete einmal tief durch. Er musste lernen seine Wut besser unter Kontrolle zu halten.

»Nicht nur tot, sondern auch noch schwer verletzt«, murmelte er. Jetzt musste er das Spiel wohl oder übel von vorne starten. Warum war er auch nur auf die dumme Idee gekommen, den Hardcoremodus zu wählen, in dem man nicht sterben durfte? Ein Schluck Bier würde bestimmt dabei helfen, dass er sich wieder besser konzentrieren konnte …

Nein. Er musste das durchziehen. Schon wegen seiner Schwester. Diese hatte ihm vor ihrem Urlaub angedroht, dass er jegliche Unterstützung ihrerseits verlieren würde, wenn er sich nicht besser unter Kontrolle bekäme. Aufgrund seiner Drogenvergangenheit konnte er ihre Bedenken andererseits aber auch verstehen. Sie konnte ja nicht wissen, dass ein Feierabendbier - oder auch mal zwei, drei oder vier - rein gar nichts mit einer Sucht zu tun hatten. Er konnte das Trinken schließlich jederzeit sein lassen und das würde er ihr beweisen.

Das Spiel fragte ihn nun, ob er einen neuen Versuch starten wolle. Er klickte auf Nein und der Desktop erschien. Im Moment hatte er genug davon, er brauchte jetzt erst einmal eine Zigarette. Er öffnete das Fenster und steckte sich eine an. Kalte Luft strömte von draußen an seinem Körper entlang und er fing an zu frösteln. Das Spiel hatte ihn so mitgerissen, dass seine Achseln schweißnass waren. Er roch an ihnen und rümpfte angewidert die Nase. *Ob er vorhin im Bus auch schon so gemüffelt hatte?*

Bestimmt nicht, sonst hätte sich die dicke Nachbarin nicht so aufdringlich an ihn rangeschmissen. Er hatte zwischenzeitlich die Befürchtung gehabt, dass sie sich jeden Moment die Klamotten vom Leib reißen würde, um ihn an Ort und Stelle zu vernaschen. Andererseits ... Vielleicht war es genau der Geruch gewesen, der sie so angemacht hatte. Es hatte ja schließlich jeder so seine Vorlieben. Seine Vorliebe war sie aber auf keinen Fall.

Obwohl er schon eine ganze Weile keinen Sex mehr gehabt hatte, blieb er bei ihrem Anblick doch lieber abstinent. Diese Frau könnte man ihm auch nackt auf den Bauch binden und es würde sich rein gar nichts bei ihm regen. Dabei spielte noch nicht einmal ihr Gewicht so sehr eine Rolle, denn er hatte schon mehr als eine füllige Frau im Bett gehabt. Die Nachbarin war einfach eine dermaßen ungepflegte Erscheinung, dass es ihm schon unangenehm war, neben ihr zu stehen. Wenn er sie traf, hatte er ständig das Gefühl, dass sie eine Art Gestank umgab, den er zwar nicht zuordnen konnte, der ihm aber äußerst unangenehm aufstieß.

Nachdem er die Kippe auf der Fensterbank ausgedrückt hatte, ging Christian ins Schlafzimmer, um sich einen Pullover zu holen. Leise schlich er sich am Bett vorbei, um Kathi nicht aufzuwecken. Er war froh, dass sie endlich etwas schlief. Sie war hochschwanger und benötigte die Ruhe deshalb dringend. Außerdem war ihre Laune im wachen Zustand momentan nicht unbedingt die Beste, was allerdings auch irgendwie verständlich war, angesichts des riesigen Bauches, den sie mit sich herumschleppte.

Er warf einen Blick auf die dicke Wölbung, die sie gerade entspannt nach oben reckte. Ihr Brustkorb hob und senkte sich in regelmäßigen Abständen. Gerne hätte er sie gestreichelt, doch er wollte sie auf keinen Fall stören oder aufwecken. Leise schlich er wieder aus dem Zimmer und suchte seine Schachtel Zigaretten. Bevor er einen weiteren Versuch starten würde, im Dschungel aufzuräumen, wollte er noch eine rauchen. Er entdeckte sie schließlich hinter seinem Monitor. Gierig fingerte er eine Kippe aus der Schachtel und ging abermals zum Fenster.

Sein Blick fiel auf das Wohnzimmer des Nachbarhauses. Wie immer herrschte dort ein heilloses Chaos. Manchmal machte er sich einen Spaß daraus und versuchte, die leeren Flaschen auf dem Wohnzimmertisch zu zählen.

Mittlerweile standen aber so viele dort, dass es kaum noch möglich war, ihre exakte Menge festzustellen. Christian grinste, als er daran dachte, wie die jüngere der beiden Frauen vorhin in Verlegenheit geraten war. Sie würde noch einiges zu tun haben, bevor sie ihn je auf einen Kaffee in dieses Haus einladen könnte. Und wenn es so weit war, wäre er hoffentlich schon längst über alle Berge.

Nur noch zwei Wochen, dann konnte er in seine neue Wohnung umziehen. Einerseits freute er sich darauf, endlich in die Nähe seines Arbeitsplatzes zu ziehen, aber andererseits machte ihm die Vorstellung vom Dorfleben doch etwas Angst. Er hatte keine wirklichen Freunde, aber in der Stadt gab es immer eine Kneipe, in der sich jemand zum Quatschen fand. In dem kleinen Ort, in den er nun zog, wäre er garantiert der Einzelgänger. Wenigstens sparte er sich neben den Fahrtkosten auch einen beträchtlichen Anteil an Mietausgaben, denn die neue Wohnung kostete etwas mehr als die Hälfte seiner jetzigen Bleibe und war dabei fast exakt so groß.

Drüben im Haus ging das Licht an und Christian schob den Gedanken an seinen Umzug wieder beiseite. Die jüngere der beiden Frauen kam nun direkt auf das Fenster zu und öffnete die Tür zur Terrasse. Christian wich etwas nach hinten, denn er wollte auf keinen Fall, dass sie ihn entdeckte. Allerdings schien die Nachbarin sowieso vollkommen in Gedanken versunken zu sein. Sie starrte eine Weile ins Leere, drehte sich dann um und verschwand wieder aus Christians Blickfeld.

Er nahm noch einen tiefen Zug aus seiner Zigarette und spuckte dann die Kippe aus, denn er hatte den Filter geraucht. Nachdem er den Stummel auf der Fensterbank ausgedrückt hatte, nahm er sich die Schachtel und fingerte eine weitere Zigarette heraus. Eine würde er noch rauchen, noch ein bisschen abwarten, was drüben so passierte. Mittlerweile war aus dem Inneren des Nachbarhauses ein leises Klirren zu vernehmen.

Um etwas besser sehen zu können, lehnte er sich noch weiter nach draußen. Was er dann entdeckte, verschlug ihm den Atem. Denn dort stand mitten im Wohnzimmer mit hochrotem Kopf, die jüngere der beiden Frauen und packte die Alte an der Wade. In diesem Augenblick plumpste diese einfach so vom Sofa und ihr Kopf schlug mit einem dumpfen Geräusch auf dem Boden auf. Sie zeigte keinerlei Reaktion. Offensichtlich war sie viel zu betrunken.

So sehr, dass sie bewusstlos ist? Die Tochter schien sich nicht sonderlich für den Zustand ihrer Mutter zu interessieren, denn sie zog diese einfach weiter an deren Bein.

Das Oberteil der alten Frau rutschte nun langsam nach oben und gab ihren voluminösen Bauch frei. Noch immer reagierte sie nicht. Ihre Tochter legte mittlerweile eine Pause ein, hatte sich auf den Boden gesetzt und wischte sich mit dem Ärmel erschöpft über das Gesicht. Jetzt erkannte er plötzlich, dass sie Einmalhandschuhe trug. Und er entdeckte noch etwas. Auf dem hellgelben Schlafanzugoberteil der alten Frau zeichnete sich ein dunkler Fleck ab. Etwas von der bräunlichen Masse befand sich auch an ihrem Mund und auf dem Kinn.

War das möglicherweise Blut? Beobachtete er gerade etwa ein Verbrechen?

Ihm kam automatisch der Film *Das Fenster zum Hof* von Alfred Hitchcock in den Sinn, in dem ein zeitweise an den Rollstuhl gefesselter Mann seinen Nachbarn bei einem vermeintlichen Mord beobachtete. Im Gegensatz zu dem Kerl aus dem Film hatte er allerdings keinen Freund bei der Polizei, den er mal eben mit Nachforschungen beauftragen konnte. Aber er hatte auch kein gebrochenes Bein und war deshalb in der Lage, sich schnell zu überzeugen, dass dort drüben alles mit rechten Dingen zuging. Wenn ihm all die Gewaltspiele in letzter Zeit eine zu stark ausgeprägte Fantasie beschert hatten, umso besser. Dann hätte er wenigstens seine Bürgerpflicht getan.

Er schloss das Fenster und zog sich seine Turnschuhe an. Er würde einfach mal eben zur Terrasse hinübergehen und nach einem Paket fragen. Die Nachbarn hatten schon öfter etwas für ihn angenommen, es wäre also nichts Ungewöhnliches, wenn er dort eines vermuten würde. Und wenn er dann *zufällig* die Mutter auf dem Boden im Wohnzimmer entdeckte, würde die Tochter ihm eine Erklärung dafür liefern müssen. Er hoffte nur, dass sie eine Einleuchtende parat hatte.

Wenn es kommt, dann kommt es dicke

Gerdis Finger fühlten sich unnatürlich und kalt an. Steif lagen sie in Sabrinas Hand. Auch die doppelte Lage Einmalhandschuhe half nichts gegen das Schaudern, das der tote Körper bei Sabrina auslöste. Sie wandte ihren Blick ab und versuchte sich vorzustellen, dass sie ein paar Wienerwürste in der Hand halten würde. Aber es funktionierte nicht. Es war ihr vollkommen bewusst, was sie da zwischen den Fingern hatte und das ließ sich nicht einfach beiseiteschieben.

»Mann, es gibt nichts, wovor du dich ekeln musst«, sagte sie sich laut und zog beherzt an Gerdis Hand. Der Kopf ihrer Mutter kippte nun nach vorne und der Oberkörper folgte der Bewegung. Als der riesige Bauch auf den Oberschenkeln aufkam, entwich dem toten Körper ein lauter Furz. Sabrina würgte und ließ augenblicklich die Hand los. Wenn sie nicht wollte, dass der Teppich nachher vollkommen versaut war, brauchte sie dringend etwas zum Unterlegen. Sie holte die Müllsäcke, schnitt sie an den Seiten auf und legte damit einen Weg von der Couch bis zum Keller aus. Schließlich packte sie mit beiden Händen den Unterschenkel ihrer Mutter und zog heftig daran.

Ein leichter Ruck ging durch den Körper und brachte die Hüften in Wallung. Aber ansonsten bewegte sich Gerdi kein Stück in ihrer Kuhle.

»Komm schon«, sagte Sabrina wütend und lehnte sich mit ihrem ganzen Gewicht nach hinten. Der Oberkörper kippte zur Seite und Gerdis Hintern rutschte etwas mehr in Richtung Kante. Sabrina stellte sich breitbeinig hin, stemmte ihre Füße in den Boden neben die Müllsäcke und zog dann mit ihrem ganzen Körpergewicht an der Leiche ihrer Mutter. Endlich setzte sich der massige Körper in Bewegung und kam auf sie zu.

Sabrina konnte gerade noch einen Schritt nach hinten machen, um nicht hinzufallen, als Gerdi auch schon auf den Boden polterte. Der Kopf lehnte noch in einer ungesund verdrehten Position am Sofa. Ihr Schlafanzugoberteil war nach oben gerutscht und gab ihren weißen Bauch mit tiefen Furchen von gerissenem Bindegewebe frei.

Sabrina wurde plötzlich schwindelig und sie setzte sich kurz auf den Boden. Obwohl die Tür zur Terrasse offen war, stand die Luft im Wohnzimmer förmlich und Sabrina hatte das Gefühl, kaum atmen zu können.

»Reiß dich zusammen«, sagte sie mit zittriger Stimme. Wenn das so weiterging, wäre sie noch bis morgen damit beschäftigt, Gerdi zum Keller zu schleifen. Und selbst wenn sie die Leiche dann endlich fürs Erste beseitigt hatte, gab es noch genügend andere Dinge im Haus für sie zu tun. Am liebsten wäre es ihr, wenn sie es bis morgen Abend schaffen würde, ein einigermaßen sauberes Haus zu haben. Der Wunsch war hochgegriffen, das war ihr schon klar, aber sie hatte sich fest vorgenommen, so viel zu schaffen wie nur irgendwie möglich. Mit dem Ärmel wischte sie sich den Schweiß von der Stirn und stand auf.

Sie packte die Ecken des Müllsacks, auf dem Gerdi lag, und wickelte sie um deren Fußgelenk, dann zog sie das unhandliche »Paket« Zentimeter für Zentimeter in Richtung Flur. Dort angekommen ließ sie die Füße fallen und atmete tief durch. Ihre Schultern und Oberarme schmerzten und sie war froh, dass es nicht mehr weit bis zum Keller war. Einige der Mülltüten, die den Flur verstopften, hatte sie bereits vorhin die Kellertreppe runtergeworfen, sodass sie nun freie Bahn durch den Flur hatte.

Nur noch ein Schluck Wasser, dann würde sie sich an den Rest wagen. Sie ging ins Wohnzimmer, wo sie die Flasche vorhin abgestellt hatte. Ihr Blick fiel auf die geöffnete Terrassentür und sie erstarrte plötzlich. Denn hinter den Blumenkästen mit den verrotteten Pflanzenresten stand Christian. In ihrem Garten! Und nein, er stand gar nicht, sondern er bewegte sich gerade zielstrebig auf die Treppe zu, die hoch zu ihrer Terrasse führte.

Panisch raffte Sabrina die ausgelegten Müllsäcke zusammen und warf sie einfach in den Flur und auf Gerdi. Doch noch immer konnte man sehr deutlich erkennen, dass dort jemand lag. Mit dem Fuß trat Sabrina hektisch die Wohnzimmertür zu und eilte dann zurück in Richtung Terrasse. Genau in diesem Moment tauchte auch schon Christians Gesicht im Fenster auf. Unsicher lächelte sie ihn an, als er an die Scheibe klopfte und ins Wohnzimmer schaute.

»Hallo«, rief sie lauter als notwendig. »So schnell sieht man sich wieder, nicht wahr?«

»Hi«, grüßte er sie und rümpfte die Nase beim Anblick des Chaos. »Eigentlich wollte ich nur kurz fragen, ob ihr ein

Paket für mich angenommen habt. In der Mail steht, es wurde bei einem Nachbarn abgegeben, aber ich hatte keinen Zettel im Briefkasten. Da dachte ich mir, ich frage einfach mal nach. Komme ich vielleicht ungelegen?«

»Nein«, sagte Sabrina und schaute sich um. »Also ja. Ich meine, es ist kein Paket für dich hier und ja, leider passt es gerade nicht so gut. Ich bin am Aufräumen. Wird mal wieder Zeit, wie du siehst. Meine Mutter ist ...«

»Ist alles in Ordnung bei euch?« Sein Blick ging an ihr vorbei. »Was ist das denn?«

»Warum sollte nicht alles in Ordnung sein? Was meinst du?« Sie folgte seinem Blick und verzog das Gesicht. Auf dem Sofa, genau in Gerdis Sitzkuhle, zeichnete sich ein bräunlich-roter Fleck an. Anscheinend hatte sie sich nicht nur obenrum entleert.

»Das sieht ja aus wie Blut ...«

»Quatsch. Ich hab dir doch erzählt, dass es ihr nicht gut geht. Du musst wissen«, Sabrina senkte ihre Stimme, als könnte Gerdi mithören, »sie hat gerade schlimmen Durchfall.«

»Und es geht ihr gut?«

»Wie man es nimmt ...«

Christian machte einen Schritt ins Wohnzimmer. »Kann ich sie mal kurz selbst fragen?«

»Natürlich nicht. Sie ... Sie ist gerade im Bad.«

»Hallo?«, rief er laut und versuchte sich an Sabrina vorbeizudrängen.

»Frau Wichert? Ist alles in Ordnung bei Ihnen?«

Sabrina packte ihn am Arm und hielt ihn fest. »Es reicht jetzt! Misch dich nicht in unser Leben ein! Raus hier, und zwar sofort!«

Er schubste sie von sich weg und ging hastig zur Wohnzimmertür.

»Nein«, schrie Sabrina panisch, doch es war schon zu spät. Christian hatte die Tür bereits geöffnet.

Willkommen in der Großstadt

»Hey, warte doch mal«, rief Robin ihr hinterher, als Kerstin gegen vier Uhr den Supermarkt verließ. Ihre Füße schmerzten und sie war hundemüde. Der Probetag hatte drei Stunden länger gedauert als ursprünglich geplant, weil der Marktleiter sie gebeten hatte, spontan noch für eine kranke Kollegin einzuspringen. Im Gegenzug hatte er ihr eine Zusage gegeben und ihr versprochen, sie gleich ab der nächsten Woche für Schichten einzutragen.

»Du stürmst ja davon wie ein Torpedo«, sagte Robin schnaufend, als er sie endlich eingeholt hatte. »Ich wollte dir doch noch gratulieren. Freut mich, dass wir ab jetzt Kollegen sind.«

»Danke. Jetzt fehlt mir nur noch eine Wohnung zu meinem Glück.«

»Wie fandest du es denn so? Mal abgesehen von dem Kaffee-Malheur heute Morgen. Sorry noch einmal dafür.«

Kerstin winkte ab und suchte ihre Jackentaschen nach Zigaretten ab. »Längst vergessen. Die Arbeit war in Ordnung, anstrengend aber machbar. Ich bin ja nicht hier, um mich auszuruhen, nicht wahr?«

»Das sollten wir feiern, findest du nicht? Komm, ich lade dich auf einen Drink ein, den schulde ich dir.« Er hakte sich kurzerhand bei ihr unter und gab ihr mit der Hüfte einen Schubs. Spätestens jetzt war Kerstins erster Eindruck bestätigt. Robin war schwul.

Obwohl sie eigentlich nichts lieber wollte, als sich in ihr Bett zu legen und etwas fernzusehen, war sie geneigt, die Einladung anzunehmen. Denn schwule Männer wussten in der Regel immer, wo es die besten Drinks gab. Außerdem war sie schon eine ganze Weile nicht mehr aus gewesen und bei einem *Date* mit einem Schwulen gab es auch keine Erwartungen zu enttäuschen. Aber dann fiel ihr Blick wieder auf den großen braunen Fleck auf ihrem Oberschenkel.

»Oh«, sagte sie und schüttelte den Kopf. »Ich glaube, ich muss dir absagen. So kann ich doch nicht in einer Bar auflaufen.«

»Alles schon geregelt. Du kommst mit in die WG, wir haben im Erdgeschoss eine Ladenpassage und da ist ein Waschsalon. Für fünf Euro hast du in knapp zwei Stunden eine saubere und trockene Hose. Keine Sorge, du kannst so lange eine Jogginghose von mir haben.«

Kurze Zeit später saß Kerstin in Robins winzigem WG-Zimmer, das nur aus einem Bett, einem Schreitisch und einer Kommode von Ikea bestand und eigentlich schon damit heillos überfüllt war. Robins Laptop auf ihrem Schoß fuhr gerade hoch und sie wartete darauf, dass er mit dem phänomenalen Espresso aus dem WG-Vollautomaten zurückkam, von dem er ihr den gesamten Heimweg vorgeschwärmt hatte. Die Zeit, bis sie ihre Jeans aus dem Waschsalon holen konnte, wollten sie nutzen und gemeinsam nach einer Wohnung für Kerstin suchen.

Der Bildschirm des Laptops wurde kurz blau, dann erschien der Desktop und Kerstin rief die Seite für private

Wohnungsangebote auf. Ihre Zuversicht wandelte sich schnell in Enttäuschung. Obwohl die Seite explizit für Privatanbieter gedacht war, handelte es sich bei den meisten Angeboten um gesponserte Werbung und die angebotenen Wohnungen wurden ausschließlich von Maklern vermittelt. Viel zu teuer für sie. Einige Angebote waren auch von Wohnungsbaugesellschaften, auf deren Internetseiten man sich mit seinem Verdienstnachweis um eine Wohnung bewerben musste.

Bis Robin endlich mit dem Espresso auftauchte, hatte sie gerade mal zwei für sie infrage kommende Angebote gefunden.

»Och, jetzt mach doch nicht so ein Gesicht«, sagte er, als er sich neben sie setzte. »Ich weiß, dass ich lange gebraucht habe. Aber erst hat Ben das Klo blockiert, bis ich mir fast ins Höschen gemacht habe und dann hat sich die Maschine im Spülgang aufgehängt und ich musste sie neu resetten. Dafür muss sie immer gleich zehn Minuten vom Strom ...«

Kerstin legte ihm die Hand auf das Knie und nahm ihm die Espressotasse ab. »Ist schon in Ordnung, ich habe mich ja beschäftigt.«

»Lass mich mal sehen!« Er lehnte sich über ihre Beine und nahm sich den Laptop, den sich neben sich auf das Bett gestellt hatte. »Die Seite kannst du vergessen. Sieh mal, ich zeige dir einen Geheimtipp.«

»Wenn das so ein Geheimtipp wie der Hippiemarkt auf Ibiza ist, dann kennt ihn jeder Student auf der Welt.«

»Warst du auch schon mal da? Mein Gott, die Insel ist der Wahnsinn. Ich könnte ja sofort dorthinziehen. Und der Markt, der ist schon alleine eine Reise wert. Nächsten Sommer wollte ich da wieder hinfliegen.«

Kerstin schaute ihn skeptisch an. Sprachen sie beide vom gleichen Markt? »Er war gnadenlos überfüllt und hatte ganz schön wenig vom Hippiedasein.«

»Nicht dein Ernst, oder?«, fragte er und schlug sich theatralisch die Hand auf das nicht vorhandene Dekolleté. »Du musst der Antichrist sein. Der Hippiemarkt in Es Caná ist der schnuckeligste und gechillteste Markt, den ich jemals besucht habe.«

»Der im Reiseführer als absoluter Geheimtipp aufgeführt ist. Das ist einfach nur eine Touristenfalle. Aber sehenswert, da gebe ich dir schon recht.«

»Nein, da werden wir uns nicht einig. Aber *der* Geheimtipp wird dir gefallen, das garantiere ich dir. Die Seite heißt zwar *Mitbewohner gesucht*, aber es gibt eine Suchoption für Wohnungen. Die ist versteckt, undwenn man dort etwas findet, kann man sich sicher sein, dass man nicht schon wegen seines Studentenstatus' eine Absage kassiert.«

»Das dürfen die doch gar nicht ...«, meinte Kerstin empört, doch Robin lachte nur.

»Hier herrscht absolute Wohnungsnot, die dürfen alles, was sie wollen. Was meinst du, wie oft ich mir schon anhören musste, dass ich als Student nicht in die engere Auswahl komme oder mir noch nicht mal die Wohnung ansehen durfte, weil mein Status direkt an der Tür abgefragt wurde.«

»Du machst mir ja echt Hoffnungen«, murmelte sie. Die Wohnungsangebote von Robin stimmten sie auch nicht unbedingt fröhlicher. Sie fragte sich, welcher Student es sich leisten konnte, für vierzig Quadratmeter über fünfhundert Euro Kaltmiete auszugeben. Dafür musste man schon von Beruf Tochter oder Sohn sein ... von sehr wohlhabenden Eltern.

Etwas, von dem Kerstin nur träumen konnte. Seit ihr Vater vor drei Jahren einen Schlaganfall erlitten hatte, war er Frührentner und bekam nur eine winzige Rente. Ihre Mutter, als Arzthelferin in einer Tierarztpraxis angestellt, hatte ihre liebe Mühe, die Restschuld des Hauses zu tragen und dennoch jeden Abend etwas zu Essen auf den Tisch zu stellen. Eine Unterstützung von Kerstins spätem Studienwunsch war deshalb absolut undenkbar.

Insgesamt fand Kerstin zwei Wohnungen, die in ihrem Budgetrahmen lagen, und vereinbarte mit einem der beiden Vermieter direkt einen Termin für den nächsten Montag.

»Wo zieht es uns denn hin?«, fragte sie Robin und klappte den Laptop zu. Denn jetzt brauchte sie wirklich einen Drink.

Ist das noch Notwehr?

Christian stand in der Tür zum Flur. Bis auf den Husten – oder war es ein Würgen? – das seinen Körper schüttelte, bewegte er sich nicht. Dann drehte er sich zu Sabrina um und verzog angeekelt das Gesicht.

»Was zur Hölle stellt ihr mit diesem Haus an? Man kann sich ja denken, dass ihr keine Putzkoryphäen seid, aber das?« Er wedelte mit der Hand vor seinem Gesicht herum.

»Es hat dich ja schließlich niemand hereingebeten«, murmelte Sabrina.

»Und was ist das da auf der Couch? Das ist ja ekelhaft!«

Sabrina zuckte mit den Schultern und deutete zur Terrasse. »Es steht dir jederzeit frei, wieder zu verschwinden.«

»Vorher will ich noch von deiner Mutter hören, dass alles in Ordnung ist. Der Fleck da sieht eindeutig aus wie Blut.« Wie ein kleiner Junge verschränkte er die Arme vor seiner Brust. Fehlte nur noch, dass er mit dem Fuß aufstampfte.

»Ich habe dir doch schon gesagt, dass sie nicht hier unten ist. Willst du sie vielleicht in der Badewanne besuchen?« Noch während sie es aussprach, bereute Sabrina das Angebot. Christian runzelte die Stirn. Er schien tatsächlich darüber nachzudenken, das Angebot anzunehmen.

»Hast du jetzt endlich genug hier herumgeschnüffelt?«, fragte sie, um ihn endlich zum Gehen zu bewegen.

Anstatt ihr zu antworten, drehte er sich unvermittelt um und stürmte in den Flur hinein. Dort verhedderte sich sein Fuß prompt zwischen Gerdis Beinen, die unter den Müllsäcken verborgen waren. Er strauchelte, versuchte, an der Wand halt zu finden und fiel schließlich der Länge nach hin. Dabei verrutschte die graue Plane und gab Gerdis nackten Bauch frei. Ein Ausdruck des Entsetzens bildete sich auf seinem Gesicht.

Er robbte ein Stück von Gerdis totem Körper weg, kniete sich hin und legte den Kopf frei. Mit schreckensgeweiteten Augen starrte er Sabrina an und rüttelte heftig an Gerdi, als könne er sie so wieder zum Leben erwecken. »Was läuft denn hier für eine Scheiße? Wolltest du sie einfach hier im Flur liegen lassen?«, schrie er fassungslos.

Sabrina stand da, öffnete den Mund und schloss ihn wieder, ohne etwas gesagt zu haben. Sie wusste beim besten Willen nicht, was sie darauf erwidern sollte. Es gab schließlich keine Erklärung für das, was hier passiert war. Jedenfalls keine, die Christian hätte nachvollziehen können. Deshalb zuckte sie nur schweigend mit den Schultern.

»Du hast ja völlig den Verstand verloren«, brüllte Christian hektisch und rappelte sich hoch. Dabei hielt er sich an der Kommode fest. Die Soldatenstatue wackelte gefährlich und polterte schließlich auf den Boden. Achtlos trat er sie beiseite und zückte anschließend sein Handy. »Ich rufe jetzt die Polizei, vielleicht machst du ja denen gegenüber deinen Mund auf.«

Hilflos taumelte Sabrina einen Schritt nach vorne. Ihr neues Leben hatte nicht lange angehalten. Dabei hatte sie doch Gerdi nur eine Lektion erteilen wollen. Mit dem Fuß stieß sie gegen die Marmorsockel des Zinnsoldaten. Sie bückte sich und hob die Statue auf. Zärtlich strich sie über eins der Beine, das sich bei dem Sturz verbogen hatte.

Christian packte sie wütend am Arm und schüttelte sie. »Glaub nur nicht, dass du abhauen kannst«, brüllte er. Sein Griff wurde immer fester. Sabrinas Muskeln schmerzten unter dem Druck seiner Finger.

»Lass mich los«, flüsterte sie, während er mit der linken Hand auf seinem Smartphone herumwischte. Sie wollte ihn anschreien und ihm klarmachen, dass es ihn gar nichts anging, was zwischen ihr und ihrer Mutter passiert war. Sie wollte sich gegen seinen Griff wehren und ihn aus dem Haus vertreiben. Ihrem Haus! Doch sie fühlte sich, als wäre sie in Watte gepackt.

Für einen kurzen Moment schien Christian ihre Verzweiflung zu spüren. Er hielt inne und blickte ihr in die Augen. In dieser Sekunde hob Sabrina die Statue weit über ihren Kopf und schlug zu!

Mit voller Wucht hieb sie den Marmorsockel gegen Christians Stirn. Dieser öffnete den Mund und schnappte fassungslos nach Luft. Ein kleines Rinnsal Blut sickerte aus der entstandenen Wunde, bahnte sich einen Weg von seiner Stirn zur Augenbraue und tropfte schließlich von dort herunter.

»Fuck«, stieß er hervor. Wut flackerte in seinem Blick auf.

Sabrina schloss die Augen. Sie stellte sich vor, wie ihre Mutter lachte. Als würde diese mit dem Finger auf Sabrina zeigen und ihre Tochter auslachen.

Sabrina holte noch einmal aus und schlug wieder zu. Die Statue federte zurück. Christian hatte den Arm gehoben und den Schlag abgewehrt. Noch einmal hieb Sabrina in seine Richtung. Dieses Mal zerschmetterte der schwere Sockel sein Handgelenk. Er brüllte schmerzerfüllt auf. Seine rechte Hand baumelte nun seltsam verdreht an seinem Unterarm.

»Das hast du davon, dass du mein Leben zerstören willst«, schrie Sabrina außer sich. Den nächsten Treffer landete sie wieder auf seinem Kopf. Ein dumpfes Klatschen ertönte. Blut strömte Christians Wangen hinab.

Er hob seine gesunde Hand hoch und drückte sie stöhnend gegen die Wunde. Sein Mund stand schmerzverzerrt offen. Sabrina holte ein weiteres Mal aus und schleuderte die Statue gegen seine Schläfe. Christians Kopf wurde heftig zur Seite geschleudert. Er prallte gegen die Kellertür und sackte dort ohnmächtig zusammen.

Ein letztes Mal schlug Sabrina mit dem schweren Marmorsockel auf seinen Kopf. Ein lautes Krachen ließ sie erschaudern. Christian fiel vornüber und landete auf Gerdis Bauch. Auf dem Schlafanzug bildete sich dort, wo sein Kopf nun auflag, ein roter Fleck. *Ein Heiligenschein aus Blut*, dachte Sabrina für einen kurzen Moment.

Christians Stöhnen verstummte. Sie hatte gewonnen! Dann ging sie in die Küche, um sich zu übergeben.

Das Leichenhaus

Zärtlich wischte Sabrina mit dem Ärmel ihrer Strickjacke den Sockel der Statue sauber und stellte sie wieder zurück an ihren Platz. Dann setzte sie sich auf die Treppe und beobachtete Christian für einen Moment. Irgendwie wurde sie das Gefühl nicht los, dass er sie verarschen wollte. Doch er rührte sich auch dann nicht, als sie leicht gegen seine Schulter trat.

»Warum musstest du dich denn bloß einmischen?«, fragte sie seine Leiche. »Du wolltest alles kaputtmachen. Es ging dich doch gar nichts an, was hier passiert ist.«

Jetzt versuchst du schon, die Schuld auf ihn abzuwälzen, anstatt den Tatsachen ins Auge zu blicken. Du bist eine Verbrecherin. Eine Mörderin, ertönte die Stimme ihrer Mutter in Sabrinas Kopf.

»Nein! Das ist nicht wahr. Ich musste mich doch gegen ihn wehren«, sagte Sabrina und sank auf die Knie. Mit voller Wucht schlug sie ihre Stirn gegen die Wand. Immer wieder knallte sie dagegen, bis sich das Bedürfnis gelegt hatte, auf der Stelle loszuheulen. Sie rieb sich die Augen und schaute sich Christian noch einmal aus der Nähe an.

Von seinem einst so faszinierenden Gesicht war nicht mehr viel übrig. Die Stirn war nur noch ein blutiger Krater, die Augen waren glasig und starrten ins Leere und die Mundwinkel hingen ausdruckslos nach unten. Sie berührte seine Wangen. Bereits jetzt fühlten sie sich kühl und irgendwie künstlich an.

Angewidert zog sie ihre Hand zurück. Eine Gänsehaut breitete sich auf ihrem Arm aus. Vor ihr lagen zwei Leichen! Zwei Menschen, für deren Ende sie ganz alleine verantwortlich war. Dabei hatte doch alles so harmlos angefangen. Ein bisschen Gift, eine Abreibung für ihre Mutter. Wie konnte dieses Vorhaben nur so schrecklich aus dem Ruder gelaufen sein?

Eine ganze Weile saß Sabrina noch im Flur auf dem Boden und starrte von dort aus dem Fenster im Wohnzimmer. Die Welt dort draußen schien stillzustehen. Es regnete nicht mehr, die Wipfel der Bäume bewegten sich nicht und auch sonst ließ sich kein Hinweis darauf entdecken, dass sich die Welt vor dem Fenster einfach weiterdrehte, als sei nichts gewesen.

Schließlich stand sie seufzend auf. Eigentlich sollte sie sich um die Leichen kümmern. Doch sie hatte einfach keine Kraft mehr. Sie hatte keine verrückten Freunde und eine ausreichend große Kühltruhe, wie die Protagonisten aus ihrem Lieblingsfilm *Mr. Ripley und die Kunst des Tötens*. Sie war alleine mit dem Müllhaus und den Leichen und sie brauchte dringend eine Pause, um den Kopf freizubekommen. Sie stand auf und stieg über Christians Beine hinweg.

Die Haare in ihrem Nacken stellten sich hoch. Stöhnend richtete sich Christian auf und griff mit der zertrümmerten Hand nach ihrem Bein. Mit einem Satz sprang sie auf die erste Treppenstufe und damit aus seiner Reichweite. Sie schüttelte sich und schaute sich argwöhnisch um.

Die Leiche hatte sich kein Stück bewegt.

Blödsinn, niemand hatte nach ihr gegriffen. Christian war genauso tot wie Gerdi, die noch immer unter ihm lag.

Als Sabrina nach oben ging und die Tür zu ihrem Zimmer öffnete, kamen ihr die beiden dort eingesperrten Katzen gleich entgegengeschossen. Sie bückte sich vergeblich, um sie aufzuhalten. Aber bevor sie auch nur nach einer greifen konnte, waren beide bereits an ihr vorbei und die Treppe nach unten geflitzt. Gähnend blickte sie ihnen hinterher und winkte ab. Sollten sie sich doch ein wenig im Haus austoben. Dabei konnten sie sich auch gleich an ihr neues Zuhause gewöhnen.

Erschöpft ließ sie sich auf ihr Bett fallen. Was sich am Morgen noch wie eine Holzpritsche angefühlt hatte, kam ihr jetzt vor wie ein luxuriöses Himmelbett. In immer kürzeren Abständen fielen ihr nun die Augen zu. Als sie das nächste Mal auf die leuchtenden Ziffern ihres Radioweckers schaute, war es draußen stockfinster. Es war bereits nach halb zwei mitten in der Nacht. Müde rieb sie sich die Augen und tastete nach dem Lichtschalter.

Sie setzte sich auf und lauschte in die Stille hinein. Nein, sie hatte keinen Albtraum gehabt. Ihre Mutter war wirklich tot und lag gemeinsam mit Christian am Fuß der Treppe. Und sie musste sich schnellstens darum kümmern, dass sich das änderte. Sie stand auf und ging langsam in den dunklen Flur. Dort hielt sie inne und lauschte. Irgendetwas schmatzte dort unten im Flur.

Sabrina rieb sich die Oberarme. Sie musste an vorhin denken, als sie sich vorgestellt hatte, Christian greife nach ihr. Unwillkürlich machte sie einen Schritt zurück und tastete nach der Tür zu ihrem Zimmer.

Vor ihr entstand das Bild, wie Christian sich zu einem Zombie mutiert über die Innereien von Gerdi hermachte. Solange das ihre Mutter allerdings davon abhielt, ebenfalls wieder von den Toten aufzuerstehen, konnte ihr das doch eigentlich nur recht sein.

»Hallo?«, rief Sabrina in Richtung des schwarzen Lochs in Form der Treppe. Das Schmatzen ging unvermindert weiter.

Als ob Zombie-Christian ihr antworten würde ...

Langsam und mit wachsendem Unbehagen ging Sabrina zur Treppe und schaltete das Licht der unteren Etage an. Das Schmatzen stoppte kurz. Vermutlich starrte Zombie-Christian gerade mit blutverschmierten Mund und Händen zu ihr nach oben. Zögerlich stieg sie auf die erste Stufe. Es gab keine Zombies. Wahrscheinlich sackte Gerdis fetter Bauch einfach gerade in sich zusammen, weil das ganze Gewicht des Toten auf ihr lastete. Das konnte schon mal Geräusche verursachen ... vermutete Sabrina zumindest ... hoffte sie.

Als sie am Fuß der Treppe ankam, konnte sie zunächst nichts Ungewöhnliches entdecken. Noch immer lag Gerdi auf dem Rücken knapp vor der Kellertür und teilweise mit Müllsäcken bedeckt. Auch Christians Position hatte sich gar nicht oder nur minimal verändert. Vor seinem Gesicht saß nun eine der beiden Katzen und blickte Sabrina abwartend an. Das weiße Fell unter ihrem Kinn und über ihrer Nase war blutrot und sie leckte sich genüsslich das Mäulchen. Sie sah aus wie ein kleines Monster.

Wie eins dieser Gremlins, dachte Sabrina. *Die Viecher,*

die nach Kontakt mit Wasser nach Mitternacht zu menschenfressenden Biestern mutierten.

Ja, dieser Vergleich passte ziemlich gut, denn ganz offensichtlich hatte sie an Christians Kopfwunde geleckt. Sabrina würgte und beschwor ihren Mageninhalt, an Ort und Stelle zu bleiben. Denn dieser Anblick war zu viel. Es wurde wirklich Zeit, dass sie die beiden Leichen endlich verschwinden ließ. Zumindest im Flur konnten sie nicht länger bleiben, sonst würden die Katzen am Ende noch anfangen, das verwesende Fleisch zu fressen.

Bei der Vorstellung von madenüberwucherten Leichen, die im Flur lagen, kam ihr ein Gedanke. Im Keller verrotteten doch bereits einige Kadaver von Katzen und anderen Kleintieren, die sie nicht aus Gerdis Fängen hatte retten können. Das gesamte Untergeschoss war wegen des Geruchs schon lange nicht mehr nutzbar. Wenn Gerdi erst mal im Keller war, müsste lediglich dafür sorgen, dass die Kellertür immer geschlossen blieb. Die Ritzen könnte sie mit Wachs abdichten und mit ein bisschen Glück würde kaum etwas von dem Gestank in die oberen Stockwerke dringen.

Nachdem sie sich einen Kaffee aus zwei Pads für eine Tasse gemacht und die Katzen wieder in ihrem Zimmer eingesperrt hatte, machte Sabrina sich an die Arbeit. Im Gegensatz zu ihrer Mutter ließ sich Christian ohne größere Schwierigkeiten bewegen. Bei seinem Körper hatte die Leichenstarre eingesetzt, was es einfach machte, ihn von Gerdis Rücken herunterzuziehen. Außerdem wog er geschätzt nur etwa die Hälfte, sodass Sabrina die krümmte Leiche innerhalb kürzester Zeit vor die Kellertür schleifen konnte. Sie zog sich die Staubmaske, die sie noch im

Werkzeugkoffer ihres Vaters gefunden hatte, über Mund und Nase und drückte dann die Tür auf.

Ein Schwarm Schmeißfliegen stob auseinander und flüchtete hektisch in den Flur. Nicht mal die wollten anscheinend dort unten bleiben. Sie packte Christian unter den Schultern und setzte ihn auf. Erst jetzt entdeckte sie ein Teppichmesser, das in seinem Oberarm steckte. Es musste wohl irgendwo unter dem Müll gelegen und sich in sein Fleisch gebohrt haben, als sie ihn über den Boden geschleift hatte. Ohne darüber nachzudenken, griff sie danach und zog daran. Mit einem Schmatzen löste es sich und Sabrina taumelte nach hinten.

Dunkelrote Muskelfasern zeichneten sich unter der auseinanderklaffenden Haut ab. Zu ihrer Erleichterung sickerte nur ein kleines Rinnsal Blut aus der Wunde und rann den Arm hinab. Sabrina starrte das Teppichmesser in ihrer Hand an. Es war massiv, der Griff aus Stahl, keines aus Plastik. Vermutlich war es aus dem Werkzeugkoffer ihres Vaters gefallen, als sie die Staubmaske herausgeholt hatte. Sorgsam wischte sie Griff und Klinge an Christians Pullover ab und legte das Messer mit eingezogener Klinge auf die Kommode. Dann schob sie Christian mit den Füßen voran in Richtung Stufen, bis er auf dem Treppenabsatz saß. In dieser Position gab sie ihm einen festen Schubser, sodass er kopfüber in die Dunkelheit des Kellers plumpste. Ein dumpfes Klatschen verriet ihr, dass er unten angekommen war.

Sabrina merkte, wie sich ein Grinsen auf ihrem Gesicht ausbreitete. Jetzt musste Gerdi ihm nur noch folgen, dann hätte sie den schlimmsten Teil geschafft und konnte sich endlich darauf konzentrieren, dem schrecklichen Chaos und den Spuren des vergangenen Tages endlich ein Ende zu bereiten.

Mooooment, meldete sich eine leise Stimme des Zweifels in ihr. *Du bist vielleicht die Leichen los, wenn wir das jetzt mal so nennen wollen. Aber was glaubst du, wie lange es dauert, bis Christians Verschwinden auffällt? Spätestens, wenn Herr Engert aus dem Krankenhaus entlassen wird ...*

»Das wird nicht passieren«, brachte Sabrina die Stimme zum Schweigen. Das Leben hatte es bisher nicht allzu gut mit ihr gemeint, doch dieses eine Mal half ihr der Zufall. Denn Christian hatte ohnehin noch diesen Monat ausziehen wollen und von Herrn Engert wusste Sabrina, dass die Wohnung damals möbliert vermietet worden war. Das hieß, sie musste also lediglich die privaten Dinge von Christian rausschaffen und einen Zweizeiler darüber schreiben, weshalb er beschlossen hatte, vorzeitig auszuziehen. Dann würde sich zumindest Herr Engert nicht weiter darüber wundern, wo sein Mieter abgeblieben war.

In diesem Augenblick gefror Sabrinas Blut. Sie hatte doch gar keinen Schlüssel für die Wohnung! Und Christian lag jetzt bereits bei den Katzenkadavern im Keller. Es blieb ihr also wohl nichts anderes übrig, als das Licht einzuschalten und ebenfalls hinunterzugehen. Als Sabrina die Treppe herunterging, bot sich ihr ein Bild des Grauens. Sie hatte zwar gewusst, dass Gerdi hin und wieder die Reste eines ausgenommenen Tieres achtlos in den Keller geworfen hatte, aber dass sich mit der Zeit so viele hier angesammelt hatten, war ihr nicht klar gewesen.

Überall auf dem Boden lagen Knochen und Überreste in den unterschiedlichsten Verwesungsstadien. Die grünen Metallregale waren übersät mit Fliegenleichen, die vermutlich den Herbst nicht überlebt hatten. Einige wenige, die vorhin nicht direkt geflüchtet waren, krabbelten träge und wie in Zeitlupe an den Wänden entlang. Anscheinend war es im Keller zu kalt für sie. Zwischen all diesen Kadavern lag Christian mit dem Kopf nach unten. Auch auf ihm hatten sich bereits ein paar Fliegen niedergelassen, die Sabrina nun verscheuchte, indem sie ihn auf die Seite drehte.

Zum Glück erwischte sie gleich die richtige Hosentasche, sodass sie sich den Schlüssel schnappen, und zurück nach oben flüchten konnte. Sie setzte sich auf die erste Treppenstufe, zog die Handschuhe aus und atmete einmal tief durch. Der Anblick dort unten hatte die Zweifel in ihr wieder wachgerufen. Sie war vielleicht in der Lage, das Haus in Ordnung zu bringen sowie Gerdis und mit sehr viel Glück auch Christians Verschwinden für eine Weile geheim zu halten, aber wie zur Hölle sollte sie mit dem Massengrab im Keller fertig werden? Früher oder später müsste mal irgendjemand dort hinein und dann hätte sie ein riesengroßes Problem.

Sabrina hob den Kopf. Hinter ihr kamen tapsige Schritte die Treppe herunter. Kurz darauf stieß ein winziger Kopf gegen ihren Ellenbogen. Sie hob ihren Arm und die getigerte Katze kroch auf ihren Schoß.

»Wie bist du nur aus dem Zimmer rausgekommen?«, flüsterte Sabrina und erinnerte sich dann, dass sie selbst die beiden rausgelassen hatte. Die Katze schaute sie an und gab, als würde sie auf die Frage eine Antwort geben wollen, ein gurrendes Geräusch von sich. Dann ließ sie sich auf die Seite fallen und rollte sich auf der Treppenstufe, während Sabrina sie bereitwillig kraulte. Das kleine Tier brummte dabei laut und umklammerte mit seinen Pfoten Sabrinas Unterarm. Ihr stiegen die Tränen in die Augen. Noch nie hatte sie so etwas Süßes gesehen und dieses süße Wesen vertraute ihr und buhlte um ihre Aufmerksamkeit.

Als Sabrina sie unter dem Köpfchen kraulte, ertastete sie dort etwas Feuchtes. Sie hob den Zeigefinger aus dem Fell und schaute ihn an. Er war rot. Angewidert zog Sabrina ihre Hand weg. Das war Christians Blut. Es klebte noch überall an der Katze.

»Pfui Teufel«, schimpfte Sabrina und die Katze ergriff panikartig die Flucht nach oben.

»Wenn ich erst mit dem Haus fertig bin, dann seid ihr dran.« Sabrina fragte sich, ob es möglich war, Katzen zu baden. Irgendwie musste sie aber auf jeden Fall das Blut aus dem Fell bekommen, wenn sie es bis dahin nicht selbst rausgeschleckt hatten. Eigentlich war sie davon ausgegangen, dass Katzen reinliche Tiere waren und nicht lange mit so klebrigem Fell herumlaufen würden.

Immerhin hatte sie jetzt einen Namen für eine der beiden Streuner: Bloody Mary! Sabrina grinste. Ja, das passte wirklich perfekt.

Nachdem sie auch die Leiche ihrer Mutter in den Keller bugsiert hatte, machte sie sich daran, den Flur von den verräterischen Blutspuren zu befreien. Zum ersten Mal in ihrem Leben war sie dankbar dafür, dass sie sich für das billige und dementsprechend hässliche PVC und gegen einen Teppich entschieden hatten. In die blauen Säcke, die kurz zuvor noch dafür gesorgt hatte, dass Christian über Gerdis Beine gestolpert war, packte sie die Mülltüten, die den Flur belagerten, und brachte diese in ihr Auto. Gemeinsam mit Christians Habseligkeiten würde sie die Sachen später in die Müllverbrennungsanlage fahren.

Es dauerte keine zwei Stunden, da wirkte der Flur zwar noch nicht einmal wie der einer ungepflegten Sozialwohnung, doch niemand würde mehr befürchten, sich eine ansteckende Krankheit zu holen, wenn er das Haus betrat. Am liebsten hätte sie direkt in den restlichen Räumen weitergemacht, doch sie musste sich zunächst um Christians Wohnung kümmern. Sie nahm den Schlüssel von der Kommode, schnappte sich die Rolle Müllsäcke und ein Paar Handschuhe und ging dann in die Küche. Bevor sie in eine wildfremde Wohnung einbrach, musste sie sich Mut antrinken. Wenigstens einen kleinen Schluck, damit die größten Hemmungen verschwanden. Sie öffnete den Kühlschrank.

In der Tür stand eine volle Flasche Wodka. DIE Flasche Wodka. Gerdi hatte sie nicht einmal angerührt!

Nicht ohne meine Kathi

Der Regen peitschte Yvonne ins Gesicht, als sie in Berlin aus dem Flieger stieg und den Flugmodus ihres Handy ausschaltete. Sie zog den Kragen ihres Mantels hoch und starrte ungeduldig auf das Display. Alles blieb still. Seit gestern Mittag wartete sie auf eine Nachricht ihres Bruders und hatte gehofft, dass dieses während ihres Fluges von England nach Berlin eingegangen war. Doch noch immer meldete sich Chris nicht bei ihr.

Kaum hatte sie die Ankunftshalle von Berlin-Tegel betreten, wählte sie die Festnetznummer ihres Bruders. Nervös lauschte sie dem Freizeichen. Es kam ihr so vor, als würde es Minuten dauern, bis endlich der Anrufbeantworter ansprang. Sie versuchte es mit einer weiteren Nachricht: »Chris, ich bin`s noch mal, Yvonne. Wenn du da bist, geh bitte ran.« Sie wartete kurz ab in der Hoffnung, dass er endlich abhob. Nichts. »Ich mache mir langsam Sorgen. Du solltest doch bei Kathi bleiben. So kurz vor der Entbindung kann doch immer mal etwas sein. Oder ist bereits etwas passiert? Dann sag es mir lieber, ich kann den Termin in Berlin auch absagen. Melde dich bitte, ja?«

Frustriert legte sie auf. Seit sie in den Flieger gestiegen war, ließ sie dieses Gefühl nicht los, dass irgendetwas nicht stimmte. Sie würde es sich nie verzeihen, wenn es Kathi schlecht ging, während sie hier mit ihrer Kindergartenfreundin Laura die Kneipen von Schönefeld unsicher machte. Da sie selbst keine Kinder mehr bekommen konnte, war die Nachricht von Kathi ein umso größeres Glück für sie gewesen. Natürlich würden die Babys keine eigenen Kinder ersetzen, doch sie stellten etwas wie einen Lichtblick in ihrem Leben dar. Ein Ereignis, auf das sie sich nach etlichen Tiefschlägen endlich mal wieder freuen konnte, auch weil Kathi eine Art beste Freundin für Yvonne war.

Zur Sicherheit wählte sie noch einmal die Handynummer ihres Bruders, doch auch dort meldete sich nach dem Klingeln nur die Mailbox am anderen Ende der Leitung. Die Nachricht, die sie dort hinterließ, fiel schon deutlich knapper aus: »Melde dich verdammt noch mal bei mir!«, knurrte sie und legte auf.

Mittlerweile war Yvonne beim Taxistand angekommen. Während sie darauf wartete, dass die Reisenden vor ihr das Gepäck in den ersten Wagen der Schlange verstauten, rief sie bei ihren Eltern an. Vielleicht wussten die ja, wo Chris abgeblieben war. Nach einigen Sekunden ertönte die Stimme von ihrer Mutter. Yvonne atmete erleichtert auf. Immerhin bekam sie überhaupt irgendjemand ans Telefon.

»Hey, ich bin`s. Ich wollte nur bescheid sagen, dass ich in Deutschland gelandet bin«, sagte sie und versuchte, dabei möglichst ruhig zu klingen. Sie musste schließlich nicht auch noch ihre Mutter mit ihrer übertriebenen Fürsorge anstecken.

»Liebes, das ist ja schön. Bist du denn gut angekommen? Ja Günther, es ist die Yvonne ... ich werde sie fragen, keine Sorge.«

»Alles in Ordnung bei mir, keine Verspätungen und keine Selbstmordpiloten an Bord«, gab Yvonne ihre Standardantwort. Seit dem Absturz der deutschen Maschine in Südfrankreich war ihre ohnehin flugängstliche Mutter gänzlich gegen dieses Verkehrsmittel.

»Darüber macht man keine Witze«, entgegnete sie dementsprechend angesäuert. »Dein Vater lässt fragen, wie das Wetter ist. Du sollst ja keine Erkältung mit nach Hause bringen, sagt er. Ja doch Günther, ich habe schon ...«

»Dreißig Grad und Sonne«, sagte Yvonne und lauschte dem verdutzten Schweigen am anderen Ende der Leitung.

»Aber ... ich dachte, du bist in Berlin? Haben sich deine Pläne geändert?«

»Natürlich bin ich in Berlin. Wie soll das Wetter im November hier denn schon sein? Nicht anders als bei euch in Frankfurt.«

»Sag das doch gleich.« Ihre Mutter klang beleidigt. »Dann mach dir ein paar schöne Tage in der Hauptstadt. Schön, dass du dich bei uns gemeldet hast.«

»Warte noch kurz. Sei nicht böse. Weswegen ich eigentlich anrufe ... hat Chris sich mal gemeldet? Wegen Kathi meine ich. Ich kann ihn nämlich nicht erreichen.«

Ihre Mutter stieß hörbar die Luft aus und Yvonne konnte quasi vor sich sehen, wie sie die Augen verdrehte. »Du kennst ihn doch. Wir haben schon eine Weile nichts von ihm gehört. Sein Computer ist doch sein bester Freund. Wahrscheinlich hat er mal wieder vergessen, sein Telefon aufzuladen oder es in den Kühlschrank gelegt.«

»Es ist nur so, dass ich ihm schon ein paar Mal auf den Anrufbeantworter gesprochen habe und noch immer nichts zurückkam ...«

»Du solltest dir nicht so viele Gedanken machen. Nichts zu hören heißt auch, dass keine schlechten Nachrichten da sind.« Ihr Vater brummte im Hintergrund etwas, das nach Bekräftigung klang.

»Ja. Wahrscheinlich hast du recht. Ich weiß ja, dass ich mich immer viel zu sehr verrückt mache. Drück Papa von mir und fühl dich umarmt. Wenn Chris sich bei euch meldet, sag bitte kurz bescheid, okay?«

Die beiden verabschiedeten sich und Yvonne stieg mit einem mulmigen Gefühl in eines der Taxis. Eigentlich hatte ihre Mutter ja recht. Chris war ein Schussel und hatte es schon fertiggebracht, das Handy außen auf die Fensterbank zu legen und drei Tage nicht wiederzufinden. Doch dass weder auf dem Festnetztelefon noch per Mail oder Handy eine Reaktion kam, war ungewöhnlich für ihn.

Ihr Gefühl sagte ihr, dass etwas mit ihm nicht stimmte. Und normalerweise konnte sie ihrem Instinkt immer vertrauen. Nachdem sie dem Taxifahrer die Adresse von Laura genannt hatte, suchte sie auf ihrem Handy nach einer Zugverbindung nach Frankfurt. Nur sicherheitshalber.

Überraschung die zweite

Fassungslos starrte Sabrina auf die Flasche in ihrer Hand. Kein einziger Schluck fehlte. Gerdi hatte nichts davon zu sich genommen. Vollkommen verwirrt schüttelte Sabrina den Kopf. Einen kurzen Moment erwog sie, den Wodka zu öffnen und davon zu trinken. Stattdessen stellte sie die Flasche auf die Anrichte und ging ins Wohnzimmer. Dort nahm sie aus Gerdis »Geheimversteck« für den Notfall – einige halb geleerte Flaschen hinter einer Reihe von Büchern – einen kräftigen Schluck aus einer der Flaschen.

Als der Alkohol scharf ihre Kehle hinablief und sich ein warmes Gefühl in ihrem Bauch ausbreitete, ließ sich Sabrina auf das Sofa sinken. Ihre Hand berührte eine verkrustete Stelle und sie rückte angewidert von Gerdis Kuhle weg.

»Das hast du ja wirklich prima hinbekommen«, sagte sie zu der Stelle, an der normalerweise ihre Mutter saß. Dann lachte sie. »Schöne Scheiße. Wie kannst du denn einfach so sterben? Wegen dir habe ich ... *du* hast Christian auf dem Gewissen.«

Wohl kaum. Du bist eine Mörderin, kaltblütig und grausam. Versuche ja nicht, die Schuld auf mich zu schieben.

»Auf dich, *Mama*«, sagte Sabrina und prostete dem leeren Platz neben ihr zu. Dann nahm sie einen weiteren Schluck und noch einen in der Hoffnung, damit Gerdis Stimme in ihrem Kopf zum Schweigen bringen zu können.

Warum hatte sie gestern Mittag nicht einfach einen Arzt gerufen? Es hätte doch alles so einfach sein können. Stattdessen saß sie nun in diesem Haus fest. Ein Haus mit zwei Leichen im Keller, die sie nur loswerden würde, wenn sie das gesamte Gebäude abfackelte. Und selbst dann würden Brandermittler noch auf die Knochen stoßen können. Es würde ihr höchstens Zeit verschaffen, um von hier zu verschwinden.

»Ach, was soll's. Nicht mehr zu ändern«, lallte sie in den Raum hinein und schluckte ihre Tränen mit einem weiteren Zug aus der Flasche herunter. Mit der Spitze ihres Zeigefingers tippte sie auf den Daumen. Das Gefühl in ihren Händen schien zu schwinden. Vielleicht war das ja etwas viel Korn auf leeren Magen gewesen.

Sabrina stand schwankend auf und hielt sich einen Moment lang an der Lehne fest. Jetzt im Stehen stieg ihr der Alkohol sofort zu Kopf. So konnte sie auf keinen Fall hinüber in Christians Wohnung gehen. Möglicherweise half ihr ja eine kalte Dusche. Und ein Stück Brot, das den Alkohol aufsaugte.

Benommen torkelte sie durch den Flur. Auf dem Weg in die Küche prallte sie mit der Schulter gegen die Kellertür. Sie stieß sie auf und starrte schwankend in die Dunkelheit.

»Hoffentlich liegt ihr gut da unten. Ich habe nämlich nicht vor, euch noch wo anders hinzubringen«, rief sie und stach mit ihrem Finger in die Luft.

Dabei machte sie einen Schritt nach vorne und trat ins Leere. Sie griff hastig nach dem Geländer, verfehlte es allerdings und geriet ins Straucheln. Ihr Fuß stand zwar bereits auf der nächsten Stufe, doch der Alkohol und die Dunkelheit nahmen ihr die Orientierung. Deshalb kippte sie nach vorne und stürzte die Treppe herunter.

Mit der Schulter krachte sie gegen den Handlauf, der den Aufprall ein wenig abmilderte. Sie krallte sich daran fest, während ihr Unterkörper weiter den Weg in die Dunkelheit nahm. Ihre Füße landeten auf etwas Weichem. Sabrina kniff die Augen zusammen und unterdrückte einen Schrei. Das musste Gerdi sein. Sie stand bestimmt gerade auf dem Bauch ihrer toten Mutter. Panisch begann Sabrina zu strampeln und suchte nach der nächsten Treppenstufe. Als sie Halt gefunden hatte, stürmte sie nach oben und schlug die Tür zu.

So eine dumme Idee. Das hätte auch böse ins Auge gehen können. War es beinahe. Zumindest ihre Schulter hatte bei dem Aufprall auf das Geländer einiges abbekommen. Ein stechender Schmerz breitete sich nach hinten zum Rücken aus. Genau dorthin, wo sie es nicht brauchen konnte, wenn sie vorhatte, Christians Wohnung in einer Nacht-und-Nebel-Aktion auszuräumen. Zurzeit hatte sich das Schicksal anscheinend komplett gegen sie verschworen.

In der Küche wusch sie sich die Hände, schlang zwei trockene Scheiben Brot inklusive einer Paracetamol herunter und ging dann nach draußen. Mit hochgezogenen Schultern und gebeugtem Rücken schlich sie sich wie ein Einbrecher durch ihren Vorgarten zum Hoftor. Ihr war klar, dass sie vermutlich niemand beobachtete und falls doch, würde es ein Nachbar oder ein Fremder nicht als verdächtig ansehen, dass sie durch ihren Garten ging trotzdem hatte sie den

Drang, besonders vorsichtig vorzugehen. Deshalb machte sie sich möglichst klein.

Hastig schloss sie Herrn Engerts Haus auf, betrat den Flur und schloss die Tür hinter sich. Sie wagte es kaum, zu atmen, so sehr befürchtete sie, dass gleich jemand das Licht einschaltete und sie aus dem Haus jagte.

Aber nichts dergleichen geschah. Schließlich wagte sie sich einen Schritt nach vorne und tastete nach dem Lichtschalter. Im matten Licht der Energiesparlampe schaute sie sich um. Auf dem Schuhregal vor Herrn Engerts Wohnungstür standen ein Paar graue Filzpantoffeln. Er war also noch im Krankenhaus. Außer ihm und Christian wohnte niemand mehr im Haus, das hieß, sie musste keinerlei Bedenken haben, dass sie jemand sah.

Dennoch beschlich sie ein mulmiges Gefühl, als sie im ersten Stock vor der Wohnungstür stand und den Schlüssel ins Schloss steckte. Einfach alles an dieser Situation war falsch, und obwohl sie wusste, dass Christian von diesem Eindringen in seine Privatsphäre nichts mehr mitbekam, meldete sich ihr Gewissen. Die Vorstellung, dass jemand Wildfremdes in ihren Sachen herumwühlte, ihre Tagebücher und Unterwäsche einpackte, war unerträglich für sie.

Vielleicht sollte sie alles einfach abbrechen und sich bei der Polizei melden. Gestehen, was sie getan hatte. Dass sie eine Mörderin war. Klar, sie hatte den Tod ihrer Mutter in Kauf genommen, ja insgeheim sogar ein wenig gehofft, dass er eintreten würde. Doch das mit Christian hatte sie bestimmt nicht gewollt. Sie hatte einen fatalen Moment die Kontrolle über sich verloren und einen Unschuldigen getötet. Es war nur gerecht, wenn sie dafür bestraft wurde.

Aber wäre alles umsonst gewesen. Die ganze Arbeit der vergangenen Stunden, der Stress, die Ängste, die sie ausgestanden hatte ... Und wer soll sich dann um die Katzen kümmern? Vom Gefängnis aus wird das kaum möglich sein.

Da hatte sie recht, woher diese Stimme in ihrem Kopf auch kam. Sabrina hatte sich den Katzen angenommen und jetzt war sie für die Tiere verantwortlich. Außerdem hatte sie so viele Jahre unter ihrer Mutter gelitten. Da war es nur fair, wenn jetzt endlich auch einmal ihre Zeit kam. Die konnte sie sich doch nicht einfach so nehmen lassen, bloß weil ein Nachbar nicht wusste, wo die Grundstücksgrenzen lagen.

»Dann mal los«, sprach sie sich selbst Mut zu und drehte den Schlüssel um. Ab jetzt keine Zweifel mehr.

Die Tür schwang geräuschlos auf und zwei grüne Augen blickten Sabrina entgegen.

Der Weg ist nicht immer das Ziel

»Ohhh«, stieß Sabrina hervor und sank auf die Knie. Sie hatte gar nicht gewusst, dass Christian eine Katze hatte. Doch ihr gegenüber saß ein getigertes Exemplar, viel zu dick, und starrte sie an. Als Sabrina ihr die Hand hinstreckte, schnupperte die Katze neugierig an den Fingerspitzen, drehte sich dann um und stolzierte davon – soweit das mit dem Wohlstandsbäuchlein möglich war.

Sabrina ging ihr hinterher in die Küche. Dort rieb die Katze ihren Kopf am Türrahmen und miaute herzzerreißend. Dann strich sie um Sabrinas Beine herum. Zu ihren Füßen entdeckte Sabrina einen leergefressenen Napf.

»So ist das also. Du hast Hunger«, sagte sie. Wie zur Bestätigung fing die Katze an zu schnurren.

Sabrina bückte sich und streichelte ihr das Köpfchen. »Vielleicht könnten wir ja Freundinnen werden, was meinst du? Drüben habe ich noch mehr Katzen. Die werden sich bestimmt freuen, Zuwachs zu bekommen.« Sie schüttete etwas von dem Trockenfutter, das auf der Anrichte stand, in den Napf und ging dann ins Wohnzimmer.

Der Raum war viel kleiner, als Sabrina erwartet hatte. Neben Christians Schreibtisch mit dem Computer fanden nur noch ein fleckiger Zweisitzer aus Cord und ein kleines Regal darin Platz. Dort befanden sich einige Computerspiele und Zeitschriften, die Sabrina in den ersten Müllsack warf. Den Computer musste sie später holen. Sie ging zum Fenster und nahm den Aschenbecher von der Fensterbank.

Dabei fiel ihr Blick auf ihr Haus.

Kein Wunder, dass Christian gestern Mittag herübergekommen war, denn von hier oben hatte er einen hervorragenden Einblick in ihr Wohnzimmer. Sabrina war nicht klar gewesen, dass man von seinem Fenster aus so viel vom Erdgeschoss ihres Hauses hatte erkennen können. Vermutlich hatte er ihr dabei zugesehen, wie sie Gerdi vom Sofa in den Flur geschleift hatte. Vielleicht hatte er sogar die Polizei gerufen?

Genau, deswegen stand auch schon das Sondereinsatzkommando vor der Tür. Als niemand aufgemacht hat, sind sie dann eben wieder verschwunden. Sie werden es später einfach erneut versuchen, versuchte Sabrina sich zu beruhigen.

Ein ungutes Gefühl blieb allerdings trotzdem. Denn möglicherweise hatte er vielleicht irgendjemand anderem davon erzählt. Und dabei auch erwähnt, dass er bei ihr vorbeigehen wollte. Nachsehen, was bei den Nachbarn so los war.

Falls er das getan hatte, würde sie es über kurz oder lang erfahren. Auch wenn es dann bereits zu spät wäre. Doch ihr blieb nichts anderes übrig, als einfach weiterzumachen. Also ging sie in den nächsten Raum. Das Schlafzimmer. Ein Gefühl von Wehmut ergriff Sabrina. Sie hatte sich oft gewünscht, einmal in diesem Raum zu sein ... gemeinsam mit Christian ... bei Kerzenlicht.

Die Wehmütigkeit hielt so lange an, bis ihr der Geruch nach Ammoniak in die Nase stieg, der aus dem überfüllten Katzenklo strömte. Sabrina kippte das Fenster und öffnete den Einbauschrank, der an die Schräge angepasst war. Zu ihrer Überraschung befanden sich kaum Kleidungsstücke darin. Sie würde wohl mit einem weiteren Sack für den Inhalt des Kleiderschranks auskommen. Ansonsten gab es auch hier nicht viel, was sie sonst noch einpacken musste. Offenbar besaß Christian nicht viele persönliche Dinge.

Nachdem Sabrina auch die Küche ausgeräumt hatte – das wenige Geschirr hatte sie abgespült und einfach im Schrank zurückgelassen – machte Sabrina einen letzten Rundgang. Bis auf den Computer hatte sie jetzt alles eingepackt. Insgesamt standen drei vollgepackte Müllsäcke vor der Tür. Fehlte nur noch die Katze. Die schnappte sich Sabrina in der Küche, wo sie gerade dabei war, weiteres Trockenfutter mit einer Pfote aus der Packung zu räumen.

Als Sabrina sie anhob, beschwerte sie sich fauchend. Ihr Unmut wuchs an, als sie den Katzenkorb entdeckte, den Sabrina vor der Küchentür bereitgestellt hatte. Die Katze zappelte und schlug mit der Tatze nach Sabrina, doch mit einem beherzten Griff hatte sie das Tier schnell in den Korb verfrachtet.

»Alles wird gut. Du bekommst ein tolles Zuhause bei mir, versprochen«, flüsterte Sabrina. Die Katze mauzte beleidigt. Sabrina grinste. Da sollte mal einer erzählen, dass Tiere nicht verstanden, wenn Menschen mit ihnen sprachen.

Sie griff sich einen der Müllsäcke, nahm den Korb mit der Katze in die andere Hand und verließ die Wohnung. Der Schmerz in ihrer Schulter brachte sie wegen der Belastung beinahe um, doch sie ignorierte ihn so gut sie konnte. Sie fragte sich, wie sie später den Computer aus der Wohnung bekommen sollte. Sie hatte die Kabel bereits vom Strom getrennt, ihn nach vorne gezogen und dabei eine Vorstellung davon bekommen, wie schwer das Teil war.

Damit niemand sie so vollgepackt aus dem Haus kommen sah, nahm sie den Weg durch den Garten. Sie warf den Sack über die Sträucher auf ihre Seite des Zaunes, stellte die Katze vorsichtig daneben und quetschte sich dann selbst durch die Hecke. Die Zweige zerrten an ihrer Kleidung und hinterließen kleine Kratzer auf ihrer Haut, ein Ast verfing sich sogar in ihrer Hose und riss ein Loch in den Stoff.

Auf der anderen Seite angekommen, schleppte sie den Müllsack zum Auto, warf ihn in den Kofferraum und trug dann die Katze ins Haus. Sie stellte den Transportkorb auf dem Boden ab und öffnete das Türchen. Die Katze sauste aus ihrem Gefängnis heraus, schaute sich kurz um und verschwand dann im Wohnzimmer.

Nachdem sie noch die beiden anderen Säcke geholt und im Auto verstaut hatte, ging Sabrina nach oben, um sich ein Bad einzulassen. Bis die Müllverbrennungsanlage aufmachte, hatte sie noch etwas mehr als drei Stunden Zeit für eine Pause. Im heißen Wasser legte sich ihre Anspannung schnell und sie wurde müde. Immer wieder fielen ihr die Augen zu. Eine Zeit lang versuchte sie noch, sich gegen den aufkommenden Schlaf zu wehren, doch schließlich nahm sich ihr Körper die so dringend benötigte Erholung.

Erst als das Badewasser kalt geworden war und sie am ganzen Körper zitterte, schreckte Sabrina hoch. Draußen dämmerte bereits der Morgen. Ihr Kopf brummte und fühlte sich an, als wäre ihr Gehirn zwei Nummern zu groß für ihren Schädelknochen. Sie setzte sich auf und massierte sich die Bauchdecke, hinter der ihr Magen rebellierte.

Nie wieder Alkohol, so viel stand fest. Sie konnte nicht nachvollziehen, wie Gerdi sich das Tag für Tag hatte antun können.

Sabrina zog den Stöpsel, um das kalte Wasser abzulassen. Ihr Nacken war steif und ihre Muskeln schmerzten wegen der Kälte. Sie drehte das heiße Wasser auf und duschte sich einmal kurz ab. Dann stieg sie aus der Wanne und kuschelte sich in ihren Bademantel. Als sie die Tür zu ihrem Zimmer öffnete, lugten die eingesperrten Katzen unter dem Bett hervor. Sabrina ließ ihre Tür offen und zog sich Unterwäsche an.

Aber ein Geräusch ließ sie mitten in der Bewegung verharren. Irgendjemand war gerade durch das Hoftor gekommen. Das Quietschen kannte Sabrina genau, denn früher hatte es immer bedeutet, dass ihr Vater endlich von der Arbeit kam. Jetzt machte ihr dieses Geräusch allerdings Angst. Mit angehaltenem Atem wartete sie und in der Tat: Es klingelte!

Sie regte sich nicht. Es klingelte ein zweites Mal. Dann meldete sich ihr Handy. Es hing noch am Ladekabel und lag auf ihrem Nachttisch. Sabrina schaute auf das Display. Es war ihr Arbeitskollege Jens.

»Hallo?«, sagte sie, als sie an den Apparat gegangen war und versuchte, dabei möglichst gelassen zu klingen.

»Sag nicht, ich habe dich geweckt?«

»Natürlich nicht. Bist du das, der hier gerade Sturm klingelt?«, fragte sie und ging in den Flur.

»Wer denn sonst? Wie wäre es, wenn du mir aufmachst?«

Sabrina beendete das Gespräch und ging nach unten. Dort öffnete sie die Tür einen Spalt breit und linste heraus.

»Du bist ja noch im Schlafanzug. Das heißt, ich habe dich doch geweckt, gib es zu«, sagte Jens. Er lachte und rieb sich die Hände. »Kann ich reinkommen, bis du umgezogen bist? Es ist fies kalt hier draußen.«

»Das ist ein Bademantel und kein Schlafanzug. Was machst du überhaupt hier?«

Jens verdrehte die Augen. »Ich habe heute Morgen schon so ein Gefühl gehabt, dass du es vergessen hast. Mein Auto ist doch diese Woche in der Werkstatt. Wir wollten zusammen zur Arbeit fahren.«

»Oh«, meinte sie und schlug sich die Hand vor die Stirn. Das hatte sie tatsächlich ganz verschwitzt. »Das habe ich wirklich total verdrängt. Mir geht es überhaupt nicht gut und ich muss mich deshalb für die gesamte Woche krankmelden.«

»Nicht dein Ernst. Und wie komm ich jetzt zur Arbeit?«

»Das tut mir so leid. Kannst du vielleicht den Bus nehmen? Da vorne ist gleich eine Haltestelle ...«

»Oder du gibst mir einfach dein Auto.«

»Nein!«, platzte Sabrina heraus. Und fügte, als sie Jens' Reaktion sah, erklärend hinzu: »Es gibt da ein Problem ... Die Versicherung. Sie läuft nur auf mich. Wenn damit irgendetwas ist, bekomme ich keinen Cent. Sorry.«

Jens schlug mit der Hand gegen den Türrahmen. »So ein Mist. Sicher, dass du keine Ausnahme machen kannst?«

Sabrina senkte den Blick und schüttelte den Kopf. Liebend gern hätte sie Jens ihr Auto gegeben, aber sie musste erst den Müll wegfahren.

»Kannst du mich wenigstens eben zur Arbeit fahren? Wenn ich den Bus nehme, komme ich garantiert zu spät.«

»Okay«, sagte Sabrina. »Warte hier, ich ziehe mir nur schnell etwas an.« Sie schlug Jens die Tür vor der Nase zu, bevor er erneut um Einlass bitten konnte. Dann hetzte sie die Treppe nach oben, zog sich einen frischen Jogginganzug an und wickelte sich einen großen Schal um den Hals. Die Kleidung von gestern packte sie in eine Plastiktüte, um sie später mit dem restlichen Müll mit dem Auto entsorgen zu können.

Jens schaute sie finster an, als sie endlich aus der Haustür kam.

»Du hättest mich wenigstens drinnen warten lassen können«, grummelte er und stapfte hinter ihr her zum Auto.

»Klar. Wenn du mich nicht so gehetzt hättest«, antwortete Sabrina und schloss den Wagen auf. Während Jens sich auf die Beifahrerseite setzte, ging sie zum Kofferraum und warf die Tüte mit den Klamotten auf den Haufen der anderen Beutel. Ein modriger Geruch kam ihr entgegen und sie schlug schnell die Kofferraumklappe zu.

»Pfui Teufel«, sagte Jens und verzog demonstrativ das Gesicht, als Sabrina zu ihm in den Wagen stieg. »Das riecht, als ob ein Wiesel hier drin gestorben ist.«

»Warum ausgerechnet ein Wiesel?«

»Keine Ahnung. Dann halt eine Katze. Auf jeden Fall lag es ne Weile im Auto.«

Sabrina hob die Schultern. »Ich habe im Keller ein paar uralte Einmachgläser gefunden. Der Inhalt war verdorben, und weil die Tonne schon voll war, habe ich die mit dem Auto weggefahren. Eins ist runtergefallen und zerbrochen ...« Innerlich klopfte sie sich auf die Schulter für diese Ausrede. Als sie ein Kind gewesen war, hatte ihre Mutter immer Milch bei einem Bauern etwas außerhalb der Stadt gekauft. Einmal war eine der Glasflaschen vom Sitz gerollt und auf dem Boden zu Bruch gegangen. Der Wagen hatte noch Wochen später nach vergorener Milch gestunken.

»Puh, das solltest du dringend reinigen und dir bis dahin ein paar Wunderbäume zulegen, die du hier überall aufhängst«, sagte Jens und hielt sich die Nase zu.

Sabrina nickte und startete den Wagen, bevor Jens auf die Idee kam, sich den Fleck zeigen zu lassen. Sie kamen gut durch den morgendlichen Verkehr und zwanzig Minuten später war sie bereits auf dem Weg zur Müllverbrennungsanlage.

Jetzt, da Jens nicht mehr neben ihr saß, war sie nervös. Jede Bewegung außerhalb ihres Wagens lenkte sie ab und sie hatte Mühe, den Wagen auf ihrer Spur zu halten. Ein Radfahrer, der sich vor ihr auf der Spur einreihte, brachte sie dazu, heftig auf die Bremse zu treten. Der Wagen hinter ihr hupte. Im Rückspiegel sah Sabrina, dass der Fahrer wütend die Faust hob und irgendwelche Flüche ausstieß.

»Okay, Konzentration«, ermahnte sie sich selbst und fuhr langsam wieder an. Der Fahrer hinter ihr wechselte nun die Spur und hupte erneut, als er an ihr vorbeizog. Sabrina wischte sich über die Augen und zwang ihre Aufmerksamkeit zurück auf die Straße vor sich. Am Kongresszentrum hielt sie an der roten Ampel an und atmete einmal tief durch. Wenn sie das hier geschafft hatte, brauchte sie dringend eine Pause. Gut, dass sie sich gleich für die ganze Woche krankgemeldet hatte.

Sabrinas Blick wanderte automatisch zum Rückspiegel, als sie eine leise Melodie wahrnahm. Der Titelsong von Star Wars. Und er kam aus ihrem Kofferraum! Sabrina umklammerte das Lenkrad. Christians Gesicht tauchte im Rückspiegel auf.

Sieh nur, jemand versucht mich zu erreichen. Es gibt Menschen, denen bin ich wichtig. Die werden mich vermissen. Sie werden mich finden wollen und dabei auf dich stoßen. Deine Tage sind so gezählt, wie es meine waren.

Die Melodie wurde nun von einem Hupkonzert übertönt. Sabrina schaute auf. Es war längst grün. Sie fuhr an, nahm den Fuß aber zu schnell von der Kupplung und ließ den Wagen absaufen. Nervös schaute sie sich um. Neben ihr stand ein Polizeiauto. Einer der Beamten blickte streng zu ihrem Wagen.

Mit einem Mal war Sabrina hellwach. Ihre Hände wurden feucht und verzweifelt versuchte sie, den Motor wieder zu starten. Was ihr allerdings nicht gelang, da sie noch immer nicht auf der Kupplung stand. Erst nach dem dritten Versuch, als die Ampel längst wieder auf Rot geschaltet hatte, bekam sie den Wagen zum Laufen. Sie bemühte sich, geradeaus zu starren und die Polizisten neben sich nicht zu beachten. Als sie jedoch anfuhr, zog der Polizeiwagen an ihr vorbei und scherte vor ihr wieder ein.

Hitze breitete sich in Sabrina aus und ihre Hände begannen zu zittern. Denn vor ihren Augen leuchtete nun eine rote Schrift, die sich förmlich in ihre Netzhaut einbrannte:

Bitte Folgen.

Wohnungssuche

Nur mit Mühe schaffte Kerstin es, ihren Kopf davon abzuhalten, dass er ungebremst auf den Tisch knallte. In der vergangenen Nacht hatte sie vor Aufregung kaum ein Auge zubekommen. Gleich zwei Termine für Wohnungsbesichtigungen hatte sie für den heutigen Tag vereinbaren können und sich folglich anstatt zu schlafen ständig im Kopf ausgemalt, wie ihr Leben in der Stadt wohl künftig aussehen würde. Nun fielen ihr schon während der gesamten Vorlesung immer wieder die Augen zu.

Was sie unter anderen Umständen nicht einmal so sehr gestört hätte, doch heute saß sie in der zweiten Reihe des ansteigenden Vorlesungssaals und somit direkt auf Augenhöhe mit dem Professor, der sie während seines Vortrages immer wieder ansah. Seine monotone Stimme torpedierte ihre Bemühungen, nicht auf der Stelle einzuschlafen, noch zusätzlich. Um sich selbst irgendwie wachzuhalten, zappelte sie ein wenig mit ihren Beinen und zupfte winzige Fusseln von ihrer weißen Bluse.

Ihr Blick wanderte erneut zu der großen Uhr, die über dem Eingang des Vorlesungsaals hing. Noch zehn Minuten, dann hatte sie es überstanden und konnte sich noch einen Kaffee holen, bevor sie sich zu dem ersten Termin begab. Sie musste unbedingt pünktlich sein, denn von der Lage und dem Preis her war die Wohnung einfach perfekt. Außerdem lag der früheste Einzugstermin bereits am Ende dieses Monats. Bei diesen überwältigenden Vorteilen war es schon beinahe egal, was die Wohnung von innen zu bieten hatte.

Zehn Minuten später, die ihr allerdings wie eine Ewigkeit vorgekommen waren, stand Kerstin endlich auf dem Flur des Uni-Gebäudes. Bevor sie sich auf den Weg in die Cafeteria machte, schaute sie noch kurz auf den Toiletten vorbei und legte etwas Deo nach. Trotz der Minustemperaturen geriet man in den überfüllten Sälen bei geschlossenen Fenstern schnell ins Schwitzen. Sie kämmte sich außerdem noch einmal die Haare und öffnete den obersten Knopf ihrer Bluse. Es konnte ja nicht schaden, für den Fall, dass es ein männlicher Vermieter war. Was bei dem Marktleiter geklappt hatte, würde vielleicht auch bei der Wohnungssuche helfen.

So zurecht gemacht, holte sie sich ihren heiß ersehnten Kaffee und spazierte damit durch den Park. Im Sommer war er das zweite Wohnzimmer der Studenten, die hier ihre Mittagspause verbrachten oder am Abend gemütlich grillten. Jetzt im Winter war der Park bis auf vereinzelte Jogger vollkommen verlassen. Die Wohnung, zu der sie auf dem Weg war, lag direkt am anderen Ende der Anlage. Das hier könnte also künftig ihr Uniweg sein.

Als Kerstin das Haus schließlich erreichte, konnte sie kaum glauben, dass sie die richtige Adresse hatte. Denn vor ihr lag ein wunderschöner Altbau mit hohen Sprossenfenstern und gemütlichen Balkonen, die von schmiedeeisernen, kunstvoll gearbeiteten Geländern umgeben waren. Das Beste allerdings waren die halbrunden Erker. Auf dem jeweils obersten thronte ein spitzes Dach, was dem Haus einen Hauch von einem Schloss verlieh. Kerstin malte sich bereits aus, wie sie dort auf ihrem Sessel saß und nächtelang in ihren Büchern schmökerte. Sie musste diese Wohnung einfach haben!

Aufgeregt zupfte sie noch einmal ihre Kleidung zurecht, bevor sie die Klingel betätigte. Die Tür öffnete sich und Kerstin betrat das Treppenhaus, das dem ersten Eindruck von außen standhielt. Den Eingangsbereich schmückten sowohl auf dem Boden als auch an den unteren Wänden bunte Mosaikfliesen. Die Treppe war aus alten Dielen gezimmert, die frisch abgeschliffen worden waren. Bei jedem Schritt knarrten sie leise unter ihrem Gewicht.

Im ersten Stock erwartete sie allerdings der erste Dämpfer. Denn in der Tür stand ein dicklicher Mann mit fettigen grauen Haaren, die ihm strähnig bis auf die Schultern hingen. Was er am Hinterkopf im Überfluss hatte, fehlte ihm oberhalb der Stirn, die im Licht ölig glänzte.

Da sieht man mal wieder, dass Geld nicht attraktiv macht, dachte sich Kerstin, setzte aber trotzdem ein freundliches Lächeln auf. »Ich bin Kerstin Seitz, wir hatten am Wochenende wegen der Wohnung geschrieben«, sagte sie und streckte ihm zögerlich die Hand hin. Als er sie ergriff, schüttelte es sie innerlich. Seine Handfläche fühlte sich warm und klebrig an.

»Kommen Sie ruhig rein, junges Fräulein, dann zeige ich Ihnen alles«, grummelte er in sich hinein und bedeutete ihr mit der Hand, dass sie an ihm vorbeigehen sollte.

Kerstin zwängte sich dicht am Türrahmen entlang, um ihn ja nicht zu berühren, und betrat den schmalen Flur.

Dieser wurde noch dadurch verkleinert, dass die komplette rechte Seite mit einem wuchtigen Mahagonischrank zugestellt war. Unschlüssig blieb sie stehen und wartete darauf, dass er die Tür schloss.

»Hier entlang. Ich zeige Ihnen mal, worum es genau geht«, sagte er und trat dichter an sie heran. Sein Atem roch nach kaltem Rauch.

Mit einer unerschütterlichen Langsamkeit schlurfte er an ihr vorbei den knarrenden Dielenboden entlang. Manche der Bretter krachten so sehr, dass Kerstin Angst hatte, dass sich gleich der Boden auftat und den Mann mitsamt dem riesigen Schrank verschluckte. Sie konnte nur hoffen, dass sie nicht hinterher fiel. Die Vorstellung, gemeinsam mit ihm irgendwo verschüttet zu sein, jagte ihr doch einen Schauer über den Rücken.

Endlich waren sie am Ende des Flurs angekommen, der Mann öffnete eine Tür und schaute Kerstin erwartungsfroh an. Sie schaute zurück. Er lächelte und nickte mit dem Kopf.

Kerstin blieb stehen. Irgendwas stimmte doch hier nicht. Die Wohnung war viel größer als angegeben, denn sie waren bereits an zwei Zimmern vorbeigekommen und nach dem zu urteilen, was sie von hier aus erkennen konnte, befanden sich dort hinten noch zwei weitere Räume.

»Bitte schön«, sagte er schließlich, da sie immer noch nicht reagierte. »Hier hinten befindet sich die Einliegerwohnung. Nach Ihnen.«

»Ah«, meinte Kerstin. Eine Einliegerwohnung. Und das außenrum war dann anscheinend seine Wohnung. Davon hatte allerdings kein Wort in der Anzeige gestanden.

Wobei der Begriff Wohnung auch übertrieben war. Denn diese bestand aus einem länglichen Raum, an dessen linker Seite sich eine Pantryküche mit lediglich zwei Herdplatten befand. Der zweite Raum, wie der erste mit weißen Kacheln ausgelegt, war nur etwa halb so groß wie der Erste und mit Pech würde Kerstin nicht viel mehr als ihr Bett in ihn hineinbekommen.

»So, das hätten wir«, sagte der Mann. Er stand schon wieder in der Tür und wartete auf Kerstin, die sich noch immer fassungslos umschaute. »Gibt ja nicht so viel zu sehen. Die Küche ist im Mietpreis enthalten. Wenn Sie was kaputtmachen, geht das dann natürlich von ihrer Kaution ab.«

»Das sind also die anderthalb Zimmer, die inseriert waren?«, fragte Kerstin, die erst jetzt ihre Stimme wiedergefunden hatte. »Ich konnte gar kein Badezimmer entdecken. Außerdem, wer wohnt denn im vorderen Teil?«

»Immer langsam mit den jungen Pferden. Kommen Sie doch mal mit ins Wohnzimmer, dort können wir die Formalitäten in Ruhe klären.« Der Kerl grinste und entblößte dabei von Nikotin vergilbte Zähne. Kerstin nahm sich vor, unbedingt mit dem Rauchen aufzuhören.

»Bevor ich irgendwelche Formalitäten kläre, würde ich gerne wissen, was es hiermit auf sich hat. Die Wohnung, für dich ich mich beworben habe, hat anderthalb Zimmer und ein Bad.«

Er schnaufte und stiefelte zu einer geschlossenen Tür. »Jetzt seien Sie doch nicht ungeduldig. Hier ist das Bad, sehen Sie. Wie ausgeschrieben mit Badewanne. Die Zimmer befinden sich da hinten, haben Sie doch gesehen.«

»Und was ist mit den restlichen Zimmern?«

»Na da wohne ich. Ich bin ein alter Mann mit geringem Einkommen und Sie sind eine junge Frau mit ebenfalls geringen Einkommen, vermute ich mal. Warum sollten wir uns nicht zusammentun und uns eine Wohnung teilen?«

»Und ein Badezimmer?«

»Jetzt reiten Sie doch nicht immer auf dem Bad herum.« Seine Miene verfinsterte sich. »Es gibt eines und wir würden uns schon mit der Benutzung einig werden.«

Kerstin lachte verächtlich. »Das kann doch nicht Ihr Ernst sein, oder? Sie glauben doch nie im Leben, dass eine junge Frau mit Verstand diese Zimmer da anmieten würde?«

»Es herrscht akuter Wohnungsmangel ... und Sie können ja auch abschließen. Ich werde Ihnen bestimmt nichts tun.«

»Vielen Dank, aber ich glaube, für mich kommt Ihr Angebot nicht infrage.«

Bevor er noch etwas entgegnen konnte, stürmte Kerstin aus der Wohnung hinaus. So verzweifelt konnte sie gar nicht sein, diese Zimmer zu nehmen.

Auf der Straße knöpfte sie ihre Bluse wieder zu und machte sich auf den Weg zur zweiten Adresse.

Als sie fünfzehn Minuten vor dem Termin dort ankam, wurde ihr klar, was Robin mit Casting gemeint hatte. Vor der Tür wartete bereits ein Dutzend anderer Bewerber, die sich bis zur angegebenen Uhrzeit beinahe noch verdoppelten. Anscheinend hatte der Makler einen Sammeltermin mit mehr als zwanzig Studenten ausgemacht, die nun durch die winzige Studiowohnung geschleust wurden. Direkt am Eingang musste jeder seine Adresse nebst Telefonnummer sowie seinen monatlichen Verdienst in eine Liste eintragen.

»Vielen Dank und auf Wiedersehen, wir melden uns bei Ihnen.«

Ernüchtert ging Kerstin, ohne überhaupt ihre Kontaktdaten zu hinterlassen. Das Leben in der Stadt schien doch weiter entfernt zu sein, als sie sich erhofft hatte.

Kurzschlussreaktion

Mittlerweile war Yvonnes Wut auf Christian gänzlich der Sorge um Kathi gewichen. Es war nun schon der zweite Tag in Folge, an dem ihr Bruder nichts von sich hören ließ und auch ihre Eltern hatten kein Glück gehabt. Mittlerweile war sie sich sicher, dass irgendetwas passiert sein musste und Christian ihr dies einfach nicht am Telefon mitteilen wollte. Vielleicht war Kathi ja bei der Geburt gestorben oder ihren Babys war etwas zugestoßen.

Der Gedanke daran, nicht für Kathi da gewesen zu sein, als sie Yvonne gebraucht hatte, war für sie unerträglich. Sie hatte die kleine Katze vor zwei Jahren in Spanien auf der Straße aufgesammelt und ihr so das Leben gerettet. In Deutschland angekommen, hatte sich das einst verwahrloste Tier schnell zu einer stattlichen Katze entwickelt und sich mit ihrem Kater Paul angefreundet. Als er überfahren worden war, hatte Kathi Tage lang nichts gegessen, so als würde sie ihren Freund ebenso vermissen, wie Yvonne es tat. Die beiden waren füreinander da gewesen, hatten sich gegenseitig Trost gespendet und jetzt ließ Yvonne ihre Kathi einfach so im Stich. Für ein Wochenende mit einer Freundin, die ihre Sorgen nicht einmal teilte oder gar verstand.

Laura war alles andere, aber kein Tierfreund. Schon zu Teenagerzeiten hatten sie darüber gestritten, wenn Yvonne auf dem Schulweg vom Fahrrad abstieg, um einen Frosch über die Straße zu tragen oder sich weigerte, eine Spinne zu erschlagen. Die letzte Meinungsverschiedenheit darüber hatten sie ausgetragen, als Laura Yvonne davon abgeraten hatte, Kathi mit nach Deutschland zu nehmen. Immerhin gäbe es genug herrenlose Tiere im eigenen Land und sie könne doch auch überhaupt nicht wissen, welche Krankheiten sie mit der verlausten Bazillenschleuder, so Lauras Worte, einschleppte.

Nein, Laura würde vermutlich überhaupt nicht verstehen können, was Yvonne ihr gleich eröffnen würde. Sie hatte nämlich beschlossen, nach Hause zu fahren. Noch heute. Das Zugticket war bereits gebucht, sie musste nur noch die richtigen Worte finden. Deswegen hatte sie Laura in ein Café gebeten, wo sie gemeinsam frühstücken wollten. Als Yvonne nun den Laden betrat, saß Laura bereits an der Theke, hatte zwei Tassen Milchkaffee vor sich stehen und war offensichtlich gerade in einen Flirt mit dem Kellner vertieft.

»Süße, da bist du ja endlich« begrüßte Laura sie, als Yvonne den Tresen erreichte. »Ich dachte schon, du hast verschlafen.«

»Ja, tut mir leid, ich wurde aufgehalten …«

Ihre Freundin zuckte gleichgültig mit den Schultern und nippte an ihrem Kaffee. »Willst du mir jetzt sagen, dass du schon wieder Chris hinterhertelefoniert hast?«

»Um ehrlich zu sein Ja. Ich verstehe nicht, warum er nicht an das verdammte Telefon geht.«

»Verdammt, Yvi. Kannst du nicht einfach mal abschalten und dein Wochenende genießen? Du wirst schon noch früh genug erfahren, was zu Hause los war. Wir haben uns zig Jahre nicht gesehen und du verschwendest die Zeit damit, dir irgendwelche Mordfantasien über deine Katze auszumalen.«

»Es sind keine Mordfantasien ...«

»Was auch immer. Es ist schließlich nicht das erste Mal, dass Chris vergessen hat, wie ein Telefon funktioniert. Wahrscheinlich liegt er sturzbesoffen auf der Couch und schläft seinen Rausch aus.« Laura pustete sich verächtlich ihre schwarzen Locken aus der Stirn und schaute in die Karte. »Und was nimmst du? Ich habe riesigen Hunger.«

»Die Vorstellung beruhigt mich wenig«, murmelte Yvonne und nahm sich ebenfalls eine Karte, obwohl sie kaum Appetit hatte.

»Findest du nicht, dass du übertreibst? Mein Gott, das ist eine Geburt. Das Natürlichste auf der Welt. Es gäbe bestimmt nicht so viele Katzen in Deutschland, wenn das ein so großes Problem darstellen würde.«

»Du hast doch keine Ahnung, was alles passieren kann. Das ist nicht wie bei einem Menschen und selbst da ist immer ein Arzt oder eine Hebamme anwesend, weil etwas passieren kann. Je mehr Kinder man in sich trägt, desto höher ist die Gefahr, dass Komplikationen auftreten.«

Laura knallte geräuschvoll ihre Speisekarte auf den Tisch und funkelte Yvonne an. »Langsam kann ich es echt nicht mehr hören. Seit du gestern hier angekommen bist, ist das alles, worüber du reden kannst. Komm doch mal wieder runter! Wenn du dir so viele Sorgen machst, dass Chris die Sache nicht geregelt bekommt, hättest du ihm Kathi eben nicht aufs Auge drücken dürfen.« Dann wandte sie sich an den Kellner, mit dem sie zuvor noch heftig geflirtet hatte, und bestellte sich das französische Frühstück. Dabei zwinkerte sie ihn verschmitzt an. Yvonne hingegen war zum Heulen zumute.

Vielleicht würde Laura recht behalten und ihre Sorgen waren unberechtigt und übertrieben. Vielleicht machte sie sich lächerlich. Doch es änderte nichts an der Tatsache, dass sie Kathi nun mal nicht einfach aus ihren Gedanken streichen konnte.

Als Laura ihren Gesichtsausdruck sah, lehnte sie sich zu ihr hinüber und legte den Arm um ihre Schulter. »Yvi, ich meine es doch nur gut. Niemand weiß, was da los ist. Du musst nicht immer gleich vom Schlimmsten ausgehen. Möglicherweise hat Chris sich deine Kathi geschnappt und ist mit ihr in eine Tierklinik gefahren und kann deswegen nicht rangehen. Oder er will dir dein Wochenende in Berlin nicht versauen ...«

»Aber genau das tut er doch gerade«, rief Yvonne schluchzend. Eine Träne löste sich aus ihrem Augenwinkel, rann die Wange hinab und tropfte auf ihre Hand. Die Wimperntusche hinterließ einen schwarzen Streifen und Yvonne wischte sich mit einer Servierte über das Gesicht.

»Solange du ihn nicht erreichst, wirst du es nicht wissen«, sagte Laura und drückte Yvonnes Hand.

»Richtig«, flüsterte Yvonne und schaute Laura fest an. »Deswegen reise ich auch heute noch ab. Ich kann einfach nicht in dieser Ungewissheit mit dir feiern. So leid es mir tut.«

»Du willst mich doch verarschen, oder?«

Yvonne schüttelte den Kopf. Mit dem Daumen wischte sie etwas von dem Milchschaum ab, der über den Rand ihrer Tasse gelaufen war, und nahm dann einen Schluck von dem heißen Kaffee. Die momentane Situation überforderte sie maßlos und sie war froh, dass sie in zwei Stunden in den Zug steigen konnte. Auch wenn sie dann noch immer fünfeinhalb Stunden Fahrt von ihrem Bruder trennten.

Lauras Frühstück wurde serviert und sie aß schweigend ihr Croissant. Yvonne schaute ihr dabei zu. Schließlich fand sie ihre Sprache wieder.

»Es tut mir leid, dass du mich nicht verstehen kannst. Ich dachte, als beste Freundin würdest du es zumindest akzeptieren können.«

»Ganz ehrlich Yvonne? Ich kann dieses pubertäre Verhalten ganz und gar nicht verstehen. Es ist eine verdammte KATZE. Ein Tier. Ich hingegen bin ein Mensch, der sich extra für dich freigenommen hat. Verschwinde ruhig und kümmere dich um dein Vieh. Aber wenn du mal wieder dringend jemanden zum Reden brauchst, glaub ja nicht, dass ich dann wieder alles für dich stehen und liegen lasse. Diese Zeiten sind vorbei.«

»Ich werde es mir notieren«, sagte Yvonne und stand traurig auf. Aus ihrer Handtasche kramte sie fünf Euro und legte sie neben Laura auf den Tresen. »Das sollte für den Kaffee reichen.« Mit diesen Worten drehte sie sich um und verschwand aus dem Laden.

Der frische Novemberwind kühlte Yvonnes Gemüt etwas ab. Sie atmete tief durch. Einen Moment lang hatte sie das Bedürfnis, Laura eine SMS zu schreiben und sich zu entschuldigen, aber dann dachte sie jedoch daran, dass dies überhaupt nichts an deren Einstellung ändern würde. Tiere waren für sie einfach nichts wert und daran würde auch eine Entschuldigung von Yvonnes Seite nichts ändern. Vermutlich würde die Diskussion dann nur wieder hochkochen.

Stattdessen ging sie ins Hotel, um ihre bereits gepackte Tasche zu holen und nahm sich ein Taxi zum Bahnhof. Auf dem Weg rief sie ein letztes Mal bei Chris an. Als er wieder nicht ranging, schrieb sie ihm eine SMS.

Wenn du nicht gerade tot bist, kannst du dich auf etwas gefasst machen. Ich komme heute schon an. Sieh zu, dass du nachher zu Hause bist.

Es wird eng

Fieberhaft wog Sabrina im Geiste ihre Möglichkeiten ab, während sie dem Polizeiwagen folgte. Sie könnte natürlich einfach auf das Gaspedal treten, sobald die Polizisten anhielten. Mit etwas Glück würde sie ihnen vielleicht im morgendlichen Verkehr entkommen können. Doch dann hatten sie bestimmt ihr Kennzeichen notiert. Spätestens, wenn die Beamten zu ihr nach Hause kamen, um sie zu befragen, würde alles auffliegen.

Sabrina, die unscheinbare Nachbarin, die zur zweifachen Mörderin geworden war. Sie konnte die Schlagzeile und die Kommentare der Nachbarn bereits vor sich sehen. Wenn sie aber anhielt und die Anweisungen befolgte, hatte sie vielleicht Glück und würde mit einer einfachen Verkehrskontrolle davonkommen. Solange die Polizisten nicht in den Kofferraum schauten und dort die Tüte mit ihrer blutbesudelten Kleidung fanden, konnte ihr eigentlich gar nichts passieren. Sie musste nur versuchen, möglichst ruhig zu bleiben, schließlich hatte sie nur den Wagen abgewürgt. Kein Grund, sich wie eine Kriminelle zu fühlen.

Sie folgte dem Einsatzwagen in eine Seitenstraße, wo die Beamten anhielten und ausstiegen. Auch Sabrina schnallte sich ab, öffnete die Fahrertür und wartete auf die Polizisten. Der Fülligere von beiden ging mit skeptischem Blick um ihren Wagen herum, während der andere zu Sabrina kam. Mit der Hand an der Waffe stellte er sich an die

Tür und beugte sich zu ihr herunter. Er rümpfte die Nase und sagte: »Guten Tag. Polizeikontrolle. Steigen Sie bitte aus dem Wagen.«

Sabrina strahlte ihn an, als hätte er ihr gerade ein wundervolles Kompliment gemacht, und schälte sich schwerfällig aus dem Sitz. Der kalte Wind, der auf ihre durchgeschwitzte Joggingjacke traf, ließ sie frösteln.

»Gibt es denn ein Problem? Ich habe es wirklich eilig«, sagte sie.

Großartig, das ist ja wirklich superunauffällig. Haben die bestimmt noch nie gehört ...

Der hagere Polizist verzog keine Miene. Sabrinas Lippen kribbelten vor Aufregung.

»Als Erstes hätte ich gerne mal Ihren Personalausweis gesehen. Außerdem den Führerschein und die Fahrzeugpapiere.«

»Die liegen im Auto. Darf ich ... «, fragte Sabrina und beugte sich ins Wageninnere.

Mittlerweile hatte der Dickere seinen Rundgang beendet und sich neben seinen Kollegen gestellt. Murmelnd unterhielten sich die beiden, während Sabrina nach ihrem Geldbeutel suchte.

»Hier ist es ja«, sagte sie und hielt ihn den Beamten entgegen. Diese reagierten allerdings nicht und Sabrina krabbelte wieder aus dem Auto heraus. Ihr Gesicht brannte wie Feuer. Mit gesenktem Blick reichte sie dem Hageren ihre Papiere. Der gab sie weiter an seinen Kollegen, der damit im Einsatzwagen verschwand.

»Also Frau Wichert. Haben Sie eine Vermutung, weshalb wir Sie angehalten haben?«

»Naja ...«, Sabrina räusperte sich. Ihre Zunge klebte an ihrem Gaumen fest und erschwerte ihr das Sprechen. »Ich hatte da gerade so ein Problemchen mit meinem Auto. Das tut mir leid. Ich war abgelenkt.«

»Sie haben eine gesamte Grünphase an der Ampel gestanden und den Wagen mehrere Male abgewürgt, soweit wir das beobachten konnten. Außerdem sehen Sie nicht sonderlich gut aus. Bedrückt Sie etwas?«

Sabrina schüttelte vehement den Kopf. »Nein, bei mir ist alles in Ordnung. Ich hatte einen Streit mit meiner Mutter und habe heute Nacht deswegen nicht gut geschlafen. Aber besser, ich stehe bei Grün, als dass ich bei Rot fahre, finden Sie nicht auch?«

Ein Anflug von einem Lächeln huschte über sein Gesicht. »Da haben Sie wohl recht«, sagte er. »Dennoch muss ich Sie fragen, ob Sie getrunken haben.«

»Natürlich nicht. Haben Sie mal auf die Uhr geschaut?«, fragte Sabrina und verkniff sich mit Mühe ein erneutes Kopfschütteln.

»Bestimmt haben Sie dann nichts gegen einen freiwilligen Alkoholtest?«

»Wenn es sein muss«, sagte Sabrina und schaute sich um. Gerade hatte sie sich in der Firma krankgemeldet und jetzt stand sie hier auf offener Straße und musste einen Alkoholtest machen. Sie konnte nur hoffen, dass niemand aus der Firma vorbeifuhr und sie sah.

»Ich muss zugeben, dass ich gestern Abend ein wenig getrunken habe …«

Der hagere Polizist war zum Einsatzfahrzeug gegangen, um den Tester zu holen. Er kam mit seinem Kollegen zurück, der ihr die Funktionsweise des Gerätes erklärte. Die angekündigte halbe Minute, die es dauerte, bis das Ergebnis angezeigt wurde, fühlte sich für Sabrina allerdings eher wie eine halbe Stunde an.

»Null Komma zwei. Da haben Sie Glück, dass bereits genug Alkohol abgebaut wurde. Auch Restalkohol führt zur Beeinträchtigung der Fahrtüchtigkeit. Sie sollten sich überlegen, jetzt auf direktem Weg nach Hause zu fahren, damit Sie nicht doch noch einen Unfall bauen. Übermüdung wirkt sich ebenfalls negativ auf das Fahrverhalten auf.«

Sabrina hätte am liebsten losgeheult vor Erleichterung. »Das mache ich, versprochen. Es tut mir auch so leid. Meine Mutter ist nur immer so aufbrausend und ich war so aufgewühlt heute Nacht …«

Sei doch einfach still!

»Ich würde dann noch gerne Ihren Verbandskasten und das Warndreieck sehen, dann können Sie weiterfahren.«

Sabrina erstarrte augenblicklich. Selbstverständlich hatte sie all das in ihrem Wagen. Im Kofferraum. Unter dem Müll.

»Also … Was würde es mich denn kosten, wenn … Sagen wir mal, wenn ich Ihnen keins davon zeigen könnte?«

»Dann wären das insgesamt fünfunddreißig Euro Bußgeld für Sie, direkt bar zu bezahlen.«

Großartig. Sie hatte kein Geld im Portemonnaie. »Hören Sie, es ist so«, beschloss sie, mit einer abgeschwächten Version der Wahrheit herauszurücken. »Der Grund für den Streit zwischen meiner Mutter und mir war, dass wir den Keller entrümpelt haben. Ich hatte ihr eigentlich versprochen, das Zeug schon vor dem Wochenende zum Müllheizkraftwerk zu bringen. Ich hab's versäumt, der Müll lag drei Tage in meinem Auto, und als sie es gestern Abend entdeckt hat, gab es großen Ärger. Sie riechen ja selbst, warum.«

Komisch, wie leicht ihr diese Lügen über die Lippen gingen. Tom Ripley aus ihrem Lieblingsfilm wäre bestimmt stolz auf sie und hätte selbst keine bessere Ausrede parat gehabt.

Die beiden Beamten schauten sich an, der Dicke nickte und der Hagere sagte: »Dürften wir mal einen Blick in den Kofferraum werfen?«

Sabrina starrte einen alten, eingetretenen Kaugummi auf dem Bürgersteig an und wünschte sich, dass er sich in einen Tunnel verwandelte, der sie verschluckte. Da dies nicht geschah, zuckte sie mit den Schultern und ging zum Heck ihres Autos. Die beiden Polizisten traten neben sie. Sie seufzte und öffnete den Kofferraum. Die Männer verzogen das Gesicht und wichen sofort vom Wagen zurück.

»Puh, das stinkt ja fürchterlich«, sagte der Hagere und bedeutete Sabrina, dass sie die Klappe wieder schließen sollte. Sabrina atmete unmerklich auf.

»Was haben Sie denn da bitte alles in Ihrem Keller gefunden?«, fragte der andere angeekelt.

Die Bemerkung von Jens schoss Sabrina durch den Kopf. »Oh, das wüssten wir auch gerne«, erklärte sie scheinbar beiläufig. »Irgendein Tier hat sich wohl in unseren Keller verirrt und ist dort gestorben. Von der Größe her könnte es ein Marder gewesen sein, oder aber auch eine Katze.«

»Genau so riecht es auch. Ich spreche Ihnen hiermit erst einmal eine Verwarnung aus, weil sie die geforderten Gegenstände nicht ordnungsgemäß zugänglich aufbewahren.«

Mist! »Ich habe momentan aber gar kein Bargeld dabei …«

»Das brauchen Sie auch nicht. Sie sind lediglich verwarnt. Ich gehe mal davon aus, dass Sie mir die Wahrheit erzählen und sich irgendwo dort unten tatsächlich ein Warndreieck befindet. Fahren Sie jetzt Ihren Müll weg und dann schlafen Sie sich erst einmal in Ruhe aus.«

Sabrina klammerte sich erleichtert an ihren Wagen. »Wird … gemacht«, stammelte sie.

»Wir wollen Sie heute nicht noch einmal auf der Straße sehen«, ermahnte sie der Hagere. Dann stieg er mit seinem Kollegen in den Einsatzwagen und fuhr davon.

Zurück blieb Sabrina, die sich noch immer mithilfe ihres Autodaches davon abhielt, umzukippen und die nicht wusste, ob sie vor Erleichterung jubeln oder weinen sollte.

Schließlich entschied sie sich für keine der beiden Alternativen, sondern beschloss stattdessen, weiterzufahren. Denn je schneller sie den Ballast aus ihrem Kofferraum los wurde desto besser. Allerdings täuschte sie sich, die Erleichterung hielt nur so lange an, bis sie wieder in ihrem Auto saß und vom Hof der Müllverbrennungsanlage fuhr. Ja, es war alles gut gegangen, niemand hatte sich für ihre lächerliche Tüte oder gar deren blutigen Inhalt interessiert. Keiner der Mitarbeiter hatte sie angesprochen, während sie die Müllsäcke in den Müllbunker geworfen hatte, doch der Anblick ihrer Tüte, wie sie zwischen all dem anderen Abfall verschwunden war, hatte sie nachdenklich gestimmt.

Eine Weile hatte sie dem Greifarm zugeschaut, wie er Brocken aus dem Abfallberg herausfischte und diese in die Verbrennungskammer transportierte. *Ob es wohl jemand merken würde, wenn sie Christian und ihre Mutter ebenfalls hier herunterwarf?* Mal von dem Problem abgesehen, dass es unmöglich wäre, die beiden auch nur bis zum Auto zu transportieren, wäre das hier die perfekte Lösung. Es würde nicht mehr als ein paar Stunden dauern, bis sich der Greifarm die Überreste von Gerdi und Christian geschnappt hätte, um sie anschließend ins achthundertfünfzig Grad heiße Feuer zu werfen.

Ich müsste sie nur zerkleinern, überlegte Sabrina.

Und in dieser Sekunde dachte sie tatsächlich darüber nach, es zu tun.

Hätt‘ ich dich heut‘ erwartet …

Zu Hause angekommen schob Sabrina die Gedanken daran, was mit Gerdi und Christian passieren sollte, erst einmal beiseite. Besser, sie konzentrierte sich darauf, dort weiterzumachen, wo sie letzte Nacht aufgehört hatte. Der Flur sah abgesehen von dem heruntergekommenen PVC-Boden und den gammeligen Tapeten beinahe vorzeigbar aus. Zumindest, wenn man ihn mit dem Zustand verglich, in dem er die letzten Monate und Jahre gewesen war. Fehlten nur noch die restlichen Räume im Erdgeschoss und schon bald wäre das Haus tatsächlich wieder richtig bewohnbar.

Da sie nicht vorhatte, demnächst Zeit im Wohnzimmer zu verbringen, nahm sie sich zuerst die Küche vor. Nachdem sie den Kühlschrank geleert und vom Strom genommen hatte, um ihn abzutauen und danach komplett zu desinfizieren, widmete sie sich dem wenigen, noch rettbaren Geschirr. Auf vielen der Teller und in den meisten Tassen hatte sich bereits Schimmel eingefressen. Diese entsorgte sie zusammen mit den Lebensmittelresten aus dem Kühlschrank.

Da sie kein frisches Geschirrhandtuch hatte, nutzte sie die Zeit, die das Geschirr zum Trocknen brauchte, und wischte die Schränke aus. Als sie die Schublade unter dem Ofen öffnete, entdeckte sie ein Notizbuch.

Für mein Bienchen, stand in geschwungener Schrift darauf. Die Handschrift ihres Vaters! Obwohl er unter der Woche immer sehr lange auf der Arbeit gewesen war, hatte er es sich nicht nehmen lassen, am Wochenende für die Familie zu kochen. Zu besonderen Anlässen war auch er es gewesen, der die Kuchen gebacken hatte.

Mit zittrigen Händen schlug sie das Buch auf.

Damit du später mal deinen Mann mit besonderen Rezepten verwöhnen kannst. In Liebe, Papa!

Diese Worte standen auf der ersten Seite. Sabrina schniefte und wischte sich mit dem Handrücken über die Augen. Wäre damals doch nur Gerdi an seiner Stelle gestorben. Ihr Vater hatte sich immer nur das Beste für Sabrina gewünscht. Dass sie einen Beruf fand, den sie so liebte wie er seinen und dass sie eine Familie gründete. Gerdi aber hatte ihre Tochter stattdessen immerzu niedergemacht, weil nichts und niemand ihren Ansprüchen gerecht werden konnte.

Auch ihr eigener Mann nicht. Nie brachte er genug Geld nach Hause und nie kümmerte er sich genug um seine Familie und nie führte er sie aus und nie wurde er befördert. Sabrina hätte die Liste an Kritikpunkten noch ewig weiterführen können. Oft hatte sie sich gefragt, weshalb Gerdi und ihr Vater überhaupt jemals geheiratet hatten.

Eine Weile blieb Sabrina noch sitzen, blätterte in dem Büchlein und erinnerte sich daran, wie es gewesen war, sonntagnachmittags Zeit mit ihrem Vater zu verbringen. Dann klappte sie das Notizheft zu, legte es vorsichtig auf die Treppe und putzte weiter. Erst als ihr von Hunger und Durst ganz schwindelig wurde, machte sie eine Pause und nahm sich eine Packung Chips aus Gerdis Notfallschrank für Heißhunger. Mittlerweile hatte sie die Küche so weit gesäubert, dass sie sich dort an den Tisch setzen und daran essen konnte. Die Arbeitsfläche war freigeräumt und klebte nicht mehr. Der Herd war bis auf einige eingebrannte Stellen fleckenfrei und der Boden gesaugt. Das Mobiliar war zwar schäbig, alt und abgelebt wie der Boden, doch es war nun wenigstens einigermaßen sauber. Fehlte noch der Kühlschrank, dann erinnerten nur noch die Müllsäcke, die sich hinter der Küchentür stapelten, an den Zustand, in dem sich die Küche am Morgen noch befunden hatte.

Sabrina stopfte gierig eine Handvoll Kartoffelchips in sich hinein, als es plötzlich an der Haustür klingelte. Sie wischte sich die fettigen Hände ab und ging an die Tür. Erst nachdem sie die Kette davorgelegt hatte, öffnete sie die Tür einen Spaltbreit. Jens lächelte ihr mitten ins Gesicht.

»Da bin ich wieder.«

»Hast du früher Feierabend gemacht?«, fragte Sabrina verdutzt.

»Du musst ja wirklich krank sein. Schon mal rausgeschaut? Es ist dunkel. Ich war nach der Arbeit, sogar noch ein Bierchen zischen.«

»Und jetzt bist du hier weil …« Sie schaute sich um. Das Haus war noch lange nicht so weit, dass sie jemanden hereinbitten konnte. Vor allem stank es noch immer erbärmlich, obwohl sie bereits Raumerfrischer in Flur und Wohnzimmer aufgestellt hatte.

»Na, um nach dir zu sehen. Du bist schließlich krank. Das erste Mal, seit du in der Firma angefangen hast. Muss also schon was Ernstes sein.«

»Ach«, meinte Sabrina. Am liebsten wäre sie ihm um den Hals gefallen und hätte ihm alles gebeichtet. Denn seit vielen Jahren war es das erste Mal, dass sich jemand um sie kümmerte und sich fragte, wie es ihr ging. Doch genau ihn musste sie jetzt abweisen. Mit einem Mal fasste sie einen Entschluss. Sie schob die Kette kurzerhand zurück und öffnete die Tür. »Komm doch rein«, sagte sie und trat zur Seite.

Jens rieb sich die Hände und machte einen Schritt in den Flur hinein. Dann blieb er wie angewurzelt stehen und schaute sich irritiert um.

»Ich erkläre dir den Geruch gleich. Komm doch erst einmal mit in die Küche.« Sie schloss die Tür und ging vorneweg durch den Flur.

»Welcher Geruch?«, fragte Jens und atmete geräuschvoll durch die Nase. »Du hast mich anscheinend direkt angesteckt heute Morgen. Bin total verschnupft. Hast du dir Hühnersuppe gemacht? Die stinkt nämlich manchmal ein bisschen, wenn das Suppenhuhn alt war.«

»Schön wäre es, wenn das nur Suppengeruch wäre«, murmelte Sabrina.

Als Jens die Küche betrat, schien er zu ahnen, von was für einem Geruch Sabrina gesprochen hatte. Er blieb abrupt stehen und deutete auf die Müllsäcke. »Ich dachte, du hättest gerade erst Zeug zur Verbrennungsanlage gebracht?«

»Ich sagte doch schon, ich erkläre es dir gleich. Willst du vielleicht vorher einen Kaffee?«

»Spricht nichts dagegen, dass du es mir schon erzählst, während du ihn machst«, sagte Jens und zwinkerte ihr zu. Sabrina nickte und holte eine frische Packung Pads aus dem frisch aufgeräumten Schrank.

»Was wolltest du mir denn erklären?«, versuchte Jens erneut, eine Unterhaltung mit ihr in Gang zu bringen.

Sabrina wartete schweigend, bis der Kaffee in die beiden Tassen gelaufen war. Dann setzte sie sich zu Jens an den Tisch. »Ich kann dir leider weder Milch noch Zucker anbieten. Ist beides gerade aus«, sagte sie.

Jens legte seine Hand auf ihre und schaute sie ernst an. »Raus mit der Sprache. Was ist los?«

»Meine Mutter ist ein Messie!«, platzte Sabrina heraus. Jens starrte sie mit hochgezogenen Augenbrauen an.

»Okay ...«, sagte er nach einer Weile. »Das heißt, du wohnst mit deiner Mutter hier?«

»Ja«, flüsterte Sabrina und schaute beschämt zu Boden. Verflucht sie war Anfang dreißig und lebte in einem Kinderzimmer im Haushalt ihrer Messie-Mutter. Viel peinlicher ging es kaum noch. »Sie wohnt hier unten und hat ... Naja, du siehst es ja selbst.«

»Das erklärt zumindest die Müllsäcke in der Ecke. Aber ein Messie? Die habe ich mir immer anders vorgestellt.«

»Du kennst ja den normalen Zustand nicht.« Sie deutete auf den Haufen hinter der Tür. »Das hier lag bis vorhin noch überall in der Küche verteilt. Zusammen mit der Ladung, die du heute Morgen im Auto gerochen hast.«

Jens stand auf und begutachtete den Stapel aufmerksam. »Warum hast du vorher nie etwas unternommen?«

Sabrina zuckte mit den Schultern. Diese Frage hatte sie sich selbst oft genug gestellt und keine Antwort darauf gefunden. »Ich habe es immer mal wieder versucht, aber es war einfach kein Anfang zu finden. Wann immer ich irgendetwas von dem Kram entsorgt habe, hat meine Mutter aus irgendeiner anderen Ecke wieder neuen Krempel hervorgezaubert. Und dann hat sie mich immer beschimpft und gesagt, es wäre alles nur meine Schuld, weil ich ja überfordert wäre ... Irgendwann habe ich es ihr wohl geglaubt.«

»Oh Mann, das ist ja wirklich übel. Tut mir voll leid für dich. Du hättest doch mit mir darüber reden können ...«

»Und was hätte ich sagen sollen? *Du Jens, hast du nicht mal Lust auf einen Kaffee vorbeizukommen und mir gleich mal nebenbei ein wenig zu helfen, die Wohnung zu entrümpeln?* Pah.« Sabrina winkte ab.

»Und wo ist deine Mutter jetzt?«

»Was ... Wie meinst du das, wo sie ist?« Für einen Moment krallte sich Sabrina an der Tischplatte fest, weil sie das Gefühl hatte, sonst von ihrem Stuhl zu kippen. Unmöglich, dass Jens wissen konnte, was sich hier abgespielt hatte. Aber was bedeutete dann seine Frage?

»Na, wenn du doch jetzt endlich den Anfang gemacht hast ... Außerdem scheint es mir nicht so, als wäre sie hier irgendwo im Haus.«

»Ach«, sagte Sabrina erleichtert. Dann setzte sie ein betrübtes Gesicht auf. »Leider ist sie vor ein paar ... Wochen verstorben.«

»Oh Scheiße. Ich trete heute aber auch in einen Fettnapf nach dem anderen. Mein Beileid. Wenn ich irgendetwas für dich tun kann ...«

»Da muss ich jetzt ganz alleine durch. Aber ich danke dir. Es wäre allerdings nett, wenn du niemandem auf der Arbeit davon erzählen würdest.«

»Versprochen.« Jens hielt ihr seine ausgestreckte Hand hin. Als sie danach griff, packte er zu und stand auf. »Allerdings unter einer Bedingung.«

»Und die wäre?«

»Du zeigst mir, wie *du* lebst. Dein Reich.«

»Mein Zimmer?« Sabrina runzelte die Stirn. In ihrem Jugendzimmer gab es nichts Interessantes zu sehen.

»Na, du hast doch vom oberen Stockwerk gesprochen.«

»Ja, da befinden sich mein Zimmer, ein Schlafzimmer und ein Bad. Nicht gerade außergewöhnlich.«

»Ich würde es dennoch gerne sehen. Nachdem, was du mir heute eröffnet hast, habe ich das Gefühl, ich kenne dich kaum. Und dass, obwohl wir jetzt schon seit vier Jahren miteinander arbeiten.«

»Wie du meinst«, sagte Sabrina und stand ebenfalls auf. »Hier entlang.«

Mit Jens im Schlepptau ging Sabrina nach oben in ihr Zimmer. Als sie ans Fenster trat, bemerkte sie Licht im Hof des Nachbarhauses. Anscheinend war Herr Engert wieder zurück. Ihre Nackenhaare stellten sich auf. Sie hatte den Computer noch gar nicht aus der Wohnung geholt! Doch anstelle des alten Mannes, sah sie plötzlich eine junge Frau, die im Vorgarten stand und durch die Fenster in die Wohnung von Herrn Engert schaute. Sie drehte sich um.

Plötzlich fiel ihr auf, dass Jens noch immer in der Tür stand.

»Jetzt hast du es ja gesehen ...«, versuchte sie, die Besichtigungstour schnell zu beenden. Jens reagierte nicht, sondern starrte beinahe beharrlich auf ihr Bett.

»Was zur Hölle ist das denn?«, fragte er.

Sabrina folgte seinem Blick. Mitten auf der Matratze zeichnete sich eine Spur aus blutigem Schleim ab, an deren Ende ein quallenartiges Gebilde aus Gewebe lag. Es sah aus, als wäre eine schwer verletzte Riesenschnecke über ihr Bett gekrochen, hätte sich am Fußende einfach zusammengerollt und wäre dann dort verendet. Angewidert verzog Sabrina das Gesicht.

»Igitt«, sagte sie nur, und als Jens sich bückte, um den Schleim genauer zu betrachten, fügte sie hinzu: »Fass das besser nicht an!«

»Es ist noch warm«, murmelte er und rieb seine Finger aneinander.

Während Sabrina damit beschäftigt war, krampfhaft ihren Würgereiz zu unterdrücken, zog Jens mit einem Ruck die Bettdecke zurück. Darunter kam ein Knäuel voller Fell zum Vorschein, das sich als Christians Katze herausstellte.

Doch sie lag dort nicht alleine. An ihren Bauch drängten sich vier kleine Kätzchen, die sie nun aufgeregt, vor den ungebetenen menschlichen Besuchern zu verstecken, versuchte.

Vorsichtig breitete Jens die Decke wieder über der kleinen Familie aus. »Mensch. Wie viele Geheimnisse hast du denn noch? Du bist Katzenmama! Glückwunsch.«

»*Glückwunsch?*«, wiederholte Sabrina baff seine Worte. »Das kann ... das ist unmöglich. Ich habe sie doch gestern erst geholt ...«

»Da haben dir die Vorbesitzer wohl offensichtlich etwas verschwiegen.«

»Sieht ganz so aus«, sagte Sabrina und starrte fassungslos ihre besudelte Matratze an. »Die werde ich wohl wegwerfen müssen.«

»Wir sollten besser mal nach unten gehen, damit die Katzenmama ihre Ruhe hat. Außerdem wird es langsam Zeit für mich. Im Gegensatz zu dir muss ich nämlich morgen früh wieder ran.«

Sabrina begleitete Jens nach unten an die Tür. Dort legte er kurz seine Arme um sie und zog sie an sich. Sabrina versteifte sich automatisch, woraufhin Jens sich augenblicklich von ihr löste. »Es wird bald bergauf gehen, glaube mir. Wenn was ist, melde dich bei mir«, sagte er und öffnete die Haustür. Sabrina blickte ihm hinterher, bis er aus ihrem Sichtfeld verschwunden war. Gerade, als sie die Tür schließen wollte, hörte sie eine Stimme.

»Warten Sie bitte kurz«, rief sie. »Ich hätte da eine Frage an Sie.« Es war die Frau, die Sabrina gerade noch vom Fenster aus in Herrn Engerts Vorgarten gesehen hatte.

Vergebene Liebesmühen

Ganze fünf Stunden hatte die Zugfahrt gedauert und Yvonne war beinahe wahnsinnig geworden währenddessen. Jeder Halt war ihr wie eine Ewigkeit vorgekommen, erst recht, als der Zug mitten auf der Strecke eine Pause von zehn Minuten gemacht hatte, um einen anderen, verspäteten Zug vorbeizulassen. Dass sie sich selbst dadurch ebenfalls verspäteten, schien der Bahn anscheinend egal zu sein. Als sie endlich am Hauptbahnhof ausstieg, dämmerte es bereits.

Zusammen mit ihr drängten sich all die Pendler durch den Bahnhof, die auf dem Weg nach Hause waren. Sie hatte wenig Lust, sich jetzt auch noch in eine überfüllte S-Bahn zu quetschen, weshalb sie sich direkt auf den Weg zum Taxistand machte. Auf dem Weg versuchte sie noch einmal, ihren Bruder zu erreichen. Im Zug hatte sie es sich verkniffen, ihn anzurufen, doch jetzt konnte sie sich nicht mehr zurückhalten. Wieder sprang nur die Mailbox an.

»Verdammt, Chris! Du verarschst mich doch oder? Ist es denn sooo schwer, mich zurückzurufen, du Blödmann?«, brüllte sie in ihr Smartphone, sodass die Leute sich nach ihr umdrehten.

Kurz, nachdem Yvonne sich in ein Taxi gesetzt hatte, klingelte ihr Handy. Vor lauter Aufregung zitterten ihre Hände und das Telefon fiel ihr bei dem Versuch, ranzugehen, prompt in den Fußraum. Fluchend bückte sie sich und tastete danach. Bevor der Anrufer wieder aufgab, fand sie es endlich und konnte den Anruf annehmen.

»Chris, bist du das?«, rief sie atemlos ins Telefon.

»Ich bin`s Mäuschen. Ich wollte nur mal nachhören, wie es dir geht. Deine Mutter sagte, dass du Sorgen hast und ich dachte, ich lasse mir mal aus erster Hand erzählen, was los ist bei dir.«

»Ach, Papa«, sagte Yvonne und versuchte nicht so geknickt zu klingen, wie sie sich gerade fühlte.

»Ja, nur ich. Nicht dein Bruder. Tut mir leid. Sagst du mir trotzdem, was los ist?« Enttäuschung lag in seiner Stimme.

»Alles halb so wild«, spielte sie die Situation herunter. »Chris geht seit Tagen nicht an sein Telefon und das nervt mich einfach. Er hat Kathi bei sich und ich würde einfach gerne wissen, wie es ihr geht.«

»Wir haben dir von Anfang an gesagt, dass du sie nicht bei ihm lassen sollst. Deine Mutter hat dir doch angeboten, dass du sie zu uns bringen kannst. Du solltest deinen Bruder eigentlich besser kennen ...«

Der Taxifahrer beobachtete Yvonne neugierig durch den Rückspiegel und sie starrte ihn finster an. Sie hatte jetzt wirklich keine Lust, in dessen Anwesenheit mit ihrem Vater zu diskutieren. Deswegen sagte sie etwas leiser, in der Hoffnung, dass der Fahrer sie nicht verstand: »Aber bei euch wäre es nicht sicher gewesen, dass sie im Haus bleibt. Du weißt doch, wie Mama ist. Sie hat dann einfach kein Auge auf sie.«

»Ich nehme an, du bist jetzt auf dem Weg zu ihm?«

»Bevor ich nicht sicher weiß, was da los ist, komme ich sowieso nicht zur Ruhe. Ich sitze gerade im Taxi und wir stecken im Feierabendverkehr fest. Weißt du ...«

»Mir musst du nichts erklären. Melde dich einfach, wenn du mehr weißt. Interessiert mich schließlich auch, was der Junge schon wieder ausgefressen hat. Und bestell ihm schöne Grüße von seinen Eltern. Er soll sich nicht bloß dann melden, wenn er mal Geld braucht.«

»Werde ich ihm sagen«, sagte sie und legte auf.

Der Taxifahrer richtete seine Aufmerksamkeit nun endlich wieder auf die Straße. Regen peitschte gegen die Windschutzscheibe. Yvonne tat so, als würde sie sich mit etwas von höchster Priorität auf ihrem Handy beschäftigen, damit er nicht auf die Idee kam, ein Gespräch mit ihr anzufangen.

Also sie an Christians Wohnung angekommen war, war auf dem ersten Blick sichtbar, dass er nicht zu Hause war. Im oberen Stockwerk waren alle Fenster dunkel, nicht mal das Flackern des Monitors oder Fernsehers war zu erkennen. Jetzt, so kurz vor dem Ziel, hatte Yvonne Angst davor, was sie vielleicht herausfinden würde. Sie stellte ihre Tasche auf dem Bürgersteig ab und ging durch das Hoftor.

Auf ihr erstes Klingeln reagierte niemand. Auch beim zweiten Mal blieb alles still. Insgeheim erleichterte sie die Ruhe ein wenig. Sie hatte solche Angst vor schlechten Nachrichten gehabt, dass es ihr beinahe lieber war, diese noch ein wenig hinauszuzögern. Auf der anderen Seite wurde ihre Vermutung allerdings so nur noch bestätigt.

Christian war ganz offensichtlich nicht zu Hause. Er

hatte Kathi entweder alleine gelassen oder ihr war etwas zugestoßen und er war mit ihr in der Tierklinik. Yvonne war sich nicht sicher, welche der beiden Varianten ihr lieber war.

Und dann entschied Yvonne, dass ihr die Gewissheit doch lieber war. Kurzerhand klingelte sie auch bei dem Vermieter. Wenn dieser einen Schlüssel zur Wohnung hatte – und sie war sich sicher, dass dem so war – würde sie ihn einfach bitten, sie kurz in die Wohnung zulassen. Doch auch bei ihm reagierte niemand auf ihr Schellen. Da der Mann geschätzt einige Jahre mehr als achtzig auf dem Buckel hatte, beschloss Yvonne, hinter dem Haus durch das Fenster nachzusehen, ob er zu Hause war. Immerhin bestand ja die Möglichkeit, dass er schwerhörig war und gar nicht mitbekommen hatte, dass jemand an der Tür war.

In ihren hochhackigen Schuhen stapfte sie über die Wiese, die sich dank des Dauerregens in eine Matschlandschaft verwandelt hatte. Immer wieder sank sie mit ihren Absätzen in den Boden ein und die Feuchtigkeit drang durch das Leder und durchnässte ihre Feinstrumpfhose. Schon an der Ecke konnte sie erkennen, dass auch hinter dem Haus alles dunkel war. Lediglich der Bewegungsmelder sprang an und leuchtete ihr den Weg.

Frustriert trat Yvonne gegen einen kleinen Buxbaum und machte sich wieder auf den Rückweg. Als sie vor dem Haus ankam, öffnete sich beim Nachbarn die Tür. Zuerst duckte sie sich hinter die Hecke, denn sie wollte sich schließlich nicht mit der Nachbarschaft anlegen. Aber dann überlegte sie, dass die Frau ja vielleicht etwas wissen konnte. Wenn sie ihr vielleicht auch nicht verraten konnte, wo Chris steckte, so könnte sie ihr doch eventuell sagen, wann sie ihn das letzte Mal gesehen hatte.

Yvonne stürmte zum Hoftor. Gerade noch rechtzeitig, denn die Frau war schon dabei, die Tür wieder zu schließen.

»Hallo ... Warten Sie doch bitte mal kurz.«

Die Frau reagierte nicht.

»Warten Sie bitte«, rief sie noch einmal. »Ich hätte da eine Frage an Sie.«

Der Kopf der Nachbarin erschien im Türspalt. Sie schaute sich fragend um. Als sie Yvonne entdeckte, kam sie wieder heraus und schaute sie stumm an.

»Entschuldigen Sie die Störung ...«

»Was wollen Sie denn?«, fragte diese unwirsch.

Yvonne seufzte. Das würde anscheinend nicht einfach werden. »Es tut mir wirklich leid, ich habe nur eine kurze Frage ...« Sie warf einen Blick auf das Briefkastenschild. »Frau Wichert nehme ich an? Mein Name ist Püschel. Ich bin auf der Suche nach meinem Bruder. Er wohnt hier nebenan ...«

»Und wie soll ich Ihnen dabei behilflich sein?«

»Naja, ich dachte, vielleicht haben Sie ihn in letzter Zeit mal irgendwann gesehen. Ich erreiche ihn seit Tagen nicht und meine Eltern machen sich bereits ziemliche Sorgen. Verstehen Sie, ich dachte, dass man sich hier vielleicht kennt, in so einem kleinen Viertel.«

»Da muss ich Sie leider enttäuschen. Ich kenne ihn lediglich vom Sehen. Und da ich im Moment krankgeschrieben bin und nicht viel draußen war in letzter Zeit, kann ich Ihnen auch nicht mit Bestimmtheit sagen, wann ich ihn das letzte Mal getroffen habe.« Die Frau drehte sich um und machte Anstalten, wieder ins Haus zu gehen.

»Einen Moment noch«, sagte Yvonne. »Wissen Sie, es ist so ... Ich hatte ihm meine trächtige Katze zur Pflege überlassen, da ich geschäftlich ins Ausland musste. Jetzt erreiche ich ihn nicht und ich habe Angst, dass meiner Kathi etwas passiert ist. Der Vermieter öffnet mir auch nicht. Ich mache mir solche Sorgen, das können Sie sich gar nicht vorstellen ...«

»Das tut mir wirklich sehr leid für Sie, aber ich muss langsam wieder rein. Wie ich Ihnen schon sagte, kenne ich Ihren Bruder nicht und kann Ihnen deshalb auch nicht helfen. Einen schönen Tag noch.« Mit diesen Worten verschwand sie endgültig im Haus.

Yvonne setzte sich auf ihre Reisetasche und vergrub verzweifelt das Gesicht in den Händen. *Wo steckte Christian bloß?*

»Ich werde dich finden«, versprach sie Kathi flüsternd. »Dich und Chris und dann reiße ich ihm den Hintern auf.«

Verfolgungswahn

Als Sabrina am nächsten Morgen aufstand, war es bereits nach zwei Uhr. Zum ersten Mal, seit ihr Vater gestorben war, hatte sie im Ehebett ihrer Eltern geschlafen. Bisher hatte sie es nie gewagt, sich dort hineinzulegen, weil zu viele Erinnerungen an ihren Vater damit verbunden waren. Da ihre Matratze aber voller Katzenblut war, hatte sie gestern Nacht keine andere Möglichkeit gehabt. Erstaunlicherweise hatte es ihr weniger ausgemacht, als sie erwartet hatte und sie war sogar direkt eingeschlafen.

Den Schlaf hatte sie wirklich dringend gebraucht, nachdem sie sich bis zwei Uhr in der Nacht nicht getraut hatte, zum Nachbarhaus zu gehen, um Christians Computer zu holen. Zu groß war ihre Angst gewesen, dass seine Schwester noch irgendwo auf der Lauer lag und sie dabei erwischte, wie sie Christians Sachen aus seiner Wohnung räumte. Einige Stunden hatte Sabrina am Fenster verbracht und die Straße beobachtet, bevor sie sich dann schließlich doch getraut hatte. Anstelle des geplanten Briefes, in dem sie Herrn Engert den überstürzten Auszug erklärte und darum bat, mögliche Schäden mit der Kaution zu verrechnen, hatte sie lediglich die Schlüssel in den Briefkasten geworfen. Zu groß war ihre Angst davor, dass seine Schwester den Brief zu Gesicht bekam und ihn als Fälschung entlarvte.

In der Küche trank Sabrina nun gemütlich ihren Morgenkaffee, bevor sie sich daran machte, auch das Wohnzimmer in einen vorzeigbaren Zustand zu bringen.

Soweit das überhaupt möglich war, denn neben dem Sofa, das selbst mit Reinigungsschaum nicht mehr zu retten gewesen war, war auch der Teppich trotz Sabrinas Vorkehrungen in Mitleidenschaft gezogen worden. Deswegen blieb ihr nicht viel anderes übrig, als den Müll rauszuräumen und anschließend Geld zu sparen, um irgendwann einmal den Raum komplett renovieren zu können. Sabrina sammelte in einer Einkaufstasche alle leeren Flaschen, die sie finden konnte, und brachte diese zu ihrem Auto.

Als sie wieder nach drinnen gehen wollte, hielt gerade ein Taxi vor dem Nachbarhaus an, aus dem Herr Engert stieg. Fröhlich lächelnd winkte er ihr zu. Sabrina ging zum Kofferraum, um seine Tasche herauszuholen.

»Sie sind schon wieder zurück?«, fragte sie, nachdem er den Fahrer bezahlt hatte und das Taxi davongerauscht war.

»Die Operation wurde leider verschoben. Dabei war ich im Grunde schon auf dem Weg in den Operationssaal. Aber dann fiel den Ärzten wohl ein, dass das Pflegepersonal streikt und ich wurde auf unbestimmte Zeit vertröstet.«

Gut, dass sie sich gestern noch aufgerafft hatte, den Computer zu holen. Trotz seines Alters hatte Herr Engert nämlich Ohren wie ein Luchs und auch sein Sehsinn funktionierte noch prächtig. »Soll ich Ihnen die Tasche vielleicht noch ins Haus bringen?«, bot Sabrina ihm an, doch Herr Engert lehnte dankend ab. Also wartete sie, dass er sich umdrehte und zum Haus ging.

»Aber sagen Sie, Fräulein Wichert, ist Ihre Mutter zu Hause?«, fragte er stattdessen.

»Meine Mutter ... Also der geht es momentan nicht so gut. Das Wetter ... Die Grippe hat sie erwischt. Was wollen Sie denn von ihr?«

»Ach Herrgott«, sagte Herr Engert sichtlich betroffen. »Richten Sie ihr meine besten Genesungswünsche aus. Wir hatten mal über die Möglichkeit gesprochen, meinen Oleander in ihrer Garage überwintern zu lassen.«

»Ach das. Darüber hat sie schon mit mir gesprochen und ich habe schon Platz für die Pflanze geschaffen«, log Sabrina.

»Das ist ja wunderbar«, strahlte Herr Engert. »Dann rufe ich gleich meinen Enkel an und bitte ihn, später vorbeizuschauen. Er wird den Oleander dann zu Ihnen bringen, denn für mich ist er viel zu schwer.«

Sabrina versprach, ihm dabei zu helfen und verabschiedete sich dann von ihm. Humpelnd schleppte Herr Engert die Tasche zu seinem Haus und verschwand in der Tür. Sabrina ging auf direktem Weg zur Garage. Seit Jahren hatte sie keinen Blick mehr dort hineingeworfen und konnte deshalb nur hoffen, dass das Chaos sich einigermaßen in Grenzen hielt. Zu ihrer Überraschung schien hier die Zeit stehen geblieben zu sein. Eine dicke Staubschicht zog sich über die Werkbank ihres Vaters und die Regale, in denen Farbdosen, Motoröl und andere Behältnisse säuberlich aufgereiht waren. Schwarze Spinnen hatten es sich in den Ecken gemütlich gemacht. Als Sabrina gegen eines der Netze pustete, flitzte das Tier hektisch darin herum.

Hier gab es nicht viel zu tun, also zog Sabrina das Garagentor wieder zu und ging ins Haus zurück. Sie hatte sich kaum in der Küche an den Tisch gesetzt, um sich eine Tasse Tee zu machen, da klingelte auch schon das Telefon. Das Geräusch war so ungewohnt, dass Sabrina erst gar nicht realisierte, woher es kam. Denn seit Jahren hatte niemand mehr bei ihnen angerufen. Verwundert nahm sie den Hörer ab.

»Fräulein Wichert, Sie müssen entschuldigen, dass ich Sie schon wieder belästige. Aber dürfte ich Sie bitten, einen Moment zu mir nach drüben zu kommen? Ich habe Besuch von einer jungen Dame, die gerne mit Ihnen sprechen würde.«

Sabrina ahnte schon, um wen es sich bei der jungen Dame handelte. »Oh, das ist leider im Moment sehr schlecht. Meine Mutter ... Sie braucht mich gerade, Sie wissen ja, wie das ist. Die Grippe ist nicht gerade angenehm und ...«

»Oh, verzeihen Sie. Das habe ich vollkommen vergessen. Wenn es Ihnen lieber ist, kommen wir geschwind bei Ihnen vorbei.«

»Nein, schon gut. Ich denke, sie kann auch einen Moment auf mich verzichten. Geben Sie mir fünf Minuten, dann bin ich bei Ihnen.«

»Ist gut, bis gleich«, sagte Herr Engert und legte auf.

Sabrina stand noch einen Moment lang unschlüssig da und starrte den Hörer in ihrer Hand an. Dann stand sie auf und ging ins Wohnzimmer. Sie brauchte jetzt keinen Tee, sie brauchte etwas, um sich zu beruhigen. Ihre Hände zitterten so sehr, dass sie es kaum fertigbrachte, die Flasche Korn aufzuschrauben. Sie nahm einen tiefen Schluck und atmete durch.

»Dir kann doch gar nichts passieren«, beruhigte sie sich selbst. »Dann sitzt eben seine Schwester da drüben. Na und?« Sie nahm einen weiteren Schluck, der dafür sorgte, dass sie ihren Worten zumindest ein wenig Glauben schenkte.

Das da drüben war kein Verhör. Es erwarteten sie schließlich keine Polizisten, die vorhatten, sie mit drängenden Fragen zu belästigen. Eine jammernde Schwester, die ihre Katze mehr vermisste als ihren Bruder, war mehr ein Witz als eine Bedrohung. Eigentlich war es schon fast dreist von dieser Person, sich so aufzudrängen. Ein weiterer Schluck und Sabrina war davon überzeugt, dass es im Grunde sogar unverschämt war. Und genau das würde sie nun auch klarstellen. Sie hatte genug davon, belästigt zu werden.

Energisch stapfte sie durch die leichte Schneedecke, die sich mittlerweile draußen gebildet hatte, und klingelte bei Herrn Engert. Eine Weile passierte gar nichts. Sabrina rieb sich die kalten Hände und starrte auf das obere Namensschild. *Christian Püschel.* Er würde nie wieder durch diese Tür oder durch irgendeine andere Tür gehen. Sie hatte ihn aus dem Leben gerissen. Einfach so. Wenn es wirklich einen Gott gab, würde sie dafür ganz sicher in der Hölle landen. Ihr Blick verschwamm und sie rieb sich über die Augen.

Endlich erlöste sie das Summen des Türöffners aus ihren düsteren Gedanken. Als sie den Hausflur betrat, schlug ihr der Geruch von Kölnisch Wasser entgegen. Gerdi hatte dieses Parfum geliebt und Sabrina musste den Atem anhalten, um den Brechreiz zu unterdrücken. Herr Engert erwartete sie schon lächelnd an der Wohnungstür.

»Schön, dass Sie es einrichten konnten. Gehen Sie doch durch in die Stube, da ist es schön warm.«

»Soll ... ich meine Füße ... meine Schuhe ausziehen?«, stammelte Sabrina und hielt sich am Türrahmen fest. Sie hatte das dringende Bedürfnis, sich sofort zu setzen.

»Nicht nötig, das sind alte Teppiche. Da können Sie nicht mehr viel zerstören.« Herr Engert schaute sie besorgt an. »Geht es Ihnen nicht gut? Sie sehen so blass aus. Möglicherweise haben Sie sich bei Ihrer Mutter angesteckt.«

»Alles in Ordnung«, sagte Sabrina und trat auf den weichen Perserteppich, der ihr Schwindelgefühl nicht gerade besser machte. Sie schwankte ins Wohnzimmer. Dort wurde ihr prompt schwarz vor Augen und sie schaffte es gerade noch so, sich zu einem Sessel zu schleppen, wo sie kraftlos zusammensackte.

Vitamin B

»Vielen Dank auch«, sagte Kerstin und drückte die Anruferin ohne Abschiedsgruß weg. Die nächste Absage! Wenn das so weiterging, dann würde sie niemals eine Wohnung in der Stadt finden. Außer, sie überdachte ihre Meinung und teilte sich doch das Bad mit dem seltsamen Alten. Doch vermutlich hatte sogar dort bereits jemand anderes die Chance an ihrer Stelle genutzt.

Da sie die wenigen Wohnungen, die in ihr Budget passten, bereits alle abgeklappert hatte, war sie einen Kompromiss mit sich selbst eingegangen und deshalb nun auf dem Weg, sich ein Zimmer in einer Wohngemeinschaft anzusehen. Allerdings war das keine gewöhnliche Wohngemeinschaft. Laut der Anzeige befand sich das Zimmer in einem ehemaligen Bürogebäude, in das sich einige Studenten eingemietet hatten, die nun die restlichen Zimmer auf dem Flur besetzen wollten. Das Zusammenleben, so hoffte Kerstin, war dort also eher eine Zweckgemeinschaft, und lieber wohnte sie mit einigen Studenten als mit einem möglicherweise notgeilen alten Sack zusammen.

Das Handy in ihrer Hand vibrierte und Kerstin öffnete die eingegangene SMS. Sie kam von Robin.

Viel Glück. Danach Kaffee und ausführlicher Bericht?

Kerstin überlegte kurz. Der Tag war ziemlich vollgestopft gewesen und eigentlich wollte sie danach am liebsten direkt nach Hause fahren. Aber es würde vielleicht ganz guttun, sich den Frust mal bei jemandem von der Seele reden zu können, der ihre Situation ebenso durchgemacht hatte. Also schrieb sie zurück, dass sie sich melden wolle, falls es nicht so spät werden würde.

Als Kerstin bei der Adresse angekommen war, regten sich schon erste Zweifel in ihr. Das heruntergekommene Gebäude stand am Rande eines Industriegebietes und wirkte wenig einladend. Neben der Klingel hing ein eingeschweißtes Blatt, auf dem etliche Namen standen – die meisten davon männlich.

Es dauerte nicht lange, bis ihr einer der Typen mit nacktem Oberkörper die Tür öffnete. Seine Rastalocken gingen ihm bis über die Schultern und er trug keine Schuhe. Kerstin bibberte schon bei seinem Anblick.

»Hi«, sagte sie freundlich und hielt ihm die Hand hin, die er allerdings einfach ignorierte. »Ich hatte euch geschrieben. Wegen des Zimmers.«

»Hmmkay«, erwiderte er und schaute sich um. »Dann komm mal rein. Ich hab mit Terminen nix am Hut. Das muss die Betty gewesen sein. Ich bring dich in die Gemeinschaftsküche, wenn du willst.«

»Das wäre nett«, sagte Kerstin und betrat einen langen Flur.

»Wenn wir gerade dabei sind, kann ich dir auch das Zimmer mal zeigen. Ist direkt hier.« Er öffnete eine weißlackierte Tür, die zu einem winzigen Zimmer führte. »Elf Quadratmeter ... gibt also nicht viel zu sehen.«

Kerstin hatte kaum einen Blick in das Zimmer geworfen, da hatte er schon wieder die Tür zugeschlagen.

»Toiletten sind im Keller, Männer und Frauen getrennt. War ja mal ein Büro, keine Ahnung, ob du das mitbekommen hast …«

»Habe ich, vielen Dank. Wo ist denn die Küche?«

Anscheinend hatte er ihre Frage nicht gehört oder er ignorierte sie, denn er leierte einfach weiter seinen Text herunter. »Duschen sind am Ende des Flurs, auch zwei und getrennt begehbar. Gute Sache bei elf Leuten, so gibt es kaum Stau. Dann zeige ich dir mal die Küche.«

»Also«, wollte Kerstin einlenken, doch er ignorierte sie weiterhin und stapfte den Flur entlang. Sie schüttelte den Kopf und drehte sich um. Sollte er doch seine Mitbewohner suchen, sie hatte nicht vor, ihm hinterherzugehen. Mal davon abgesehen, dass sie wenig Lust hatte, jedes Mal in den Keller zu laufen, wenn sie mal pinkeln musste, war ihr das Zimmer auch viel zu klein. Da hatte sie ja bei ihren Eltern in ihrem Kinderzimmer mehr Platz und dort bekam sie sogar noch etwas Warmes zum Essen, wenn sie wollte. Sie drehte sich um und ging zurück zur Wohnungstür.

»Holla«, sagte eine blauhaarige junge Frau, die Kerstin nun entgegenkam. »Wer bist du denn?«

»Ach.« Kerstin winkte ab. »Ich war wegen des Zimmers hier. Aber ich glaube, das ist nichts für mich.«

»Matzes Zimmer? Das ist eh schon weg. Hat Dennis wohl verpeilt, dir bescheid zu sagen. Sorry, dass du den Weg umsonst gemacht hast ...« Damit ließ sie Kerstin einfach stehen.

»Unglaublich«, murmelte sie und warf die Tür hinter sich zu. Draußen angekommen holte sie ihr Handy aus der Tasche und wählte Robins Nummer. Als hätte er ihren Anruf erwartet, hob er nach dem ersten Klingeln ab und brüllte sofort los, ehe sie überhaupt ein Wort sagen konnte.

»Komm sofort ins *Extrablatt*. Du wirst aus den Latschen kippen, wenn ich dir gleich die neuesten News erzähle.«

»Die neuesten News, ja?«, äffte Kerstin ihn nach, doch er hatte schon aufgelegt. Seufzend steckte sie ihr Handy in die Tasche und ging in Richtung S-Bahn. Es hatte angefangen zu schneien und sie hatte keine Lust, ein zweites Mal den ganzen Weg zu laufen.

Bereits aus der Bahn heraus, die am Schloss hielt, erkannte sie Robin von Weitem an seinem riesigen grünen Wollschal und seiner knallroten Mütze, die nicht mehr viel von seinem Gesicht freiließ. Als sie näherkam, hüpfte er aufgeregt von einem dürren Bein aufs andere und winkte ihr zu, so als wäre es möglich, ihn zu übersehen. Er musste in der Tat grandiose Nachrichten haben.

»Rate!«, sagte er, nachdem er sie so stürmisch umarmt hatte, als seien sie alte Freunde, die sich seit Ewigkeiten mal wieder begegneten. »Nein, lass mich doch lieber erzählen. Oder ... Ach, ich bin so aufgeregt. Am liebsten hätte ich es schon am Telefon verraten.«

»Vielleicht darf ich mich erst mal unterstellen, bevor du über mich herfällst?«, stoppte Kerstin seinen Redeschwall.

»Du musst mir schon einen kleinen Tipp geben, ich kann ja nicht einfach ins Blaue raten.«

»Wenigstens versuchen könntest du es«, sagte er und zog eine übertriebene Schnute.

»Es geht um einen Lottogewinn! Du hast den Jackpot im Lotto gewonnen und kaufst ein Haus für uns beide? Du bist der Beste!« Kerstin warf ihm eine Kusshand zu.

»Hey, du bist näher dran, als du glaubst. Warte, einen Tipp. Das ist schwer. Aber Moment, bevor wir weitermachen, hast du das Zimmer bekommen?«

»Ist das schon dein Tipp?«

»Nun sag schon!« Er knuffte sie gegen die Schulter. Kerstin winkte ab.

»Die reinste Katastrophe. Nicht nur, dass das Zimmer schon vergeben war, es war auch noch totaler Mist.«

»Sehr gut. Die Details kannst du mir später erzählen. Jetzt rate endlich!«

Kerstin tat, als würde sie überlegen. Da er so offensichtlich daran interessiert war, dass sie kein Zimmer in Aussicht hatte, war ihr schon klar, worauf es hinauslief. »Du hast eine Wohnung für mich?«, fragte sie schließlich, nachdem sie ihn eine angemessene Zeit hatte schmoren lassen.

»Bähm. Einhundert Punkte und Hauptgewinn. Willkommen in der Großstadt.« Robin fiel ihr um den Hals und drückte sie so fest, dass ihr die Luft wegblieb.

»Das ist ... das klingt supercool.« Sie drückte Robin etwas von sich weg, um sprechen zu können. »Sorry, wenn ich noch nicht so begeistert bin, aber was macht dich so sicher, dass es klappen wird? Ich muss mich ja erst mal beim Vermieter vorstellen ...«

»Musst du nicht«, sagte Robin und zwinkerte ihr verschwörerisch zu.

Kerstin bemühte sich um ein Lächeln. Ihr kam so langsam der Verdacht, dass es sich um ein Zimmer in seiner eigenen Wohngemeinschaft handelte. So gerne sie ihn nach dieser kurzen Zeit auch hatte, in einer reinen Männer-WG zu leben, konnte sie sich nicht wirklich vorstellen. Aber sie wollte Robin auch nicht enttäuschen.

»Vielleicht weil *du* der Vermieter bist?«, fragte sie schließlich.

»Nein! Das heißt, nicht direkt.« Er schüttelte überschwänglich seinen Kopf, sodass die rote Mütze über seine Augen rutschte.

Also war es tatsächlich ein Zimmer in seiner Wohnung. »Wie meinst du das?«

»So wie ich es sage.«

»Robin, sei mir nicht böse, aber nach der Zeitverschwendung mit dem Zimmer eben ...« Sie verzog ihr Gesicht zu einem gequälten Lächeln. »Spann mich nicht so auf die Folter und rück mit der Sprache heraus, in Ordnung?«

»Du bist eine Spielverderberin! Echt. Na gut, ich sage es dir. Heute hat mich mein Opa angerufen.

Ich soll seinen Oleander in die Garage der Nachbarin schleppen ...«

Kerstin schenkte Robin einen strengen Blick. Der hob abwehrend seine Hände. »Schon gut. Er hat mir auf jeden Fall erzählt, dass sein Mieter diesen Monat ausgezogen ist. Eigentlich wollte er die Wohnung noch renovieren lassen, aber als ich ihm gesagt habe, dass eine Freundin von mir dringend auf der Suche ist ...«

»Bedeutet es das, was ich denke?«

»Kommt darauf an, was du denkst.«

»Robin ...«

»Ja. Du kannst die Wohnung haben. Wenn du sie willst. Es sind zwar zwei Zimmer, aber sie ist etwas vom Zentrum entfernt und für seinen Lieblingsenkel ist er auch noch mal fünfzig Euro runtergegangen. Sollte also zahlbar für dich sein.«

Jetzt war es Kerstin, die Robin um den Hals fiel und gemeinsam mit ihm auf und abhüpfte. »Das ist ... Ich weiß gar nicht, was ich sagen soll«, stammelte sie. »Du bist der Wahnsinn.«

»Darauf trinken wir einen, meinst du nicht?«

Kerstin nickte. Sie hatte Tränen in den Augen. »Nicht nur einen«, sagte sie. »Und ich zahle!«

Aufgeflogen

Verwirrt blickte sich Sabrina um. Direkt neben ihr schaute sie das besorgte Gesicht ihres Nachbarn an, während eine fremde Frau ihre Hand hielt und beruhigend darüberstrich. Ruckartig setzte sich Sabrina auf. Jetzt erinnerte sie sich. Sie war bei Herrn Engert und die Fremde war Christians Schwester. Sie entzog ihr hastig die Hand und hielt sich den Kopf.

»Es tut ... mir leid. Ich habe heute noch nichts gegessen und hier drin war es so warm im Vergleich zu draußen. Da wurde mir plötzlich schwindelig«, sagte sie und nahm das Glas Wasser entgegen, das Herr Engert ihr hinhielt. Sie leerte es in einem Zug. »Darf ich mir noch einen Schluck holen?«

»Bleiben Sie sitzen, ich gehe schon«, bot Christians Schwester an und stand auf. Herr Engert nickte ihr zu und setzte sich auf das Sofa.

»Kennen Sie die Dame?«, flüsterte er, nachdem Christians Schwester das Zimmer verlassen hatte.

Sabrina zuckte mit den Schultern. »Ich habe sie nur einmal gesehen. Da hat sie sich nach ihrem Bruder erkundigt.«

Herr Engert nickte, offensichtlich stellte ihn die Antwort zufrieden. Sabrina wollte ihn gerade fragen, warum er sie hierhin bestellt hatte, da kam sie bereits mit dem Glas Wasser aus der Küche zurück.

»Hier, trinken Sie«, sagte sie und drückte Sabrina das Glas in die Hand. Dann setzte sie sich neben Herrn Engert auf das Sofa.

Sabrina blickte unschlüssig von einem zum anderen. »Also, wenn Sie mir vielleicht sagen könnten, worum es geht? Ich kann meine Mutter nicht so lange alleine lassen ...«

»Sie haben recht, wie unhöflich von mir. Die junge Dame sagt, Sie hätte bereits mit Ihnen gesprochen?«

Christians Schwester nickte eifrig zur Bestätigung.

»Viel mehr als zwei Worte haben wir nicht miteinander gewechselt«, sagte Sabrina. »Frau ...«

»Püschel«, ergänzte diese.

»Frau Püschel sagte mir, sie wäre auf der Suche nach ihrem Bruder.«

»Und nach meiner Katze!«, warf diese ein.

»Wie auch immer«, murmelte Sabrina und verdrehte die Augen.

»Ich muss mich hier noch mal entschuldigen. Gestern war ich einfach übermüdet von der langen Bahnfahrt und die Sorgen haben mich nicht schlafen lassen. Deshalb konnte ich das Ganze vermutlich nicht richtig erklären. Es war bestimmt nicht meine Absicht, Sie zu nerven. Es ist nur so ...«

»Keine Ursache. Ich habe schon verstanden, worum es Ihnen ging, ich bin ja nicht schwer von Begriff.«

Zum ersten Mal betrachtete Sabrina die Frau genauer. Die Ähnlichkeit zu ihrem Bruder war verblüffend.

»Jetzt sind wir aber schon einen Schritt weitergekommen«, mischte sich Herr Engert ein. »Als ich vorhin meinen Briefkasten geleert habe, fand ich dort die Schlüssel zur oberen Wohnung. Was äußerst seltsam ist, denn Herr Püschel und ich hatten eigentlich erst Ende des Monats einen Termin zur Wohnungsübergabe und nun scheint es so, als wäre er einfach Hals über Kopf ausgezogen, während ich im Krankenhaus war.«

Sabrina atmete unmerklich auf. Bisher schien keiner der beiden einen Verdacht geschöpft zu haben. »Mir ist nicht ganz klar, was ich mit der ganzen Sache zu tun habe.«

»Nun, das erkläre ich Ihnen gerne«, sagte Herr Engert und lächelte geduldig. »Zum einen wüsste ich natürlich gerne, ob Sie beobachtet haben, dass Herr Püschel gegangen ist. Vielleicht hat er ja mit Ihnen gesprochen?«

»Wie ich Frau Püschel gestern schon erklärt habe, hat er weder mit mir gesprochen noch habe ich ihn dieses Wochenende überhaupt gesehen. Tut mir leid.«

»Das ist schade, war aber absehbar.« Herr Engert nickte und rührte versonnen in seiner Kaffeetasse.

Sabrina stand auf. »Wenn ich dann ...«

»Ein Anliegen hätte ich aber noch. Frau Püschel hat mich darum gebeten, einen Blick in die Wohnung werfen zu dürfen, was mir gar nicht so ungelegen kommt, da ich selbst gerne wüsste, ob Herr Püschel all seine Habseligkeiten mitgenommen hat. Aber ...«, sein Blick wurde wehmütig, »bevor ich nicht endlich operiert werde, schaffe ich es nicht die Treppe hinauf. Und da dachte ich an Sie.«

»Aber … meine Mutter. Ich muss dringend wieder nach drüben.«

»Bitte«, mischte sich Christians Schwester ein. »Ich möchte doch nur sicherstellen, dass meine Katze nicht alleine dort ist und womöglich gerade verhungert. Sie ist trächtig. Vielleicht hat sie längst ihre Kitten bekommen. Es wird nicht lange dauern, ich verspreche es Ihnen. In zehn Minuten sind Sie wieder drüben bei Ihrer Mutter.«

Sabrina blickte unschlüssig auf ihre Hände. Vielleicht sollte sie die Katze einfach abgeben. So wie es sich anhörte, machte sich Christians Schwester mehr Sorgen um das Tier als um ihren Bruder und möglicherweise würde sie die Suche nach ihm vorerst auf Eis legen, wenn sie und ihre Katze nur endlich wiedervereint wären. Andererseits hatte sie sich schon so sehr an die Gesellschaft der Tiere in ihrem Haus gewöhnt, dass sie Kathi garantiert vermissen würde.

»Außerdem würde ich auch gerne nachsehen, ob Chris wirklich alles aus der Wohnung geräumt hat. Ich kann mir eigentlich nicht vorstellen, dass er einfach so sang und klanglos verschwindet.«

»Gut«, sagte Sabrina. »Ich komme mit. Aber beeilen Sie sich bitte.«

Herr Engert nahm ein Schlüsseletui vom Tisch und drückte es Sabrina in die Hand. »Vielen Dank, Fräulein Wichert, ich bin Ihnen etwas schuldig«, sagte er.

Sabrina winkte ab. »Schon gut«, entgegnete sie und stand auf. »Bringen wir es hinter uns.«

Gemeinsam gingen die beiden Frauen nach oben und

Sabrina schloss die Wohnungstür auf.

»Darf ich?«, fragte Christians Schwester und drängte sich an Sabrina vorbei in die Wohnung.

»Immer doch«, murmelte Sabrina und verdrehte die Augen. Sie selbst hatte es weniger eilig, hineinzukommen, deshalb blieb sie an der Tür stehen und wartete.

»Kathi, Kleines. Komm hierher«, rief Christians Schwester derweil aus dem Wohnzimmer. Natürlich tat sich nichts.

Nachdem sie alle Zimmer abgegangen war, kam sie mit enttäuschter Miene zurück in den Flur. »Leider nichts«, sagte sie und es wirkte eher so, als spräche sie mit sich selbst. »Chris hat nicht nur alle seine Sachen mitgenommen, sondern anscheinend auch meine Kathi. Wohin auch immer er so plötzlich verschwunden ist ...«

»Das tut mir leid.« Sabrina versuchte, mitfühlend zu klingen.

»Ich verstehe das einfach nicht. So etwas hat er doch noch nie gemacht. Er ist unzuverlässig und meistens extrem verpeilt, aber ich hätte ihm nie zugetraut, dass er einfach so verschwindet.«

»Dazu kann ich leider nur wenig sagen, denn ich kenne ihn ja nicht«, sagte Sabrina schulterzuckend.

»Ich denke, ich werde eine Vermisstenanzeige aufgeben. Mal schauen, wo er wieder auftaucht.«

Sabrinas Herz setzte für einen Schlag aus. Die Polizei! »Sind Sie sich wirklich sicher, dass Sie die Polizei damit belästigen wollen?«

Christians Schwester schaute sie entgeistert an. »Was meinen Sie denn damit? Belästigen? Mein Bruder ist spurlos verschwunden!«

»Aber er ist ein erwachsener Mann.«

»Das gibt ihm doch noch lange nicht das Recht, meine Katze zu entführen.«

Sabrina kicherte. »Vielleicht sollten Sie ja eher eine Vermisstenanzeige für Ihre Katze aufgeben. Es scheint so, als würden Sie sich eher um sie sorgen.«

»Ich finde, das geht Sie überhaupt nichts an. Entschuldigen Sie bitte, dass wir Sie damit belästigt haben«, sagte Christians Schwester unwirsch und stürmte aus der Wohnung. Kurz darauf hörte Sabrina, wie die Haustür zugeschlagen wurde. Sie ging ins Wohnzimmer und schaute aus dem Fenster. Drüben saß eine der Katzen in Sabrinas Zimmer auf der Fensterbank und putzte sich ausgiebig.

»Bei mir seid ihr schon ganz richtig«, sagte sie in deren Richtung und ging dann nach unten. Dort drückte sie Herrn Engert, der sie schon an der Tür erwartete, den Schlüssel in die Hand.

»Wo haben Sie denn Frau Püschel gelassen?«, fragte er verwundert.

»Die war anscheinend beleidigt, weil ihre Katze nirgendwo aufzufinden war, und ist einfach verschwunden.«

»Das tut mir sehr leid. Herr Püschel hat also alle seine Habseligkeiten ausgeräumt?«

»Soweit ich das erkennen konnte, ja. Sie können ja Ihren Enkel noch mal hochschicken, wenn er wegen des

Oleanders vorbeischaut.«

Sabrina verabschiedete sich und ging auf die Straße. Vor ihrem Haus stand Christians Schwester. Als sie Sabrina entdeckte, kam sie mit wildem Blick auf sie zu.

»Sie haben mich angelogen!«, brüllte sie.

Sabrina hob abwehrend die Hände. »Ich weiß nicht, was Sie von mir wollen«, sagte sie und versuchte, an Christians Schwester vorbeizugehen. Doch die packte sie am Oberarm und zog sie heftig zurück.

»Kein Problem, ich helfe Ihnen auf die Sprünge. Dort oben ...«, sie fuchtelte wild mit der Hand vor Sabrinas Gesicht herum, »da, am Fenster im ersten Stock, war meine Kathi. Sie haben meine Katze entführt!«

Blut schoss in Sabrinas Wangen und sie hatte das Gefühl, ihr Gesicht würde anfangen zu glühen. Sie schluckte schwer und räusperte sich dann. »Sie müssen sich täuschen. Ich habe selbst zwei Katzen, vermutlich haben sie eine davon mit Ihrer Kathi verwechselt.«

»Ohh, das habe ich ganz sicher nicht. Meine Kathi würde ich aus Tausenden von Katzen erkennen. Sie ist meine Familie. Sagen Sie schon, wo ist mein Bruder?«

Sabrina schüttelte den Arm von Christians Schwester ab und starrte sie mit zusammengekniffenen Augen an. »Keine Ahnung, was bei Ihnen nicht ganz richtig ist. Das da drin ist weder Ihre Katze noch habe ich eine Ahnung, wo Ihr verfluchter Bruder ist. Und jetzt belästigen Sie mich nicht weiter.«

»Dann werden wir mal sehen, was die Polizei dazu sagt!

Denn Kathi ist gechipt. Wenn Sie selbst Katzen haben, werden Sie wissen, was das bedeutet.« Sie holte ihr Handy aus der Jackentasche und wählte eine Nummer.

Sabrina stand regungslos daneben und überlegte fieberhaft, wie sie der Situation entkommen sollte.

Entkommen, dachte sie. *Das ist es!* Sie drehte sich um und begann zu laufen. Wenn sie nicht hier war, konnte die Polizei auch nicht in ihr Haus. Und für eine Katze würden die sicher nicht die Tür aufbrechen.

»Hey, warten Sie gefälligst«, rief Christians Schwester ihr wütend hinterher, doch Sabrina lief immer schneller, bog um die Ecke und verschwand so aus ihrem Blickfeld.

Sie lief, bis ihre Beine sie nicht mehr tragen wollten, erst dann wurde sie langsamer. Einige Stunden ging sie ohne Ziel durch die Stadt, bis es schließlich anfing zu dämmern. Dann entdeckte sie einen Eingang zu einem Park. Der perfekte Platz, um sich etwas auszuruhen. Jetzt im Winter waren bestimmt nur wenige Menschen hier unterwegs. Sie ging weiter, bis sie einen kleinen Weiher erreichte, und setzte sich dort auf eine Parkbank in einem Pavillon. Mittlerweile hatte es wieder angefangen zu schneien. Dicke Schneeflocken tanzten vom Himmel. Sabrina saß einfach nur da und beobachtete, wie sie sich auf dem Boden mit anderen Flocken verbanden und schon bald bedeckte eine geschlossene Schneedecke die Wiese.

Zudringlichkeit

Nur langsam drang die Kälte in Sabrinas Bewusstsein. Sie wusste nicht mehr, wie lange sie im Park gesessen hatte. Einige Stunden mussten bereits vergangen sein, mittlerweile war es schon dunkel. Doch obwohl sie ihre Finger nicht mehr spürte und ihr Nacken bereits vom gekrümmten Sitzen schmerzte, konnte sie sich nicht überwinden, nach Hause zu gehen. Stattdessen malte sie mit ihren Füßen Muster in den Schnee und stellte sich vor, was gerade bei ihr in der Straße los war.

Sie sah das zuckende Blaulicht förmlich vor sich, die Absperrbänder der Polizei an ihrem Hoftor und Männer in weißen Schutzanzügen, die sich mit Mundschutz und Handschuhen bewaffnet auf den Weg in ihren Keller machten. Die Angst davor, dass sie bereits von der Mordkommission erwartet wurde, lähmte sie und fegte ihren Kopf leer. Nur noch ein Gedanke fand darin Platz.

Doppelmord! Wie viel Jahre würde sie dafür wohl bekommen?

Genau genommen hatte sie ja eigentlich nur einen Mord begangen, doch wer würde ihr schon glauben, dass sie nicht auch für den Tod ihrer Mutter verantwortlich war?

Sie fragte sich, in welchem Zustand die beiden wohl mittlerweile waren. Im Keller war es zum Glück kalt, bestimmt hatte das den Verwesungsprozess verlangsamt. Ob sie die Leichen vielleicht doch noch wegschaffen könnte? Vielleicht hatte sie ja Glück und die Polizei war überhaupt noch nicht bei ihr zu Hause gewesen. Was konnte Christians Schwester ihnen denn am Telefon schon erzählt haben?

Kommen Sie bitte schnell und helfen Sie mir, denn die böse Frau von nebenan hat möglicherweise meine Katze gekidnappt.

Sabrina kicherte und fasste plötzlich wieder neuen Mut. Die Polizei hatte bestimmt Wichtigeres zu tun, als sich mit verschwundenen Katzen zu beschäftigen. Christians Schwester hatte schließlich nichts gegen sie in der Hand und erst recht keine Beweise dafür, dass Sabrina etwas mit dem Verschwinden ihres Bruders zu tun hatte.

Das Läuten der nahe gelegenen Kirche durchbrach die abendliche Ruhe des Parks. Es war bereits zehn Uhr. Sabrina stand auf. Es war an der Zeit, nach Hause zu gehen. Die Katzen brauchten schließlich Futter und auch sie selbst hatte Hunger und musste sich endlich aufwärmen. Vorsichtig streckte sie ihre steif gefrorenen Glieder und machte kleine Schritte auf dem Weg. Der Schnee verstärkte das Licht der Straßenlaternen und tauchte den Park in ein sattes Orange.

Bereits nach wenigen Metern musste Sabrina eine Pause einlegen, denn ihr linker Unterschenkel wurde von einem Krampf durchzuckt. Umständlich beugte sie sich nach unten und massierte sich die schmerzende Wade. Während sie mit steifen Fingern versuchte, ihre Muskeln etwas zu lockern, näherten sich plötzlich zwei Stimmen. Offensichtlich Männer und ziemlich betrunken; sie wankten auf Sabrina zu. Sie humpelte schnell los, aber einer der beiden hatte sie bereits entdeckt.

»Sieh mal einer an, was wir hier haben. Na Mädchen, was machst du denn noch so spät alleine im Wald?« Er lachte schallend über seinen eigenen Witz und stieß seinen Kumpel in die Seite. Dieser stimmte fröhlich mit ein.

Sabrina tat so, als habe sie nichts gehört, und ging einfach weiter. Mit dem Fuß blieb sie allerdings an einer unter dem Schnee verborgenen Kante hängen und schlug plötzlich der Länge nach hin. Die Männer lachten noch lauter und Sabrina kämpfte gegen die aufsteigenden Tränen an. Die beiden kamen immer näher und nippten nacheinander an einer Flasche Korn, die sie bei sich hatten. Sabrina kämpfte sich hastig hoch und klopfte sich den Schnee von der Kleidung.

»Hey Kleine, warte doch, ich helfe dir eben dabei. Lass ma den Onkel ran«, lallte einer der beiden und patschte mit seiner Hand auf Sabrinas Hintern herum. »Hier is besonders viel, siehste?«

Der übermächtige Geruch nach Schweiß und Urin drang plötzlich in Sabrinas Nase und ließ sie würgen. »Vielen Dank auch«, sagte sie und wollte weitergehen, doch der Kerl hielt sie zurück.

»Wart doch mal, lass uns bisschen unterhalten, was meinst du?« Mit seiner Hand riss er sie an der Schulter herum, sodass sie ihm direkt ins Gesicht schauen musste. Der andere Kerl kommentierte die Aktion mit einem anzüglichen Pfeifen.

Sabrina packte seine Finger, auch wenn sie sich, vor den vor Dreck nur so strotzenden Fingernägeln ekelte.

Aber der Mann packte unbarmherzig mit der anderen Hand zu. So fest, dass Sabrina vor Schmerzen wimmerte.

»Komm Kalle. Das is genug jetzt. Wir müssen zur Mission, wenn wir noch ein Bett haben wollen«, sagte der andere und ging einige Schritte zurück. Da Kalle nicht reagierte, fügte er hinzu: »Es ist scheißkalt heute Nacht. Kein Bock, hier draußen zu verrecken, weil wir zu spät kommen.«

Kalle war weiterhin wenig beeindruckt von den Worten seines Kumpels. Anstatt auf ihn zu hören, rüttelte er weiterhin an Sabrinas Schulter.

»Lass mich los und verschwinde!«, zischte sie ihn an.

»Kalle man, wenn du nicht kommst, dann verpiss ich mich alleine«, rief der andere und entfernte sich ein weiteres Stück.

»Lassen Sie mich in Ruhe und gehen Sie zu Ihrem Freund«, versuchte Sabrina ein weiteres Mal, ihn loszuwerden.

Doch Kalle ignorierte ihre Aufforderung einfach und drehte sich stattdessen endlich zu dem zweiten Kerl um. Allerdings nur, um ihn wegzuschicken. »Ich komme später nach. Können uns ja eins teilen zur Not.«

»Wenn du meinst«, murmelte der andere und machte sich alleine auf den Weg.

»Jetzt mal zu uns. Wer wird denn gleich so unfreundlich sein, hm? Du bist nicht gerade eine Schönheit, kannst doch froh sein, dass sich mal jemand für dich interessiert.«

»Ich sagte, lassen Sie mich in Ruhe.« Sabrinas Stimme zitterte.

Kalle spitzte die Lippen und schüttelte den Kopf. »Bloß, weil ich heute Abend nicht so gut rieche.« Er nahm einen tiefen Zug aus der Flasche. Dann lachte er und seine raue Stimme dröhnte in Sabrinas Ohren: »Konnte doch nicht ahnen, dass ich dich heute hier treffe. Aber Schätzchen, unsere Liebe geht doch über solche Äußerlichkeiten, meinst du nich?«

»Wenn Sie nicht sofort gehen, rufe ich um Hilfe.«

Kalle packte Sabrinas Wangen und legte seine dreckige Hand auf ihren Mund. »Das wirst du nicht tun. Ich hab eine viel bessere Idee. Wir beide machen uns jetzt mal ein bisschen warm. Ist echt ein übles Wetter, findest du nicht?«

Sabrina schüttelte panisch den Kopf.

»Komm schon. Ich kann dir zwar nicht versprechen, dass alles auf Anhieb funktioniert bei der Kälte, aber wenn wir ein bisschen kuscheln, wirst du das schon hinbekommen.« Er löste für einen Moment seine Hand von ihrem Mund. Allerdings nur, um seine Finger in ihre Wange zu drücken, bis ihr Mund aufschnappte. Dann ließ er seine Hand hochschnellen und kippte ihr den Inhalt der Flasche in den Mund.

Der scharfe Alkohol brannte sich sofort in ihre Kehle und nahm ihr die Luft zum Atmen. Hustend spuckte sie den Schnaps aus und traf Kalle damit mitten ins Gesicht. Seine Miene verfinsterte sich. Er stieß sie von sich, schleuderte die Flasche auf den Boden und wischte sich wütend über die Augen.

»Weißt du eigentlich, was der gekostet hat, du miese Schlampe?«, brüllte er und trat vor sich gegen den Schnee. »Ich wollte dir doch nur einen Gefallen tun und dich ein bisschen lockermachen. Und was machst du? Rotzt mir den Scheiß ins Gesicht.«

Sabrina wollte gerade loslaufen, da trat er auf sie zu und packte sie am Hals. Er funkelte sie an und stieß sie dann grob zu Boden. Ein stechender Schmerz durchzuckte Sabrinas Rücken, als sie mit dem Hintern auf den Boden prallte.

Kalle holte aus, um nach ihrem Kopf zu treten. In letzter Sekunde rollte Sabrina sich zur Seite, sodass sein Fuß ins Leere trat.

»Du beschissene Zicke«, brüllte Kalle. »Ich wollte nur ein bisschen nett sein und was machst du? Schau dich doch mal an, als könntest du irgendwelche Ansprüche stellen.«

Sabrina stöhnte und richtete sich auf. Ihr Hintern schickte einen pochenden Schmerz die Wirbelsäule hinauf. »Dann hau doch einfach ab, wenn ich so hässlich bin«, murmelte sie.

»Ich hab gar keinen Bock mehr dich zu ficken«, tobte Kalle weiter und trat erneut nach ihr.

Dieses Mal traf er sie und sein Fuß prallte in ihre Rippen. Sabrina keuchte und krümmte sich auf dem Boden zusammen. »Hör bitte auf«, wimmerte sie.

»Sieh mal einer an, du kannst ja sogar bitte sagen. Ich soll also aufhören, dir dein freches Maul zu polieren, hm?«, fragte Kalle.

Er setzte eine beleidigte Miene auf und verschränkte die Arme vor seinem löchrigen Anorak.

Sabrina wischte sich die Tränen aus dem Gesicht. »Bitte lass mich einfach gehen.«

»Wart mal. Nein, das überzeugt mich nicht. Aber ich hab eine andere Idee. Ich trete dir deine Fresse so richtig zu Brei.« Er machte einen Schritt auf sie zu.

Instinktiv griff Sabrina nach seinem Bein und zog daran. Kalle geriet ins Straucheln und verlor das Gleichgewicht. Er fiel neben sie in den Schnee und schrie auf.

Sabrina rappelte sich hoch und kroch von ihm weg. Kalle schrie noch immer. Er wälzte sich auf dem Boden und hielt sich den Bauch. Der Schnee unter ihm färbte sich schnell rot.

»Du hast mich abgestochen, du miese Schlampe«, stöhnte er schmerzerfüllt. Als er sich zur Seite rollte, erkannte Sabrina, was passiert war. Die zerbrochene Flasche lag noch auf dem Weg und war jetzt blutverschmiert. Kalle war offensichtlich direkt auf die Scherben gefallen, die aus dem Schnee ragten.

Mit seiner blutverschmierten Hand griff Kalle nach ihr, doch sie schaffte es, ihm auszuweichen. Er kroch hinter ihr her. Sabrina rannte auf die Flasche zu.

»Nein, du Flittchen machst mich nichfertig«, nuschelte Kalle mit zusammengebissenen Zähnen.

Sabrina erreichte die Überreste der Flasche und packte sie mit dem Ärmel ihrer Jacke, den sie sich sicherheitshalber über die Hand gezogen hatte. Dann hieb sie damit in Kalles Richtung.

Sie erwischte ihn am Arm und seine Jacke wurde aufgeschlitzt.

Noch einmal zielte sie auf ihn und rammte ihm die Scherbe in den Oberarm.

Kalle schrie auf und starrte die Scherbe an, die aus seiner Jacke ragte. Sabrina nutzte die Gelegenheit und sprang auf. Jeder einzelne Muskel in ihrem Körper schmerzte. Ohne sich noch einmal nach Kalle umzusehen, humpelte sie mit blutgetränkter Jacke so schnell sie konnte aus dem Park.

Nächtliche Heimkehr

Yvonne gähnte und schob ihren Hintern auf dem Sitz nach vorne. Es war einfach unmöglich, im Auto eine Position zu finden, die auch nur annähernd auf Dauer bequem war. Mehr als drei Stunden wartete sie nun schon darauf, dass Sabrina Wichert wieder nach Hause kam. Nur kurz war sie weg gewesen, um ihr Auto zu holen und danach waren keine Fußspuren im frischen Schnee in der Einfahrt gewesen. Sabrina Wichert war also in dieser Zeit auch nicht zurückgekommen. Sie streckte sich kurz und öffnete dann die Autotür. Sie brauchte dringend etwas Bewegung. Nicht nur ihr Rücken schmerzte vom langen Sitzen, auch ihre Oberschenkel und Füße hatten sich aufgrund der mangelnden Bewegung bereits in Eisklötze verwandelt.

Sehnsüchtig blickte sie hoch zum Fenster, an dem sie ihre Kathi entdeckt hatte. Seit die Wichert vorhin wie eine wilde Furie abgedampft war, hatte sich die Katze leider nicht mehr blicken lassen. Auch jetzt war keine Spur von ihr zu entdecken. Yvonne schaue sich um. In der Straße war mittlerweile Ruhe eingekehrt, die meisten Leute saßen inzwischen vermutlich vor dem Fernseher oder waren sogar schon im Bett.

Kurzerhand stieg Yvonne über das Hoftor in den Garten. Es war an der Zeit, dass sie sich mal ein wenig umschaute. Nicht, dass sie vielleicht den Zeitpunkt verpasst hatte, als die Wichert nach Hause gekommen war, und jetzt schon seit Stunden umsonst im Auto wartete.

Im Garten war jedoch alles dunkel und es sah nicht danach aus, als wäre jemand zu Hause. Wie ein Einbrecher schlich Yvonne über die Wiese, bis sie schließlich die Terrasse erreicht hatte. Auch hier gab es nichts Außergewöhnliches zu entdecken. Allerdings hörte sie plötzlich ein Geräusch. Das Quietschen des Hoftors! Anscheinend war die Frau endlich nach Hause gekommen.

Yvonne spähte vorsichtig um die Hausecke herum und entdeckte dabei Sabrina Wichert. Regungslos stand diese im Hof vor der Treppe zur Haustür und starrte ins Leere. Ihre Haare standen wirr vom Kopf ab und ihre Jacke trug sie in einer Hand, die so stark geschwollen war, dass es Yvonne trotz ihrer Entfernung und der Lichtverhältnisse sofort erkennen konnte. Endlich regte Sabrina Wichert sich. Mit hochgezogenen Schultern blickte sie sich um und ging schließlich seufzend die Treppe hinauf.

Yvonne wartete noch kurz und schlich dann an der Hecke entlang zur Terrasse. Im Wohnzimmer brannte nun Licht, doch viel mehr konnte sie von ihrer Position aus nicht erkennen. Wenn sie sehen wollte, was drinnen vor sich ging, musste sie irgendwie über das Geländer der Terrasse schauen können. Ganz langsam schlich sich Yvonne auf das Haus zu. Leise knirschte der Schnee unter ihren Schuhen.

Bei der Steintreppe angekommen, ging sie runter auf die Knie und krabbelte in dieser Position auf die Terrasse. Ans Geländer gepresst, reckte sie ihren Hals, bis sie einen Teil des Wohnzimmers einsehen konnte. Im Augenblick war dort niemand zu entdecken. Yvonne wollte sich gerade wieder zurückziehen, da erschien Sabrina Wicherts Gesicht in der Scheibe. Im Hellen sah sie sogar noch viel schlimmer aus. Auf ihrer Wange befand sich ein langer Kratzer, der anscheinend stark geblutet hatte, denn ihr gesamter Pullover war voller Blutflecken.

Langsam kroch Yvonne rückwärts, denn sie wollte nicht riskieren, erwischt zu werden. Mit dem Knie rutschte sie seitlich von der Treppe und stürzte auf den schneebedeckten Rasen. Gerade noch rechtzeitig konnte sie sich mit der Hand abfangen und verhinderte so, dass sie mit dem Kopf auf den Boden aufschlug. An dem Knie, das zunächst an der Treppe hängen geblieben war, hatte ihr der Beton die Hose aufgerissen und aus einem tiefen Kratzer sickerte Blut.

»Fuck«, entfuhr es ihr. »Schöne Scheiße.«

Zu spät realisierte sie, wie laut sie das gesagt hatte. Auf der Terrasse wurde prompt die Tür geöffnet. Den Schmerz in ihrem Knie ignorierend kroch sie, so schnell sie konnte, in die Hecke. Gerade noch rechtzeitig, denn kurz darauf erschien Sabrina Wichert an der Brüstung der Terrasse. Yvonne wagte es kaum zu atmen, so nah war sie der Frau.

»Hallo?«, rief Sabrina Wichert in den dunklen Garten hinein. »Ich kann Sie sehen.«

Verdammt. Erwischt.

»Kommen Sie da sofort raus, sonst rufe ich die Polizei.«

Yvonne hob abwehrend die Hände und kroch langsam aus ihrem Versteck. Erst jetzt bemerkte sie, dass Sabrina Wichert gar nicht in ihre Richtung schaute. Sie hatte nur geblufft.

»Hören Sie, es tut mir leid. Ich ...« Yvonne hielt inne, denn wenn sie ehrlich war, hatte sie nichts zu ihrer Verteidigung vorzubringen.

Irritiert schaute Sabrina Wichert sich um. »Sie schon wieder? Warum belästigen Sie mich ständig? Ich habe Ihnen doch schon gesagt, dass ich Ihre Katze nicht habe. Verschwinden Sie ein für alle Mal!«

»Oh Gott, ist Ihnen etwas passiert?«, fragte Yvonne erschrocken, als sie die Blutflecken auf dem beigefarbenen Rollkragenpulli aus der Nähe sah.

»Es geht Sie überhaupt nichts an, wie ich mich fühle. Sehen Sie zu, dass Sie hier rauskommen.«

»Ich wollte Sie nicht ... Es tut mir leid.« Yvonne konnte ihren Blick nicht von all dem Blut losreißen. Plötzlich hatte sie eine Eingebung, wie sie ihren Aufenthalt in dem fremden Garten erklären konnte. »Wissen Sie, es ist so. Ich habe das Gefühl, dass Ihr Nachbar sehr wohl weiß, was mit meinem Bruder passiert ist. Deswegen wollte ich ihn ein wenig beobachten und dann kamen Sie heraus.«

Sabrina Wichert schaute unschlüssig zwischen Yvonne und dem Nachbarhaus hin und her. Sie schien abzuwägen, was an der Ausrede dran war. Schließlich sagte sie: »In Ordnung. Aber verschwinden Sie jetzt bitte einfach. Ich will nicht, dass Sie in meinem Garten herumschleichen. Sie haben hier nichts zu suchen.«

»Wird nicht mehr vorkommen, ich verspreche es Ihnen. Tut mir wirklich leid, dass ich Sie so erschreckt habe.«

Auf demselben Weg, den sie hereingekommen war, verließ Yvonne den Hof wieder und setzte sich in ihr Auto. Sie ließ den Motor an, doch sie fuhr nicht los. Das Bild des blutverschmierten Rollkragenpullovers ging ihr einfach nicht aus dem Kopf. Plötzlich kam ihr ein schrecklicher Gedanke. Was, wenn das Kathis Blut war? Wenn Sabrina Wichert sich Yvonnes Katze entledigt hatte, weil sie zu aufdringlich gewesen war? Sie musste unbedingt herausfinden, was passiert war!

Rückzug ins Schneckenhaus

Die nächsten zwei Tage wagte sich Sabrina überhaupt nicht vor die Tür. Sie ging nicht ans Telefon, sie machte nicht auf, wenn es klingelte, sie schaute nicht einmal in den Briefkasten. Stattdessen aktualisierte sie etwa alle halbe Stunde die Internetseite der städtischen Tageszeitung und hörte ohne Unterlass den lokalen Radiosender. Bisher wurde allerdings nirgendwo auch nur ein Wort über einen Angriff im Park berichtet. Es wirkte so, als hätte dieser Angriff niemals stattgefunden. Wenn da nicht immer noch die Schmerzen in ihrem Rücken gewesen wären und sie nicht das Blut des Mannes stundenlang von ihrer Nagelhaut geschrubbt hätte.

Die Schwarze der beiden Streunerkatzen sprang zu Sabrina auf das Bett und lenkte sie für einen Moment von ihrem Gedankenkarussell ab.

»Was glaubst du?«, fragte sie die Katze. »Warum hören wir nichts über den Kerl?«

Als Antwort schnurrte das Tier und präsentierte ihr seinen Bauch. Sabrina kraulte es bereitwillig und schmiegte ihre Wange an dessen Rücken.

Vielleicht hatte sie den Obdachlosen ja gar nicht so schwer verletzt, wie sie in ihrer Panik geglaubt hatte. Doch warum hatte er sie dann nicht verfolgt? Er war verdammt wütend gewesen, da hätte er sie doch nicht so einfach entkommen lassen. Nein, er hatte bestimmt in einem Krankenhaus behandelt werden müssen oder war vielleicht sogar dort im Park verblutet, falls ihn niemand gefunden hatte. Was, wenn die Polizei vielleicht sogar schon eine Spur hatte und der Vorfall deswegen nicht in den Medien erwähnt wurde? Womöglich hatte sie etwas im Park verloren, was die Polizei direkt zu ihr führen würde.

Ein seltsames Gefühl breitete sich in Sabrina aus. Draußen war es so unnatürlich ruhig. Viel zu ruhig für diese Uhrzeit. Sie sprang auf und stürmte an das Fenster. Auf der Straße war nichts Ungewöhnliches zu entdecken. Keine Absperrungen hielten irgendjemand davon an, die Straße zu nutzen und auch kein Sondereinsatzkommando war gerade auf dem Weg, um ihre Tür einzutreten. Selbst der Wagen von Christians Schwester war endlich verschwunden.

Offensichtlich hatte sie aufgegeben. Die letzten zwei Tage hatte sie nämlich ständig irgendwo in der Straße geparkt und in ihrem Auto gesessen. Sie musste ziemlich naiv sein, wenn sie glaubte, dass sie Sabrina so nicht aufgefallen war.
Aber was wollte die Frau überhaupt mit ihrer Belagerung erreichen? Hoffte sie, dass Sabrina Kathi irgendwann freiwillig rausgab? Da könnte sie lange warten.

Nicht nur, dass Sabrina die Katze auf keinen Fall wieder hergeben wollte, sie konnte es momentan auch gar nicht.

Denn seit der Nacht, in der sie Kalle die Flasche in den Körper gerammt hatte, war die Katze spurlos verschwunden. Zuerst hatte Sabrina Christians Schwester verdächtigt, ins Haus eingebrochen zu sein und sich die Katze geholt zu haben. Doch warum sollte diese dann weiterhin vor ihrer Tür campen? Möglicherweise war Kathi nach draußen entwischt, als Sabrina Christians Schwester in ihrem Garten gefunden hatte. Allerdings waren auch die Kitten verschwunden und die hätte sie in der kurzen Zeit auf keinen Fall aus dem Haus tragen können.

Sabrina griff nach ihrem Handy. Anstatt noch ein weiteres Mal den Browser zu aktualisieren, besuchte sie die Internetseite der Polizei. Sie klickte auf Kontakt und starrte mit zusammengekniffenen Augen die dort angegebene Telefonnummer an. Sie könnte ja mal anonym auf der Wache anrufen. Behaupten, dass sie vorletzte Nacht einen Vorfall im Park beobachtet hatte und sich nun erkundigen wollte, ob ihre Aussage benötigt wurde.

Und dann? Soll ich etwa ein Geständnis ablegen oder wie soll das Ganze dann weitergehen?

»Ich könnte ja einfach wieder auflegen«, beantwortete Sabrina sich die Frage selbst, schloss allerdings den Browser. Jetzt verstand sie endlich, warum sich die meisten Täter in ihrer Lieblingsserie *CSI Miami* selbst entlarvten, indem sie an den Tatort zurückkehrten oder der Polizei ihre Hilfe anboten. Weil es tatsächlich so war. Die Ungewissheit zerrte extrem an den Nerven und war sogar noch schlimmer als die drohende Gefahr, erwischt zu werden.

Müde lehnte Sabrina ihren Kopf an die Scheibe. Sie musste sich jetzt irgendwie ablenken, um nicht gänzlich paranoid zu werden. Mal aus dem Bett aufstehen und etwas anderes tun als ständig nur auf das Handy zu starren, wäre ja schon mal ein Anfang. Sabrina warf ihren Bademantel über und ging nach unten, um sich einen Kaffee zu machen und zumindest mal die Post aus dem Briefkasten zu holen.

Als sie in die Küche kam, entdeckte sie durch das Fenster einen weißen Transporter, der im Schritttempo die Straße entlang fuhr. An ihrem Haus angekommen, wurde er noch mal langsamer und hielt schließlich an. Sabrina erstarrte augenblicklich.

Willkommen zu Hause

Nervös nagte Kerstin an ihrem Daumennagel. Robin hatte sich zum Glück bereit erklärt, den Sprinter zu fahren, da Kerstin sich nicht zutraute, sich hinter das Steuer eines so großen Autos zu setzen. Doch selbst als Beifahrerin fiel es ihr schwer, ruhig zu bleiben. Innerlich bremste sie an jeder Ampel mit und konnte sich nur gerade so zurückhalten, Robin nicht ständig zu belehren. Insgeheim sah sie schon ihre Kaution flöten, die ihre Großmutter ihr vorgestreckt hatte, und der Schnee auf der Straße erleichterte ihre Situation nicht gerade.

Mit dem Gedanken an ihre neue Wohnung versuchte sie, sich abzulenken. Es gab noch einiges zu tun und sie war froh, dass Ben, einer von Robins Mitbewohnern, zugesagt hatte, ihnen beim Ausräumen der vorhandenen Möbel zu helfen. Außerdem wollte sie zumindest das Wohnzimmer streichen, da die Tapete dort schon ziemlich vergilbt war. Wenn sie schnell waren, müsste eigentlich auch noch das Schlafzimmer dran glauben. Robins Opa war zum Glück mit allem einverstanden gewesen. Er hätte die Wohnung ohnehin renovieren lassen und hatte ihr für den Fall, dass sie es ordentlich machte, sogar noch einen mietfreien Monat zugesichert.

Endlich bog Robin in die Straße ihrer neuen Wohnung ein. Jetzt mussten sie nur noch einen Parkplatz finden, dann hätten sie den Hinweg schon einmal unbeschadet überstanden. Zumindest, wenn man mal von den Verlusten auf Seiten von Kerstins Fingernägeln absah. Wehmütig betrachtete sie ihren Daumen und hoffe, dass sich die Nagelfeile nicht zu weit unten im Badkarton befand.

»Sieh mal einer an«, sagte Robin und stieß sie mit dem Ellenbogen an. »Wenn das mal kein gutes Omen ist. Direkt ein Parkplatz vor der Tür.« Er lenkte den Wagen an den Straßenrand.

Kaum hatte er den Motor abgestellt, ging die Haustür auf und Robins Opa trat auf die Straße. Robin sprang vom Fahrersitz und lief über Straße auf ihn zu. Die beiden umarmten sich herzlich, während auch Kerstin ausstieg und sich zu ihnen gesellte.

»Guten Tag Herr Engert«, begrüßte Kerstin ihren neuen Vermieter. »Ich freue mich so, dass alles geklappt hat.«

»Die Freude ist ganz auf meiner Seite. Mein Enkel lässt nur Gutes über Sie verlauten.« Der alte Mann tätschelte sichtlich stolz Robins Schulter. »Wir werden bestimmt hervorragend miteinander auskommen.«

Gemeinsam machten sich Kerstin und Robin daran, die ersten Sachen für die Renovierung aus dem Wagen zu räumen, während sie auf Ben warteten. Als Kerstin die Wohnung betrat, bekam sie einen leichten Schreck, denn so verlebt hatte sie die Räume gar nicht in Erinnerung.

In der ersten Aufregung war sie anscheinend etwas blauäugig gewesen. Egal, wie lange sie für das Ausräumen brauchte, sie würde auf keinen Fall darum herumkommen, das Schlafzimmer und sogar den Flur zu streichen.

Nur die Küche und das Bad konnte sie sich aufgrund des Fliesenspiegels und der Hängeschränke getrost sparen.

»Was hältst du davon, wenn ich die Kiste mit den Küchenutensilien suche und uns allen erst mal einen Kaffee aufsetze?«, fragte Kerstin Robin, der im Schlafzimmer bereits dabei war, den Schrank auseinanderzunehmen.

»Du kannst wohl Gedanken lesen. Ich war schon kurz davor, mich noch eine Runde ins Bett zu legen und ein Nickerchen zu halten.«

Kerstin lachte. »Wag dich ja nicht. Wir haben noch viel zu tun.«

»Keine Sorge«, sagte Robin und verzog das Gesicht. »Hier stinkt es viel zu sehr nach Katzenpisse. Hoffen wir mal, dass die frische Farbe den Geruch später überdeckt.«

Der Geruch war Kerstin ebenfalls aufgefallen, wenn sie ihn auch nicht so extrem wahrnahm, wie Robin es vielleicht tat. Sie war von zu Hause alle möglichen tierischen Ausdünstungen gewohnt, da ihre Mutter sich immer mal wieder freiwillig um Fundtiere ohne Besitzer kümmerte. Deshalb machte sie sich auch keine Sorgen deswegen. Ein wenig Lüften und schob bald würde man nichts mehr davon riechen können.

Sie ging nach unten zu dem Transporter und öffnete die Heckklappe. Die Kaffeemaschine hatte sie in eine der letzten Umzugskartons gepackt, der relativ leicht gewesen war und deshalb irgendwo obenauf stehen musste. Leider war weder die erste noch die zweite Kiste die richtige. Sie wühlte sich langsam vorwärts, als sie plötzlich einen lauten Knall hörte. Erschrocken drehte sie sich um. Im hinteren Bereich des

Wagens hatte sich ein Regalbrett gelöst und war aus dem Transporter gefallen. Genau gegen einen anderen Wagen, der hinter ihr geparkt hatte.

»Mist«, fluchte sie. »Verfluchter Mist.« Jetzt waren sie den gesamten Weg durch den Schneematsch ohne irgendwelche Missgeschicke gekommen, und dann musste sie mit ihren Möbeln ein fremdes Auto demolieren.

Und genau aus diesem Auto stieg gerade jemand aus. Kerstin quetschte sich mühsam an den Kartons vorbei und stieg aus dem Transporter. Hinter der geöffneten Tür erschien eine Frau, die gerade die Stoßstange des geparkten Autos begutachtete.

»Entschuldigen Sie bitte«, murmelte Kerstin zerknirscht.

Die Frau schaute erstaunt auf, als hätte sie nicht damit gerechnet, dass sie jemand ansprach. »Was meinen Sie bitte?«, fragte sie.

»Na, das ist doch Ihrer, oder? Es tut mir furchtbar leid, aber ich habe eine bestimmte Kiste gesucht und da hat sich das Brett plötzlich einfach selbstständig gemacht. Selbstverständlich wird das meine Haftpflicht übernehmen. Haben Sie eine Visitenkarte oder so etwas?«

Die Frau schüttelte abwesend den Kopf. Anstatt Kerstin anzusehen, blickte sie immer wieder zwischen dem Transporter und dem Haus von Robins Großvater hin und her.

»Ziehen Sie etwa dort ein?«, fragte sie schließlich.

Kerstin nickte.

»Das ging ja schnell.«

»Wie meinen Sie das?«, erkundigte sich Kerstin verwirrt.

»Mein Bruder hat dort gewohnt. Er ist vor wenigen Tagen einfach so verschwunden. Zusammen mit meiner Katze. Seitdem habe ich von keinem der beiden etwas gehört. Und jetzt zieht auf einmal jemand Neues in seine vier Wände, gerade so, als hätte es ihn nie gegeben.«

»Okay ...« Darauf hatte Kerstin nun wirklich keine passende Antwort. Ihres Wissens hatte der Vormieter ordentlich gekündigt und war am letzten Wochenende ausgezogen. Davon, dass er spurlos verschwunden war, hatte ihr niemand etwas gesagt. »Ich hoffe, Sie finden Ihren Bruder bald. Jedenfalls muss ich jetzt leider weitermachen. Wenn Sie mir noch Ihre Visitenkarte geben würden ...«

Die Frau schüttelte den Kopf, griff aber in ihre Tasche und holte ein kleines Etui heraus. Dann hielt sie Kerstin eine der Karten hin. *Yvonne Püschel* stand in schnörkeligen, goldenen Buchstaben auf weißem satinierten Papier.

Kaum hatte Kerstin die Visitenkarte entgegengenommen, drehte sich Yvonne Püschel um und verschwand die Straße entlang.

»Na großartig«, murmelte Kerstin. Sie musste dringend Robin fragen, was an der Geschichte über das Verschwinden des Vormieters dran war. Womöglich tauchte deren Schwester ja noch öfter hier auf und projizierte am Ende noch ihre Wut auf Kerstin, da sie seine Wohnung übernommen hatte. So hatte sie sich ihren Einzug auf keinen Fall vorgestellt.

Ernüchtert stieg sie zurück in den Wagen und suchte weiter nach ihrer Kiste. Als sie endlich mit der Kaffeemaschine zurück in die Wohnung kam, war in der Zwischenzeit schon Ben aufgetaucht und gerade dabei, gemeinsam mit Robin die Wohnzimmermöbel in den Flur zu tragen.

»Krisensitzung«, rief sie den beiden Jungs zu, während sie die Maschine mit Strom versorgte.

»Kaffee?« Beladen mit Regalbrettern wankte Robin durch den Flur.

»Krise!«, antwortete Kerstin.

Robin setzte die Regalbretter ab und seufzte. »Wir haben noch nicht einmal richtig angefangen mit der Renovierung und du hast schon eine Krise? Wo soll das denn enden?«

»In der Nervenheilanstalt«, rief Ben, der gerade mit dem kleinen Schreibtisch in Richtung Hausflur wankte. Kurze Zeit später war ein lautes Poltern aus dem Treppenhaus zu hören, gefolgt von einigen nicht jugendfreien Flüchen. Robin stürmte sofort zur Wohnungstür.

»Alles Okay bei dir?«, rief er Ben besorgt zu und bekam ein Stöhnen zur Antwort. Kerstin ließ die Kaffeemaschine stehen und ging ebenfalls in den Flur. Ben saß auf der Treppe und rieb sich die Hand.

»Beruhigt euch Kinder, ich lebe noch. Das Scheißding ist mir einfach aus der Hand gerutscht und hat sich alleine auf den Weg nach unten gemacht. Du wolltest ihn ja nicht mehr verwenden, oder?«

Kerstin schüttelte erleichtert den Kopf. »Nein, das Teil kann ruhig weg.«

Ben rappelte sich auf und ging die restlichen Stufen nach unten. »Sieh mal einer an«, sagte er und gab einen Verzückungslaut wie ein kleines Mädchen von sich. »Wer hätte denn damit gerechnet?«

»Was hast du denn da?«, fragte Kerstin neugierig. Ben kam zurück nach oben und hielt ihr ein Bündel Geldscheine hin.

»Fuck«, rief Robin. »Wo hast du das denn her? Das sind ja bestimmt tausend Euro!«

»Wie bitte? Wo kommt das her?« Kerstin nahm ihm das Bündel ab und blätterte kurz durch die Scheine. »Oh mein Gott! Das sind ja alles Hunderter! Wo kommt das her?«

»Es muss aus einer der Schubladen vom Schreibtisch gefallen sein«, meinte Robin.

»Das ist ja der Wahnsinn! Die Einweihungsparty wird wohl etwas größer ausfallen, hm?« Ben rieb erfreut seine Hände aneinander.

»Ganz sicher nicht. Denn das Geld gehört mir ja nicht. Der Vormieter muss es hier vergessen haben. Der, der angeblich spurlos verschwunden ist.«

»Und schwupps, schon befinden wir uns mitten in einem Krimi«, sagte Ben.

»Macht mal halblang«, mischte sich Robin ein. »Die Wohnung wurde ganz regulär gekündigt. Der Kerl hat sich halt einfach aus dem Staub gemacht, während mein Opa im Krankenhaus war. Nicht ungewöhnlich, dass man seinen Umzug auf ein Wochenende legt. Von spurlos verschwunden kann also gar nicht die Rede sein.«

»Das ist es aber, was seine Schwester vorhin behauptet hat«, entgegnete Kerstin.

»Du kennst seine Schwester?«

»Kennen wäre zu viel gesagt. Sie hat vorhin hinter dem Transporter geparkt und mich ausgefragt. Hat behauptet, ihr Bruder wäre mit ihrer Katze einfach so abgehauen.«

Robin schnaubte verächtlich. »Kann ja sein, dass er vor irgendetwas auf der Flucht ist. Vielleicht ja sogar vor ihr. Aber das ist doch noch lange kein Grund, einen Krimi daraus zu machen.«

»Und er ist ohne sein Geld abgehauen?«, fragte Ben und blickte dabei verschwörerisch in die Runde. »Vielleicht hat ihn ja jemand umgebracht und seine Leiche verschwinden lassen ...«

»Schluss jetzt damit!« Robin stieß ihm in die Seite. »Als hättest du noch nie was vergessen.«

Ben hob die Hände zum Kampf wie ein Preisboxer. Kichernd tänzelte er auf der Stelle. »Du willst dich mit mir anlegen? Ich hoffe, du hast genügend Wattebällchen dabei.«

»Hört schon auf. Es ist mir eigentlich auch egal, wohin oder weshalb er verschwunden ist. Aber ganz sicher ist, dass ich es zurückgeben werde. Zur Not an seine Schwester.«

»Und das ist der einzig richtige Weg«, pflichtete Robin ihr bei. »Vorausgesetzt du findest sie wieder.«

»Das wird nicht so schwer werden. Mir ist da vorhin ein Missgeschick passiert«, gab Kerstin zerknirscht zu. »Im Sprinter hat sich ein Brett gelöst und ist an ihre Stoßstange ... Nun, auf jeden Fall habe ich mir ihre Nummer geben lassen, damit ich den Schaden begleichen kann.«

»Na so ein Zufall. Wie wäre es, wenn wir jetzt endlich mit dem Streichen loslegen würden und die Frau anrufen, sobald das Auto leer geräumt ist? Das Geld wird uns schon nicht weglaufen.«

»Können wir uns nicht wenigstens einen Hunderter abknapsen?«, jammerte Ben und schob seine Unterlippe nach vorne.

Kerstin drehte sich um und ging vorweg in die Wohnung. »Das Geld wird nicht angerührt!«, sagte sie bestimmt.

Die folgenden Stunden verstrichen wie ein zäher Brei. Kerstin konnte an nichts anderes mehr denken, als daran, ob Ben vielleicht wirklich in die richtige Richtung gedacht hatte. Warum sollte jemand aus seiner Wohnung ausziehen und mehr als zweitausend Euro einfach so im Schreibtisch vergessen? Entweder hatte er es verdammt eilig gehabt oder irgendwas war mit dem Geld nicht in Ordnung. So oder so, sie war gespannt auf die Reaktion der Schwester.

Helfende Hände

Regungslos stand Yvonne auf der Treppe zur Haustür. Der Schnee hatte zugenommen, und seit es dunkel geworden war, herrschte eine eisige Kälte. Dennoch brachte sie es nicht fertig, zu klingeln. Bereits vor zehn Minuten war sie mit Kerstin Seitz, der Nachmieterin ihres Bruders verabredet gewesen, doch Yvonne hatte Angst vor diesem Treffen. Denn am Telefon hatte die junge Frau nur davon gesprochen, dass sie etwas von Chris in der Wohnung gefunden hatte, das Yvonne nun bitte abholen solle.

Schon beim Läuten des Telefons hatte Yvonne das Gefühl gehabt, dass der Anruf für sie eine schlechte Nachricht bedeutete. Auch jetzt wurde sie das Gefühl nicht los, ganz im Gegenteil: Es wurde schlimmer und schlimmer.

Sie spürte, dass es ihre Befürchtung bestätigen würde, dass Chris nicht freiwillig verschwunden war. Davon war sie überzeugt, seit sich die Nachbarin geweigert hatte, ihr irgendwelche Auskünfte zu geben, obwohl sie Kathi hatte und somit etwas wissen musste! Vielleicht hatte Chris sich ja mit den falschen Leuten angelegt und die Katze drüben abgegeben, weil er wusste, dass ihm jemand etwas antun wollte.

Yvonne lehnte sich mit dem Kopf gegen die Glastür und stolperte, als diese plötzlich von innen geöffnet wurde.

»Ups, Entschuldigung«, sagte ein hagerer junger Mann zu ihr, der sie beinahe um zwei Köpfe überragte.

»Sie wollen bestimmt zu Kerstin. Gehen Sie ruhig hoch, die beiden warten schon auf Sie.«

Yvonne nickte matt und ging an ihm vorbei.

»Danke«, murmelte sie und nahm die Treppe nach oben. Der Typ schaute ihr noch kurz hinterher und zog dann die Tür zu. Einen Moment lang blieb Yvonne stehen und sah sich im Treppenhaus um. Sie hatte Chris nicht oft besucht und wünschte sich jetzt, sie hätte ihn häufiger gesehen. Seit seiner Alkoholsucht hatte er sich mehr und mehr zurückgezogen und sie hatte es akzeptiert. Manchmal war sie sogar dankbar gewesen, nicht mehr mit seinen Problemen belästigt zu werden. Zumindest dann nicht, wenn er gerade mal Geld brauchte.

»Dann wollen wir mal«, sprach sie sich selbst Mut zu und nahm die letzten Stufen.

Es dauerte nicht lange, bis ihr die Tür geöffnet und sie ins Wohnzimmer gebeten wurde. Überall standen noch gepackte Kartons und es roch nach frischer Farbe.

»Oh, ich halte Sie bestimmt auf«, sagte Yvonne und blieb unschlüssig im Türrahmen stehen. Ihr Gesicht brannte und in ihren Schläfen zeichneten sich die ersten Vorboten einer Migräne ab. Sie legte ihre Hand auf die Stirn, um diese ein wenig zu kühlen. Erst jetzt bemerkte sie den jungen Mann, der auf einem Stuhl saß.

»Wenn dem so wäre, hätte ich Sie doch nicht angerufen. Das dort drüben ist Robin, der Enkel des Vermieters. Wollen Sie sich vielleicht lieber setzen?«

»Ich will ja nicht unhöflich sein, aber dürfte ich vielleicht zuerst erfahren, was Sie genau von Christian gefunden haben?« Nervös knetete sie ihre Hände. Sie konnte kaum atmen, als Kerstin dem jungen Mann zunickte und er etwas unter dem Stuhl hervorholte.

Auf den ersten Blick sah es aus, wie ein kleines Bündel aus normalem Druckerpapier. Als sie es jedoch in die Hand nahm, erkannte sie, was darin eingewickelt war. Es verschlug ihr beinahe die Sprache.

»Das haben Sie gefunden?«, keuchte sie. Mit steifen Fingern zählte sie grob die Scheine durch. Es war beinahe so viel, wie er ihr noch schuldete. »Niemals wäre Chris gegangen und hätte so viel Geld hier vergessen.«

»Ehrlich gesagt habe ich es erst als Schwachsinn abgetan, als Sie heute Mittag davon sprachen, dass er spurlos verschwunden ist, aber nachdem wir das Geld gefunden haben ...«

»Dann kann ich es ja jetzt auch sagen«, sagte der Enkel des Vermieters. »Den ganzen Tag habe ich darüber nachgedacht und ich finde einfach keine Erklärung, warum jemand einfach so viel Kohle hierlassen sollte. Außer, er wurde dazu gezwungen.«

Kerstin Seitz warf ihm einen eindringlichen Blick zu. Dann schüttelte sie den Kopf. »So weit würde ich jetzt nicht gehen, Robin.«

»Doch. Genau das ist auch mein Gefühl, Sie müssen sich nicht mir zuliebe zurückhalten. Und ich habe sogar eine Befürchtung, was genau passiert sein könnte.«

»Wollen Sie uns vielleicht erzählen, was Sie glauben? Immerhin wohne ich jetzt hier, und wenn ich überlege, jemand könnte das Geld vermissen und es bei mir vermuten ... Da wird mir ganz anders.«

Yvonne wurde plötzlich heiß und sie öffnete ihre Jacke. »Ich glaube ... sitzen wäre ... Wenn ich mich setzen dürfte?«, stammelte sie. Mit der rechten Hand klammerte sie sich am Türrahmen fest. Ihr Blick verschwamm und Schweiß trat ihr auf die Stirn.

»Robin, hol mal schnell ein Glas Wasser«, rief Kerstin. Dann packte sie Yvonne unter der Schulter und ging mit ihr zu einem der Stühle.

»Du lieber Himmel, Sie sind ja leichenblass«, stellte Robin entsetzt fest, als er mit einer Flasche in der Hand zurück ins Wohnzimmer kam. »Hier, trinken Sie. Ein Glas habe ich leider nicht gefunden.«

»Geht schon wieder«, sagte Yvonne und nahm die Flasche entgegen. »War nur der Kreislauf. Ich schlafe schon seit Tagen kaum und verbringe die Nächte im Wagen hier vor der Tür.«

»Weil Sie hoffen, dass Ihr Bruder zurückkommt?«

»Weil ich die Nachbarin beobachte. Denn ich bin mir sicher, dass sie etwas weiß.« Sie unterdrückte ein Aufstoßen und wischte sich mit dem Ärmel ihres Pullovers über die verschwitzte Stirn.

Kerstin ging zum Wohnzimmerfenster und deutete hinaus. »Diese hier meinen Sie?« Ihr Blick verfinsterte sich, als Yvonne nickte. »Vielleicht beobachtet sie uns deshalb schon den ganzen Tag. Wann immer ich aus dem Fenster schaue, steht sie unten an der Balkontür und glotzt hier rauf.«

»Sie hat meine Katze gestohlen!«, stieß Yvonne hervor. »Ich habe sie gesehen, bei ihr am Fenster. Als ich Frau Wichert darauf angesprochen habe, ist sie einfach weggelaufen und erst spät in der Nacht wiedergekommen. Auch über meinen Bruder schweigt sie sich aus und behauptet, ihn gar nicht zu kennen.«

»Unglaublich«, murmelte Kerstin und runzelte die Stirn.

»Mir kommt da gerade so ein Gedanke. Was halten Sie davon, wenn Kerstin mal als gute Nachbarin drüben vorbeigeht und sich vorstellt. Dabei könnte sie die Dame doch mal ein bisschen aushorchen und vielleicht sogar unauffällig einen Blick auf die Katze werfen. Dann könnten Sie sich sicher sein, dass es Ihre ist«, schlug Robin vor.

»Ich bin mir bereits jetzt sicher. Das am Fenster war meine Kathi, ich würde sie überall erkennen. Aber vielleicht ist es trotzdem keine schlechte Idee …«

»Moment«, warf Kerstin ein. »Ich werde wohl gar nicht gefragt?«

»Deine Einwilligung wurde von mir stillschweigend vorausgesetzt.«

»Und was stellst du dir vor, das ich drüben erreiche? Soll ich etwa da reinspazieren und sagen ›Guten Tag, mein Name ist Seitz und jetzt erzählen Sie mir bitte alles über die Katze, die Sie gestohlen haben‹? Wenn sie das Tier nicht mal der Besitzerin aushändigen oder wenigstens mit ihr reden will, wird sie mir wohl erst recht nicht aufs Brot schmieren, was passiert ist.«

»Dann könnten wir vorher aber wenigstens gemeinsam einen Plan machen. Komm schon Kerstin, sei keine Spielverderberin. Du könntest sie zum Beispiel ganz nebenbei zu deinem Vormieter befragen.«

»Wäre das nicht eine Sache der Polizei? Mal von der Katze abgesehen, ist doch auch ein Mensch verschwunden. Sie sollten eine Vermisstenanzeige aufgeben.«

Yvonne schüttelte den Kopf. »Das habe ich bereits versucht. So unfreundlich wurde ich noch nie zuvor abgewiesen. Mir wurde gesagt, ich solle meine Katze bei *Tasso* als entlaufen melden und wegen meines Bruders ... Nun, er ist erwachsen und Erwachsene dürfen ihren Aufenthaltsort selbst bestimmen. Ich müsste ihnen schon stichhaltige Hinweise liefern, dass er in Gefahr ist oder er sich selbst etwas hatte antun können. Da er aus einer gekündigten Wohnung fristgerecht ausgezogen ist, wollen die mir nicht helfen.«

»Na großartig. Die Polizei dein Freund und Helfer«, sagte Kerstin und es schien tatsächlich so, als würde sie überlegen, Robins Plan zuzustimmen.

»Viele Möglichkeiten habe ich also nicht. Bei meinem Bruder müssen wir warten, ob er sich von alleine meldet und wegen meiner Katze ... Ich kann nur das Haus beobachten und hoffen, dass sie meine Kathi vielleicht irgendwann mal rauslässt. Sie müssen verstehen, meine Katze ist quasi meine Familie. Mein Kind. Meine Freundin. Als sie ein Baby war, habe ich sie von der Straße gerettet und selbst aufgepäppelt.«

Eine Weile schwiegen sie sich an und Yvonne überlegte, ob sie nicht einfach gehen sollte. Sie konnte von den beiden schließlich nicht erwarten, dass sie ihre Liebe zu Kathi verstanden. Niemand konnte das, selbst die Tierbesitzer unter ihren Freunden belächelten sie hin und wieder, wenn Yvonne nicht außer Haus übernachten wollte, weil Kathi sonst alleine wäre. Vermutlich waren die beiden Studenten und hatten anderes im Kopf als die Probleme einer katzenverrückten fremden Frau. Yvonne stand auf, um sich zu verabschieden.

»Okay«, platzte Kerstin plötzlich heraus. »Ich bin dabei. Aber ich mache es auf meine Weise. Schauspielern ist nicht mein Ding und mit einem auswendig gelernten »Drehbuch« bei der Nachbarin aufzukreuzen, macht für mich keinen Sinn.«

Ein akzeptabler Vorschlag fand Yvonne, denn sie hatte eigentlich gar keine Hilfe erwartet, also willigte sie sofort ein. Die Drei verabredeten sich für den Samstagnachmittag und Kerstin ging mit Yvonne zur Tür, um sie zu verabschieden.

Als Yvonne wieder in ihrem Auto saß und auf dem Weg nach Hause war, fiel zum ersten Mal, seit sie in Berlin aus dem Flieger gestiegen war, ein Teil der Anspannung von ihr ab. Heute Nacht würde sie endlich einigermaßen schlafen können. Sie wusste nun, dass sie Unterstützung hatte. Es war nur eine Frage der Zeit, bis es der Nachbarin zu viel wurde und diese endlich mit der Wahrheit herausrücken würde.

Mission (Im)Possible

Das Klingeln ihres Handys riss Kerstin unsanft aus dem Schlaf. Mit zusammengekniffenen Augen schaute sie auf ihren Wecker. Halb acht. Draußen war es noch nicht mal richtig hell. Der Anrufer schien hartnäckig zu sein und wollte einfach nicht auflegen, also tastete sie auf ihrem Nachttisch herum, bis sie ihr Handy gefunden hatte. Grummelnd nahm sie den Anruf entgegen.

»Hmm?«

»Guten Morgen«, flötete Robin in einem übertrieben freundlichen Tonfall. »Wie geht es der Prinzessin denn in ihrem neuen Schloss? Hast du gut geschlafen und was Schönes geträumt? Du weißt, der erste Traum in der neuen Wohnung soll angeblich in Erfüllung gehen. Allerdings weiß ich nicht, ob das stimmt, ich erinnere mich nie an meine Träume ...«

»Robin«, rief Kerstin. »Mach mal nen Punkt. Ich bin noch nicht mal richtig wach. Sag einfach, was du willst und gut ist.« Sie fragte sich, ob Robin jemals schlechte Laune hatte oder ob ihm dieses Gefühl vollkommen fremd war. Wie konnte man vor Sonnenaufgang nur schon so viel fröhliches Zeug von sich geben? Und das als Mann ...

»Hast du mir gar nicht zugehört?«, riss Robin sie aus ihren Gedanken.

»Um ehrlich zu sein, habe ich irgendwo zwischen der Wohnung und deinen Träumen damit aufgehört. Wie gesagt. Eigentlich schlafe ich noch.«

»Du gehörst also zu der Fraktion der Spätaufsteher. Gut zu wissen. Soll ich mich später noch mal melden?« Er klang ernsthaft zerknirscht.

»Schon gut. Jetzt bin ich wach. Bleibt mir wenigstens genug Zeit, meine Sachen in Ruhe auszuräumen.«

»Weswegen ich anrufe ... hast du dir schon Gedanken gemacht wegen gestern?«

Kerstin stand auf und ging in die Küche, um sich einen Kaffee zu machen. »Hm«, sagte sie und füllte Kaffeepulver in den Filter. »Nicht wirklich. Ich sagte doch, dass ich es auf meine Art machen werde. Improvisieren liegt mir mehr. Außerdem gehe ich nur kurz rein, stelle mich vor und lenke das Gespräch unauffällig auf meinen Vormieter. Das war`s.«

»Jetzt komm schon. Wir sind gerade dabei, ein Verbrechen aufzudecken. Doktor Watson und Sherlock Holmes. Da braucht es zumindest ein wenig Planung.«

Kerstin lachte. Robin hatte schon eine komische Vorstellung vom Leben. In Kerstins Realität lief das aber bestimmt nicht so ab, da sie ein ausgewachsener Pechvogel war. Viel eher würde sie in ein Mafia-Ding reingeraten und am Ende wahrscheinlich durch eine Schusswunde in den Oberschenkel sterben, weil man eine ihrer Arterien getroffen hatte. Dennoch willigte sie Robin zuliebe ein und die beiden verabredeten sich für den Nachmittag, um sich zumindest ein wenig Gedanken über Kerstins Besuch bei der Nachbarin machen zu können. Dann legten sie auf.

Den ganzen Morgen über packte Kerstin ihre Kisten aus und räumte das Wohnzimmer komplett ein. Nun fühlte es sich schon eher nach einem Zuhause an. Nachdem sie auch das Bad eingerichtet und sich geduscht hatte, war sie für diesen Tag vollkommen erledigt. Am liebsten wäre sie jetzt direkt hinüber zu der Nachbarin gegangen, um das Ganze hinter sich zu haben, doch sie hatte Robin versprochen, auf ihn zu warten.

Immerhin war er pünktlich, was er bisher kein einziges Mal geschafft hatte, seit sie sich kannten. Grinsend kam er mit einer Flasche Sekt die Treppe hinauf. In seinem weißen Pullover und seiner grauen Hose sah er aus, als hätte er sich extra für das Schneewetter getarnt.

»Du hast nicht zufällig vor, von draußen zu beobachten, was ich bei Frau Wichert so mache?«, fragte Kerstin misstrauisch.

Robin drehte sich wie ein Eisläufer vor ihr im Kreis und präsentierte sich Kerstin von allen Seiten. »Perfektes Outfit dafür, oder nicht? Und wenn du es hinter dich gebracht hast, dann köpfen wir den Sekt und besaufen uns. Auf dein erstes Wochenende und deine erste gute Tat in der neuen Wohnung.«

»Das wirst du nicht tun!« Kerstin warf ihm einen strengen Blick zu.

»Warum denn nicht? Willst du nicht anstoßen?«

»Ich rede davon, dass du mich nicht stalken sollst. Du wartest brav hier, bis ich wieder zurückkomme.«

Er ließ den Kopf hängen und machte ein Gesicht, als habe sie ihm gerade eröffnet, dass sein Geburtstag in diesem Jahr ausfallen würde. »Rufst du mich dann wenigstens an, damit ich heimlich lauschen kann?«

»Bestimmt nicht. Mal abgesehen davon, dass es nicht sehr heimlich wäre, wenn ich Bescheid weiß, wirst du dich gedulden müssen, bis ich dir Bericht erstatte. Wir sind hier schließlich nicht beim FBI und starten auch keinen NSA-Lauschangriff.«

»Spielverderberin. Merk dir wenigstens alles gut, worüber ihr redet, damit ich nachher voll im Bilde bin.«

Kerstin versprach, ihr fotografisches Gedächtnis anzuwerfen, nahm sich ein Päckchen Pralinen, das sie im Schrank des Vormieters gefunden hatte, und machte sich dann auf den Weg zum Nachbarhaus. Es hatte aufgehört zu schneien und am Straßenrand türmten sich nun graue Schneehaufen. Nach nur einem Tag hatte sich die Umgebung bereits von einer romantischen in eine triste und matschige Winterlandschaft verwandelt. Während sie durch den kalten Wind huschte, bereute Kerstin, dass sie sich keine Jacke angezogen hatte.

Nachdem sie geklingelt hatte, dauerte es eine ganze Weile, bis sich etwas im Haus regte. Sie hörte das Klappern einer Türkette, dann ging die Haustür einen Spalt auf. Der Kopf einer Frau erschien dazwischen. Obwohl Kerstin nur wenig von ihr erkennen konnte, schreckte sie zurück. Tiefe Augenringe zeichneten sich auf ihrem blassen Gesicht ab und die Haare hingen ihr fettig vom Kopf.

»Was gibt es?«, fragte die Frau unwirsch und Kerstin beschlich das Gefühl, dass sie betrunken war.

»Hallo Frau Wichert«, sagte Kerstin und grinste verlegen. Den Namen hatte sie vorhin vom Klingelschild abgelesen. »Mein Name ist Kerstin Seitz. Ich bin im Haus nebenan eingezogen und dachte, ich stelle mich mal in der Nachbarschaft vor.«

Die Frau schaute sich um und zuckte mit den Schultern. »Aha«, entgegnete sie und betrachtete Kerstin misstrauisch.

»Hier, ich habe Ihnen auch eine Kleinigkeit mitgebracht.« Kerstin hielt ihr die Pralinen hin.

Endlich lockerte die Frau die Kette und öffnete die Tür ein Stück weiter. Sie betrachtete die Packung in Kerstins Hand und nahm sie schließlich entgegen. »Das ist aber nett von Ihnen. Danke. Sie sind die neue Mieterin von Herrn Engert?«

»Ganz genau«, antwortete Kerstin. Anscheinend war die Frau nun doch ein wenig neugierig geworden. »Gerade gestern erst eingezogen. Ich hatte Glück, ich kenne den Enkel vom Vermieter, deswegen habe ich die Wohnung so kurzfristig bekommen.«

»Kann ich Ihnen vielleicht einen Kaffee anbieten?«, fragte die Frau und ihre Miene hellte sich plötzlich auf. »Bestimmt ist Ihnen sehr kalt. Ich habe auch Tee, wenn Sie den lieber mögen.«

Kerstin war so überrascht von diesem unvermittelten Wechsel der Laune, dass sie erst gar nicht wusste, was sie antworten sollte. »Äh ... Nun, ich will Sie nicht ...

Aber warum eigentlich nicht. Wenn ich Sie nicht von irgendwas abhalte«, stammelte sie.

»Gut, dann kommen Sie doch rein.« Sie öffnete die Tür komplett und wies Kerstin den Weg in die Küche.

»Und Sie wohnen hier mit Ihrer Familie?«, fragte Kerstin, während sie durch den Flur gingen.

»Mit meiner Mutter, Gerdi Wichert. Nach dem Tod meines Vaters konnte sie sich nie überwinden, sein Namensschild abzumachen.«

»Dann sind Sie Sabrina Wichert?«

Sie nickte. Jetzt, da Kerstin die Frau endlich komplett anschauen konnte, hatte sie das Gefühl, sie schon einmal gesehen zu haben. »Kennen wir uns vielleicht?«, fragte sie und versuchte zuzuordnen, wo sie Sabrina Wichert vielleicht schon einmal gesehen haben könnte.

»Nein, ich glaube nicht. Jedenfalls wüsste ich nicht, woher.«

»Doch, doch«, sagte Kerstin, der mittlerweile eingefallen war, weshalb ihre Nachbarin ihr bekannt vorkam. »Ist noch gar nicht so lange her. Diese Woche erst. Sie waren bei mir im Supermarkt und haben Katzenfutter gekauft.« Und sie hatte Kerstin bei dieser Gelegenheit davon erzählt, dass die Katze ihr erst vor Kurzem zugelaufen war. Das passte genau mit dem zusammen, was Yvonne Püschel gestern Abend erzählt hatte. Kerstins Herzschlag beschleunigte sich.

»Wie geht es der Katze denn? Sie haben gesagt, sie wäre Ihnen gerade erst zugelaufen. Hat sie sich gut eingelebt?«

»Natürlich hat sie das«, gab Sabrina Wichert schroff zurück und stellte zwei Tassen auf den Tisch. »Es geht ihr gut bei mir. Ihr und meinen anderen Katzen auch.«

»Oh, ich wusste gar nicht, dass Sie mehrere Katzen haben. Im Laden klang es so, als hätten sie nicht viel Erfahrung. Es freut mich für Sie, dass alles ohne Probleme klappt. Katzen, die ein Leben lang draußen gelebt haben, kommen nicht unbedingt sofort damit zurecht, eingesperrt zu sein.«

»Es war ja wirklich ziemlich plötzlich, dass Herr Püschel ausgezogen ist«, versuchte Sabrina Wichert vom Thema abzulenken.

»Sie meinen den Vormieter?«, tat Kerstin als wüsste sie nicht, von wem die Rede war.

»Genau den.«

Kerstin spürte, dass sie auf dem richtigen Weg war, die Frau bei einer Lüge zu ertappen. Aber sie wollte nicht gleich wieder rausgeworfen werden, deshalb musste sie behutsam vorgehen. »So wie ich das mitbekommen habe, ist er klammheimlich gegangen, während Herr Engert noch im Krankenhaus gewesen ist. Eine komische Geschichte.«

»Und …« Sabrina Wichert goss Kerstin etwas Kaffee aus einer alten Thermoskanne ein. »Gibt es denn eine Vermutung, weshalb er so plötzlich verschwunden ist?«

»Nur Mutmaßungen bislang«, sagte sie und nahm einen Schluck von der fast durchsichtigen Brühe. Sie war lauwarm und schmeckte scheußlich. Sabrina Wichert schien es nicht zu stören, denn sie leerte fast die ganze Tasse in einem Zug.

»Anscheinend hat sich seine Schwester bei Herrn Engert gemeldet. Sie vermutet, dass er Schulden hatte und sich abgesetzt hat.«

»Ach, so etwas habe ich mir auch schon gedacht. Er wirkte immer so als ... hätte er etwas zu verbergen.«

»Da fällt mir ein.« Kerstin hatte beschlossen, aufs Ganze zu gehen. Mittlerweile war sie sich sicher, dass ihre Nachbarin etwas wusste. »Seine Schwester vermisst wohl außerdem ihre Katze. Soweit ich weiß, hatte sie ihm das Tier zur Pflege überlassen, während sie im Ausland war. Möglicherweise ist es ja die, die Ihnen zugelaufen ist.«

Sabrina Wichert sprang von ihrem Stuhl auf und stellte sich an die Anrichte. »Woher soll ich das denn wissen? Ich kenne ihn ja gar nicht und wusste auch nicht, dass er eine Katze bei sich zur Pflege hat. Das Tier kam vollkommen ausgehungert und ganz zerzaust zu mir auf die Terrasse. Wenn es wirklich der Schwester von Herrn Püschel gehören sollte, hat sie es garantiert nicht gut behandelt vorher.«

Kerstin zuckte mit den Schultern. »Dann ist es ja gut, dass die Katze jetzt bei Ihnen ist. Vielleicht sollten Sie aber trotzdem mit ihr zum Arzt, wenn sie so verwahrlost war. Sicher ist sicher. Sie ahnen ja nicht, was ein verschleppter Katzenschnupfen so anrichten kann.«

»Katzenschnupfen? Das gibt es? Einen Besuch beim Tierarzt kann ich mir gar nicht leisten.«

Genau darauf hatte Kerstin gehofft. So oft erzählte ihre Mutter von Haustieren, die viel zu spät in die Praxis gebracht wurden, weil die Besitzer die hohen Kosten scheuten.

Das Leiden der Tiere war ihnen in diesem Moment entweder gar nicht bewusst oder sogar egal. »Da haben Sie recht. Aber vielleicht kann ich etwas für Sie tun«, sagte Kerstin und machte eine effektvolle Pause. Sabrina Wichert schaute sie zuversichtlich und mit großen Augen an. »Meine Mutter arbeitet in einer Tierarztpraxis. Wenn ich die Katze dort vorbeibringe, dann bekommt sie vielleicht Mitarbeiterrabatt. Dafür müssen wir aber behaupten, dass sie mir gehört. Die Untersuchung kostet dann pro Tier nur zwanzig Euro.« Kerstin konnte kaum glauben, wie einfach sie diese Lügen aus dem Ärmel schüttelte. Es würde zwar kein vernünftiger Mensch solch einen Schwachsinn glauben, aber Sabrina Wichert schien in dieser Hinsicht nicht besonders helle zu sein.

Prompt ging diese auf das Angebot ein. »Das würden Sie wirklich für mich machen?«

»Aber selbstverständlich. Es gibt nichts, das ich mehr hasse als Menschen, die ihre Tiere nicht ordentlich behandeln. Deshalb bin ich auch froh, dass die Katze nun bei Ihnen ist. Offensichtlich kümmern Sie sich ja viel besser um sie.«

Erleichterung zeichnete sich auf Sabrina Wicherts Gesicht ab. »Das kann ich ja nie wieder gutmachen bei ihnen«, flüsterte sie und nahm Kerstins Hand.

»Schon gut, wirklich. Ich mache das gerne. Jetzt muss ich aber nach Hause. Ich habe noch eine Menge auszupacken. Vielleicht könnten Sie mir Ihre Telefonnummer geben, dann rufe ich Sie wegen eines Termins an.«

Kerstin konnte es gar nicht erwarten, hier rauszukommen. Sie musste sofort Yvonne Püschel anrufen. Vor lauter Aufregung zitterte ihre Hand, als sie die Nummer aufschrieb, die Sabrina Wichert ihr diktierte. Dann verabschiedete sie sich und rannte hinüber zu ihrer Wohnung. Robin hatte recht gehabt. Sherlock Holmes zu spielen, war wirklich aufregend

Lügen haben kurze Beine

Kaum war Kerstin aus der Tür verschwunden, lächelte Sabrina zufrieden. Besser hätte es ja gar nicht laufen können. Jetzt hatte sie die neue Nachbarin auf ihrer Seite und Christians Schwester würde ihre Überwachungsaktion auch irgendwann abblasen. Für einen Moment verdrängte sie, dass sie vielleicht längst von der Polizei gesucht wurde. Es war immer noch ein hartes Stück Arbeit, aber ihr neues Leben war nun als Licht am Ende eines langen Tunnels sichtbar. Und die Hälfte des Tunnels hatte sie bereits durchschritten.

Sabrina stand auf, um die Tassen wegzuräumen und neuen Kaffee zuzubereiten. Der in der Thermoskanne war bereits kalt gewesen und hatte furchtbar geschmeckt. Das war wohl auch der Eindruck der Nachbarin gewesen, denn ihre Tasse war beinahe noch voll. Während die Padmaschine aufheizte, schaute Sabrina in den Kühlschrank, den sie in der Zwischenzeit ausgewischt und wieder eingeräumt hatte. Sie nahm sich die Flasche Korn und füllte den Boden ihrer Tasse mit der klaren Flüssigkeit. Nur ein kleiner Schluck, der würde schon nicht schaden.

In den letzten Tagen hatte Sabrina festgestellt, dass sie mithilfe des Alkohols zumindest ein wenig abschalten und somit Gerdi, Christian und Kalle aus ihrem Kopf aussperren konnte. Zumindest ihre Mutter verfolgte sie nämlich nachts in ihren Träumen. Mal kam sie als halb verwester Zombie aus dem Keller geschlurft, um sich an Sabrina zu rächen, mal saß sie quicklebendig an ihrem Bett und beobachtete sie. Wenn Sabrina dann hochschreckte, war sie jedes Mal einem Herzinfarkt nahe. Um nach so einem Traum wieder einschlafen zu können, war der hochprozentige Korn eine gute Hilfe. Er machte nicht nur schön schläfrig, sondern sorgte auch dafür, dass Sabrina das Gefühl bekam, die vergangene Woche wäre ebenfalls nur ein böser Traum gewesen.

Genussvoll nahm sie einen Schluck aus der Tasse, ging ins Wohnzimmer und erstarrte. Denn hinter der Hecke tauchte plötzlich der Kopf von Christians Schwester auf. Sie ging zum Nachbarhaus, stand einen Moment auf der Treppe und verschwand dann in der Tür. Nur kurz danach erschien sie oben am Fenster, wurde aber sofort von Kerstin Seitz zur Seite gezogen. Sabrina setzte die Tasse an und leerte sie in einem Zug. *Von wegen, die neue Nachbarin war auf ihrer Seite.* Das alles war lediglich ein fieser Trick gewesen und Sabrina war prompt darauf reingefallen.

Sabrinas Magen krampfte sich zusammen und sie ging ins Gästebad, um sich dort zu übergeben. Krampfhaft versuchte sie sich zu erinnern, was sie Kerstin Seitz alles erzählt hatte. Hatte sie Christian erwähnt? Und dass sie ihn kannte? Nein, für ihren Vormieter hatte sich die junge Frau gar nicht interessiert. Dafür aber umso mehr für die Katzen. Und von denen hatte Sabrina auf jeden Fall mehr als genug gesprochen, ja sogar zugegeben, dass eine davon Christians Schwester gehören könnte. Wie konnte sie nur so dämlich sein?

Sie ging zum Waschbecken und spritzte sich kaltes Wasser ins Gesicht.

»Ruhig bleiben«, sagte sie sich. Es blieb ihr nichts anderes übrig, als abzuwarten. Christians Schwester hatte schon einmal damit gedroht, die Polizei zu rufen, doch anscheinend hatte die sich nicht für Sabrina interessiert.

Plötzlich hatte sie eine Eingebung. Sie ahnte, was die beiden Frauen vorhatten. Und Sabrina musste nur vorbereitet sein, denn sie würden von ganz alleine zu ihr kommen. Und zwar ohne Polizei.

Kommando Kathi

Im ersten Moment wollte Yvonne losmotzen, als sie von Kerstin grob an der Schulter zurückgerissen wurde. Aber dann entdeckte auch sie das runde Gesicht der Nachbarin im Fenster und bückte sich sofort.

»Was macht ihr denn da?«, fragte Robin, der gerade mit drei Tassen und einer Kanne Kaffee ins Wohnzimmer kam.

»Mist«, flüsterte Yvonne, als könnte die Wichert sie hören. »Ich glaube, sie hat mich gesehen.«

Kerstin nahm Robin die Tassen ab und stellte sie auf den Wohnzimmertisch. »Hoffentlich nicht. Denn das würde den ganzen Plan in Gefahr bringen.«

»Ach kommt schon, macht euch nicht so viele Sorgen. Wie sollte sie das denn innerhalb der kurzen Zeit erkennen? Die sitzt doch da unten und ahnt nichts, glaubt mir«, versuchte Robin, die beiden zu beruhigen.

»Ich hoffe, sie geht auf das Angebot mit dem Tierarzt ein. Bisher schien es mir eher so, als würde sie meine Kathi mit ihrem Leben verteidigen.«

»Und was hast du vor, wenn du sie zurückhast?«, fragte Kerstin. »Ich meine, wegen deines Bruders ...«

»Wenn ich das nur wüsste. Da mir die Polizei nicht helfen will, bleibt mir eigentlich nichts anderes übrig als zu warten, ob er irgendwann wieder auftaucht.«

»Wir könnten die fette Kuh ja mal so richtig in die

Mangel nehmen«, schlug Robin aufgeregt vor. »Wenn die Katze dort erst mal raus ist, hast du nichts mehr zu befürchten und wir können die Wahrheit aus ihr rauspressen. Wir steigen dort ein, binden sie auf einem Stuhl fest und flößen ihr Alkohol ein, bis sie irgendwann ...«

»Du hast wohl zu viele amerikanische Action-Filme geschaut. Ich, für meinen Teil kann sagen, dass ich ganz sicher nirgendwo mehr einsteige, wenn das hier vorbei ist.«

»Aber sie muss etwas wissen! Er wird doch wohl kaum bei ihr geklingelt haben, ihr wortlos die Katze in die Hand gedrückt haben und wieder abgezischt sein. Irgendeinen Grund wird er ihr doch genannt haben ...« Robin war sichtlich enttäuscht, dass niemand seinen Plan umsetzen wollte.

»Vielleicht sagt sie ja in diesem Punkt sogar die Wahrheit und Kathi ist ihr tatsächlich zugelaufen«, sagte Yvonne.

»Ja genau, dein Bruder hat die Tür aufgemacht und die Katze ist schnurstracks zu der seltsamen Frau in das Hexenhaus gelaufen«, erwiderte Robin schmollend.

»Wie auch immer, ihr habt mir schon genug geholfen. Ich will nicht, dass ihr euch noch strafbar macht. Wenn ich Kathi habe, werde ich Frau Wichert ein letztes Mal auf Christian ansprechen. Aber damit ist es dann auch genug.«

»In Ordnung«, murmelte Robin und ließ sich auf das Sofa fallen.

Schweigend tranken die Drei ihren Kaffee, bevor sich Kerstin wieder auf den Weg zum Nachbarhaus machte.

Yvonne war so nervös, dass sie das Gefühl hatte, ihr Herz würde ihr gleich aus der Brust springen. Sie konnte es kaum abwarten, Kathi endlich wieder bei sich zu haben.

»Hoffentlich geht es ihr gut«, sagte Yvonne und knetete ihre Hände.

Robin schaute sie verwundert an. »Aber sie ist doch gerade erst los. Was soll da schon passiert sein?«

»Oh«, sagte Yvonne. Eigentlich hatte sie von Kathi gesprochen. »Du hast ja recht. Kannst du mal aus dem Fenster schauen, ob sie schon drüben ist?«

»Komm mal runter. Wir sollten uns jetzt wirklich nicht am Fenster blicken lassen. Hab Geduld, Kerstin macht das schon. Sie ist spitze.«

Yvonne nickte. Sie hasste es, wichtige Aufgaben aus der Hand geben zu müssen. Am liebsten würde sie selbst hinübermarschieren, um der verlogenen Nachbarin eins über den Schädel zu ziehen und ihre Kathi eigenhändig befreien. Vermutlich würde sie auch genau das tun, wenn Kerstin sich nicht bald meldete.

Das Vibrieren von Robins Handy auf dem Wohnzimmertisch unterbrach ihre Gedanken. Yvonne schaute instinktiv auf das Display. *Kerstin Mobil*, blinkte dort und ein schlecht getroffenes Foto grinste ihr entgegen.

»Geh schon ran«, sagte Yvonne nervös.

Robin nahm das Telefon und stellte auf Lautsprecher. Am anderen Ende der Leitung blieb es still. Yvonne hielt den Atem an. Schließlich war ein Rascheln zu hören und schließlich ertönte die Stimme von Sabrina Wichert. Sie klang bedrohlich.

»Und ihr haltet mich wirklich für so bescheuert?«

Letztes Aufbäumen

»Das Angebot ist wirklich entzückend«, sagte Sabrina und grinste süffisant. Die vor Wut zitternden Hände hielt sie hinter ihrem Rücken verborgen. »Aber ich kann es doch nicht annehmen.« Noch immer lächelnd beobachtete Sabrina, wie sich Enttäuschung auf dem Gesicht ihrer Nachbarin abzeichnete.

»Diese Untersuchung ist wirklich wichtig. Sollte sie irgendwelche Krankheiten haben und ihre anderen Katzen anstecken ...«

Sabrina hob die Hand und brachte sie so zum Schweigen. Sie hatte beschlossen, das Ganze noch etwas hinauszuzögern. »Das habe ich alles verstanden. Deshalb habe ich mir Geld von einem Freund geliehen, und werde sie selbst zum Tierarzt bringen. So müssen Sie nicht Ihre Zeit für mich verschwenden.«

Kerstin Seitz schnappte nach Luft. Sabrina konnte förmlich sehen, wie sich ihre Gedanken überschlugen.

»Ach ... das ist ... schön. Sehr gut«, stammelte sie schließlich. »Es wäre allerdings wirklich kein Problem gewesen. Wollen Sie nicht noch mal darüber nachdenken? Sie würden wirklich viel Geld sparen. Gerade eben habe ich mit meiner Mutter telefoniert. In der Praxis warten sie schon auf uns.«

»Warum haben Sie denn vorher nicht mit mir geredet?

Niemand hat davon gesprochen, dass Sie gleich einen fixen Termin ausmachen sollen.«

»Schade, dann habe ich Sie anscheinend falsch verstanden. Aber wenn der Termin doch jetzt schon steht, können Sie ihn doch auch wahrnehmen, oder nicht? Es wäre mir unangenehm, wenn ich jetzt alles wieder abblasen müsste.«

»Das glaube ich«, sagte Sabrina und spürte wieder die Wut in sich brodeln. Sie machte einen Schritt auf Kerstin zu, die augenblicklich zurückwich. »Denn dann würde ich die Katze nie mehr wiedersehen. Das hast du kleine Schlampe dir schön ausgedacht.«

»Ich verstehe nicht ... Wie meinen Sie das?« Kerstins Mund stand offen und sie starrte Sabrina verwirrt an. Diese wandte sich blitzartig zur Haustür um und drehte den Schlüssel herum, der bereits von innen steckte.

»Du verstehst nicht? Ich will eure verdammte *Hilfe* nicht! Wie könnt ihr es wagen, euch in mein Haus zu schleichen und zu versuchen, mich reinzulegen, ihr dummen Gören«, spie Sabrina aus. Mittlerweile zitterten nicht nur ihre Hände und sie musste sich zusammenreißen, Kerstin nicht sofort an die Gurgel zu gehen.

»Unsere ... was?«

Sabrina lachte laut auf. Kerstin stand vor ihr wie ein Häufchen Elend, zusammengesackt, den Kopf eingezogen und die Hände in den Jackentaschen vergraben. Einen Moment lang starrten die beiden sich schweigend an. Dann machte Sabrina einen weiteren Schritt auf sie zu und hob drohend den Finger.

»Und ihr haltet mich wirklich für so bescheuert?« Sie kniff die Augen zusammen, so wie es immer ihre Mutter getan hatte, wenn Sabrina angeblich mal wieder irgendwelchen Mist gebaut hatte.

»Okay«, sagte Kerstin. Sie hob abwehrend die Hände und schaute an Sabrina vorbei zur Tür. »Es tut mir leid. Ich gebe es zu. Da habe ich wohl richtigen Mist gebaut und Sie sind zurecht sauer. Bitte glauben Sie mir, auf keinen Fall halte ich Sie für bescheuert. Yvonne wusste sich einfach nicht anders zu helfen und da Sie die Katze nicht rausgeben wollen ... Was glauben Sie, wie sich die Besitzerin dabei fühlt, wenn sie genau weiß, dass ihre Kathi hier ist?«

»Wie *sie* sich fühlt? Hat sich irgendwann mal jemand dafür interessiert, wie ich mich fühle? Nein! Ich war immer allen egal. Und dann kommt auf einmal ihr verdammter Bruder hier rein und begeht Hausfriedensbruch. Er steckte seine Nase in Angelegenheiten, die ihn einen Scheiß anzugehen haben, dann wollte er einfach nicht verschwinden, obwohl er kein Recht hatte, mich zu belästigen. Ich habe mich doch nur gewehrt«, brüllte Sabrina ihre Wut hinaus. Ihr Herz raste. »Diese Scheißkuh sollte lieber froh sein, dass ich noch mal nach drüben gegangen bin, sonst wäre ihre ach so geliebte Katze nämlich bis heute längst verhungert.« Sabrina griff nach Kerstins Oberarm, packte ihn und drängte sie in Richtung Wohnzimmer.

»Was ... was ist denn mit ihrem Bruder passiert?« Kerstin stolperte und fiel der Länge nach hin.

»Ihm ist das passiert, was allen schlechten Leuten irgendwann passieren sollte. Er hat die Strafe bekommen, die er verdient hat. Wollte einfach nicht lockerlassen. Die ganze Zeit dieses Herumschnüffeln. *Frau Wichert hier und Frau Wichert da. Wo ist Ihre Mutter? Nun sagen Sie schon, sonst gehe ich sie suchen!*« Sabrina äffte die Stimme von Christian nach. »Das ist doch wohl mein verdammtes Leben. Niemand hat sich da einzumischen!«

»Wollen Sie sagen, dass Sie ihn ... Oh mein Gott«, stieß Kerstin entsetzt hervor.

»Gott ... Der kann dir jetzt auch nicht mehr helfen. Du hast einen Riesenfehler gemacht.« Mit einem Schrei stürzte sich Sabrina auf Kerstin, die noch immer am Boden lag.

Ein Stöhnen entwich ihr, als Sabrina mit ihrem gesamten Gewicht auf ihr landete.

»Was tun Sie denn da?«, fragte sie keuchend und versuchte, sich unter Sabrina herauszuwinden. »Alles, was ich wollte, war die Katze hier herauszuholen. Weil sie nicht hierher gehört ...«

Sabrina packte Kerstins Hals und drückte ihre Hände direkt über Kerstins Kehlkopf zusammen. Kerstin strampelte und schlug nach ihr, aber schon nach kurzer Zeit verließen Sabrina zum Glück die Kräfte. Kerstin war noch nicht einmal rot im Gesicht. Ihr Körper war so schlank, dass Sabrina ihn kaum fixieren konnte, außer, sie legte sich komplett auf die andere Frau. Sie ließ Kerstins Hals nun los und hockte sich stattdessen auf sie, um wenigstens deren Oberarme unter ihren Knien festhalten zu können. Unbeirrt prügelte Kerstin weiter auf sie ein und trat dabei wild um sich.

Beim nächsten Schlag griff Sabrina nach einer der Hände. Beinahe wäre diese in ihrem Gesicht gelandet. Sie erwischte den Unterarm und führte die Finger zu ihrem

Mund. Mit aller Kraft biss sie in den Zeigefinger, bis sie ein Knacken hörte.

Warmes Blut strömte in ihren Mund und Kerstin schrie vor Schmerzen auf.

Der Kufpergeschmack brachte Sabrina zum Würgen und sie spuckte Kerstin das dickflüssige Blut mitten ins Gesicht. Dann ließ sie von ihr ab und stand auf. Sie konnte Kerstin nicht mit ihren eigenen Händen töten. Ihr Blick fiel auf die Statue, die direkt hinter ihr auf der Kommode stand.

Sie stürzte darauf zu. Aus dem Augenwinkel sah sie, wie Kerstin sich aufrappelte und in Richtung Wohnzimmer hinkte. Sie wurde von einem Hustenanfall geschüttelt, der sie verlangsamte. Sabrina griff nach dem Zinnsoldaten und rannte hinter Kerstin her. Diese war bereits fast an der Terrassentür angelangt.

»Du kommst hier nicht raus! Im Keller ist noch viel Platz für dich«, brüllte Sabrina und lief mit erhobener Statue auf sie zu.

Keller des Grauens

Ungläubig starrte Yvonne Robin an. Sie hatten gehört, wie die Nachbarin Kerstin angeschrien hatte und wie sie gestanden hatte, dass Christian bei ihr gewesen war. Dann hatten sie mitbekommen, wie ein Kampf zwischen den beiden Frauen entstanden war. Nun war die Verbindung plötzlich unterbrochen.

»Ich muss sofort da rüber!«, rief Yvonne so laut, dass Robin vor Schreck zusammenfuhr. »Das kannst du nicht machen«, sagte er, als sie aufsprang und zur Wohnzimmertür lief. Aber Yvonne ließ sich davon nicht beirren.

»Ruf du die Polizei und warte draußen auf sie, damit sie gleich wissen, wo sie hinmüssen. Sag ihnen dass ... keine Ahnung! Gefahr in Verzug ist oder so etwas«, rief sie ihm über die Schulter zu. Robin war in der Zwischenzeit aufgestanden und ihr hinterher gekommen. Nun hielt er sie an ihrem Pullover fest. Für seine schmächtige Statur hatte er erstaunlich viel Kraft und Yvonne blieb stehen.

»Hör zu«, sagte sie und versuchte ihrer Stimme Nachdruck zu verleihen. »Wir können Kerstin nicht da drüben alleine lassen. Wer weiß, was da drüben gerade passiert. Anscheinend wurde sie angegriffen.«

»Und wenn nicht, dann platzt du jetzt dort rein und versaust die ganze Aktion.«

»Das hier ist kein Spiel mehr.« Yvonne rang verzweifelt die Hände. »Ruf einfach die Polizei und überlass den Rest mir. Es ist meine Katze und meine Schuld, wenn Kerstin etwas passiert.« Mit diesen Worten riss sie sich los und stürmte aus der Wohnung.

Draußen angekommen blieb Yvonne noch einen Moment stehen und atmete durch. Hektisch betrachtete sie die Fassade des Nachbarhauses auf der Suche nach einer Einstiegsmöglichkeit. Ihr Blick fiel auf eines der Kellerfenster. Möglicherweise schaffte sie es ja, die Scheibe einigermaßen geräuschlos einzuschlagen und so Griff auf der Innenseite zu erreichen. Sie vergewisserte sich, dass sie von den oberen Stockwerken aus nicht beobachtet wurde, und sprang dann über das Hoftor. In gebückter Haltung rannte sie auf das Fenster zu.

Sie ließ sich auf die Knie fallen und schlug mit ihrem Ellenbogen dagegen. Die rechte der beiden Scheiben löste sich, kippte nach innen und fiel. Yvonne kniff in Erwartung des Lärms die Augen zusammen. Nicht passierte. Das Glas musste auf etwas Weichem gelandet sein. Erleichtert drehte sie ihren Arm so, dass sie durch die Öffnung greifen konnte. Beim ersten Versuch rutschten ihre Finger ab, denn der Winkel von ihrem Arm stimmte nicht und sie konnte den Griff nicht richtig erreichen. Also legte sie sich auf den Boden und versuchte es erneut. Dieses Mal mit Erfolg, das Fenster sprang mit einem leisen Quietschen auf.

Atemlos starrte sie in den dunklen Raum hinein. Nichts als Schwärze blickte zurück. Ihre Nerven waren bis zum Zerreißen gespannt. Sie nahm ihr Handy aus der Hosentasche und entsperrte das Display. Das Licht war schwach und reichte nicht mal bis zum Boden, aber besser als nichts.

Mit zitternden Knien stieg sie durch die Luke in die Finsternis. Einen Moment lang blieb sie, die Beine bereits im Haus, sitzen und lauschte. Im Inneren schien alles ruhig zu sein. Schließlich gab sie sich einen Ruck, schloss ihre Augen und sprang in das schwarze Loch im Mauerwerk.

Die Entfernung bis zum Boden war größer als erwartet. Sie landete hart auf dem Beton. Ein stechender Schmerz schoss in ihr Fußgelenk. Nur mit Mühe konnte sie sich einen Schrei verkneifen. Mit zusammengebissenen Zähnen rieb sie sich den Knöchel. Bei dem Sturz hatte sie ihr Handy verloren, das Display war erloschen und nur langsam gewöhnten sich ihre Augen an die Dunkelheit.

Woran sie sich allerdings nicht gewöhnte, war der widerliche Gestank, der sie hier unten empfing. Ein wenig nach Müllkippe und gleichzeitig modrig feucht, als befände sie sich im feuchten Keller einer Ruine. Und dann war da noch etwas anderes, was sie nicht genau identifizieren konnte.

Als sie endlich ein wenig mehr erkennen konnte, schaute sie sich um. Der ganze Keller lag voller Gerümpel und irgendwelchen Säcken, die sich als schwarzes Meer auf dem Boden abzeichneten. Am besten wäre es, wenn sie sich an der Wand entlangtastete, bis sie zu einer Tür oder Treppe gelangte.

Sie tappte durch die Dunkelheit, befühlte Regale voller Einmachgläser, wischte pappige Spinnenweben mit ihren Händen weg und stolperte mehr als einmal beinahe über irgendwelche Hindernisse, die sie übersehen hatte. Immer wieder schüttelte es ihren Körper vor Ekel wegen des Geruchs und der Angst vor Spinnen und des anderen Getiers, das sie nicht sehen konnte.

Schließlich erreichte sie eine offene Stelle in der Wand. Mittlerweile war sie weit in den Keller vorgedrungen und hier war es noch dunkler als in der Nähe des Fensters. Mit dem Fuß tastete sie sich über irgendwas voran, das sich wie ein Berg zusammengeknüllter Wäsche anfühlte. Doch selbst, als sie bereits fast ihre Oberschenkelmuskeln überdehnte, erreichte sie die andere Seite des Haufens nicht. Also zog sie ihren Fuß zurück und tastete stattdessen an der Wand nach einem Lichtschalter. Mittlerweile hatte sie im Dunkeln komplett die Orientierung verloren und es würde sie nicht wundern, wenn sie bald wieder an dem Fenster ankam, durch das sie ursprünglich überhaupt erst ins Haus gelangt war.

Zuvor fand sie jedoch glücklicherweise endlich den Lichtschalter und drückte ihn nach unten. Aber es blieb dunkel. Yvonne seufzte. Dann sprang plötzlich doch flackernd eine Leuchtstoffröhre an.

Mit zusammengekniffenen Augen schaute sich Yvonne um. Nun wünschte sie sich von ganzem Herzen, das Licht nicht eingeschaltet zu haben. Denn im Hellen sah es um ein Vielfaches erschreckender aus, als Yvonne es sich vorgestellt hatte. Die Wände waren überzogen mit Spinnweben und Schimmel, tote Fliegen sammelten sich in kleinen Haufen auf den Regalböden. Doch das war bei Weitem nicht das Schlimmste.

Denn das, was Kerstin im Dunkeln für Gerümpel und

Müll gehalten hatte, waren in Wirklichkeit Massen von Tierkadavern, die überall auf dem Boden verteilt lagen. Sie befanden sich in den unterschiedlichsten Verwesungszuständen, einigen fehlte der Kopf, von anderen waren lediglich noch ledrige Fellfetzen zu sehen.

»Oh Gott, Kathi«, entfuhr es Yvonne und sie schaute sich panisch um.

Nichts davon sah glücklicherweise nach ihrer Katze aus. Doch sie war sich sicher, dass es sich bei einigen der Kadaver um Katzen handeln musste. Schließlich fiel Yvonnes Blick auf den vermeintlichen Wäscheberg, den sie gerade eben nicht hatte überwinden können. Entsetzt schlug sie die Hand vor den Mund und hielt sich mit der anderen an der Wand fest. Sie hatte das Gefühl, dass jeden Moment ihre Beine nachgeben würden. Am Fuß der Holztreppe lag auf einigen aufgetürmten Müllsäcken eine Leiche! Die dicke Frau hatte die glasigen Augen weit aufgerissen und schien die Treppe hinaufzustarren. Langsam näherte sich Yvonne der Leiche.

Ihr gesamtes Inneres wehrte sich dagegen, doch dies war der einzige Weg nach oben.

»Alles ist in Ordnung, die Frau ist tot«, flüsterte sie, als müsse sie sich selbst davon überzeugen. »Wir beide werden uns hier unten bestens verstehen, nicht wahr? Du tust mir schließlich nichts, wenn ich an dir vorbeigehe ...«

Vorsichtig stieg Yvonne mit dem Fuß in eine Lücke zwischen den Müllsäcken, um so an dem Hindernis vorbeikommen zu können. Sie starrte die Wand an und stieß sich ab. In diesem Moment geriet der Stapel unter der Leiche ins Wanken und krachte schließlich zusammen. Yvonne

machte einen Satz auf die nächste Stufe und schaute sich um. Die tote Frau war mitsamt dem Müll nach unten in den Keller gerutscht und hatte einen weiteren Leichnam freigegeben. Unter ihr hatte offensichtlich auch noch ein Mann gelegen. Kurz flackerte das Bild von Christian vor Yvonnes innerem Auge auf.
Dann hörte sie einen Schrei von oben und stürmte so schnell sie konnte, die Kellertreppe hoch.

Ein ungleicher Kampf

Krampfhaft versuchte Kerstin, Luft in ihre Lunge zu saugen. Ein Hustenanfall schüttelte sie und sie griff sich mit der blutigen Hand an den Hals. Ihr Kehlkopf schmerzte, von ihrem Finger ganz zu schweigen, doch sie war froh, dass sie wieder auf den Beinen war. Beinahe hätte sie das Bewusstsein verloren und sie konnte froh sein, dass Sabrina Wichert aus irgendeinem unerfindlichen Grund plötzlich aufgehört hatte, sie zu würgen.

Zusammengekrümmt schleppte sie sich in die Richtung der Terrasse. Sie konnte nur hoffen, dass ihr Anruf durchgekommen war und Robin geschaltet hatte. Wenn nicht gleich die Polizei hier eintraf, hätte sie keine Chance mehr zu entkommen, das wusste sie.

Dumpfe Schritte näherten sich nun Kerstin. Sie streckte ihren Arm aus und hatte beinahe schon die Terrassentür erreicht. Doch ihre Hand rutschte vom Griff ab und sie wurde zurückgerissen. Sabrina Wichert hatte sie erwischt! Kerstin taumelte rückwärts und versuchte, nicht das Gleichgewicht zu verlieren. Mit ihrer unverletzten Hand tastete sie nach dem Sofa. Sie stolperte über das Bein von Sabrina Wichert. Nur die Armlehne des Sofas verhinderte, dass sie schon wieder hinfiel.

»Du kommst hier nicht mehr raus!« Mit irrem Blick stürzte sich die füllige Frau auf Kerstin. Diese rollte sich zur Seite und Sabrina Wichert landete auf dem Sofa.

»Die Polizei ist schon längst unterwegs«, japste Kerstin.

Ganz langsam ging sie rückwärts in den Flur. Sie durfte es auf keinen weiteren Kampf ankommen lassen. Gegen die Körpermasse von Sabrina Wichert hatte sie keine Chance. »Lassen Sie mich einfach gehen. Ich habe Ihnen doch gar nichts getan.«

»Du hast mir gar nichts zu sagen. Jahrelang wurde ich untergebuttert und habe mich nach anderen Leuten richten müssen. Das ist jetzt endgültig vorbei. Hast du gedacht, du kannst hier einfach reinkommen und mein Leben zerstören, während ich dir dabei zuschaue?« Sabrina Wichert hatte sich aufgerappelt und stand nun angriffsbereit vor Kerstin.

Diese warf einen Blick über die Schulter. Der Schlüssel an der Haustür war nicht mehr da. Sabrina Wichert hatte ihn anscheinend abgezogen. Kerstins Herz raste. Sie musste irgendwie zur Terrassentür gelangen. Mit aller Kraft sprang sie nach vorne und rammte ihre Schulter in den Oberkörper von Sabrina Wichert. Die Wucht von ihrem Sprung riss beide Frauen um und sie landeten auf dem Boden.

Kerstin stürzte auf Sabrina Wichert, deren Kopf mit einem dumpfen Schlag auf den Teppich knallte. Mit einem lauten Seufzen entwich die Luft aus ihrer Lunge. Sie ließ die Statue los, die sie bis eben in der Hand gehalten hatte, und hielt sich nun wimmernd den Hinterkopf.

Kerstin nutzte die Gelegenheit und ballte ihre unverletzte Hand zur Faust. Bevor sie jedoch zum Schlag kam, wurde ihr Kopf zur Seite geschleudert. Hinter ihrer Schläfe explodierte reiner Schmerz.

Die Welt vor ihren Augen verschwamm und goldene Lichtblitze zuckten durch ihr Sichtfeld. Kraftlos sackte ihr

Arm nach unten. Ihre Muskeln erschlafften und sie rutschte von Sabrina Wicherts Bauch.

Aus dem Augenwinkel erkannte Kerstin undeutlich, wie diese nach der Statue tastete und sie über den Kopf hob. Gerade noch so eben schaffte Kerstin es, sich auf die Seite zu rollen, und entging so dem schweren Sockel, der ihr beinahe den Schädel zertrümmert hätte.

Sabrina Wichert kreischte frustriert auf. »Hör endlich auf, dich zu wehren«, schnaufte sie. »Du hast doch keine Chance gegen mich.« Viel zu schnell hatte sie sich wieder aufgesetzt und zum nächsten Schlag ausgeholt. Mit ihrem Knie setzte sie sich auf Kerstins Brustkorb und drückte sie nach unten.

»Lass mich los«, keuchte Kerstin. Ein weiterer Hustenanfall schüttelte sie. »Ist eine Katze es wirklich wert, dass du einen Menschen umbringst?« Kerstin hatte keine Möglichkeit mehr sich zu wehren, denn Sabrina Wichert war einfach zu stark. Sie konnte nur noch auf deren Einsicht hoffen.

Aber plötzlich lockerte sich der Druck auf Kerstins Rippen. Mit einem lauten Poltern stürzte Sabrina Wichert von ihr herunter. Stöhnend lag diese nun neben ihr, Blut sickerte aus einer Wunde über ihrer Schläfe. Dann verdrehte sie die Augen, sodass nur noch das Weiße zu sehen war.

Benommen versuchte Kerstin, sich aufzusetzen, doch ihren Armen fehlte die Kraft. Sie sackte sofort wieder zurück auf den Boden. Ihr Schädel dröhnte. Jemand packte sie am Arm und zog sie nach oben.

»Steh auf! Los. Wir müssen sofort hier raus, bevor sie wieder zu sich kommt«, brüllte ihr eine Stimme ins Ohr. Die Person kam ihr bekannt vor, doch sie konnte sie einfach nicht zuordnen in ihrem momentanen Zustand. Gerne würde sie auf die Frau hören, doch sie war unfähig, sich zu bewegen. Unkontrolliert schlugen ihre Zähne aufeinander.

»Mhhh«, versuchte sie zu antworten, doch sie brachte einfach kein richtiges Wort heraus.

»Kerstin, ich bin es, Yvonne. Komm schon. Die Frau ist gefährlich. Im Keller habe ich zwei Leichen gefunden.«

Kerstin hob den Kopf und starrte die Person neben ihr an. Ja, Yvonne. Sie erinnerte sich an sie. Wegen dieser Frau war sie überhaupt hierher gekommen. Sie klammerte sich an die ihr dargebotene Hand und stand mithilfe von Yvonne mühsam auf.

»Die Polizei ist schon unterwegs. Aber wir sollten uns beeilen.«

Gemeinsam mit Yvonne machte Kerstin ein paar wackelige Schritte. Sie fühlte sich, als ginge sie auf Watte. »Können wir nicht eine kurze Pause machen?«, fragte sie, als sie die Terrassentür erreicht hatten. »Nur eine winzig kleine Pause? Ich kann nicht mehr.«

Unerbittlich wurde sie von Yvonne weitergezogen. Im Wohnzimmer ächzte Sabrina Wichert, die sich gerade auf den Bauch rollte. Blutüberströmt schaute sie den beiden Frauen hinterher und nuschelte etwas Unverständliches.

Dann verschwand sie aus Kerstins Sichtfeld. Yvonne führte sie die Treppe hinunter in den Garten. Gemeinsam schleppten sie sich auf die Straße. In der Dunkelheit des Winterabends wurden sie bereits von zuckendem Blaulicht empfangen. Polizisten drängten sich an ihnen vorbei zum Haus. Ein Sanitäter nahm sie in Empfang und brachte sie zu einem Rettungswagen, wo Robin bereits sichtlich besorgt auf sie wartete.

Kerstin schaute ihn an und verzog das Gesicht. »Ich dachte schon, du lässt mich im Stich«, murmelte sie. Dann verlor sie das Bewusstsein.

Epilog

»Scheiße«, fluchte Yvonne und warf den Topfdeckel auf die Arbeitsplatte. Sie hatte sich die Hand verbrannt. Nur noch zehn Minuten, dann würden Kerstin und Robin vor der Tür stehen und das Wasser für den Reis hatte gerade einmal angefangen zu kochen. Yvonne warf zwei Beutel in das brodelnde Wasser, fügte Salz hinzu und ging dann ins Wohnzimmer.

Kathi lag zusammengerollt auf dem Sofa, während ihre Kitten einen unfairen Kampf mit den Teppichfransen führten. Yvonne konnte es sich nicht verkneifen, vor Glück leise zu seufzen. Sie war so froh, dass ihrer Katze nichts passiert war. Zum Dank für ihren Einsatz hatte sie Kerstin und Robin zum Essen eingeladen. Eigentlich müsste sie vor allem Kerstin bis zum Ende ihres Lebens mit warmen Mahlzeiten versorgen und hätte dann noch immer nicht ihre Schuld beglichen.

Diese konnte noch immer ihren Finger nicht komplett bewegen und ihre Rippenbrüche waren ebenfalls noch längst nicht abgeheilt. Wäre Yvonne nicht genau zum richtigen Zeitpunkt aufgetaucht, hätte Sabrina Wichert sie wohl ebenfalls umgebracht. Genauso wie ihren Bruder.

Bei dem Gedanken an Chris traten Yvonne sofort wieder die Tränen in die Augen. Sie hatte ihn zu Unrecht verdächtigt und ihm gedanklich die übelsten Dinge an den Hals gewünscht. Dabei hätte sie in besser kennen müssen. Er war vielleicht unzuverlässig gewesen, doch Tiere hatte er immer mit Respekt behandelt. Doch dass er tot war, umgebracht von der Nachbarin, hatte sie nicht ahnen können!

Anscheinend hatte Sabrina Wichert ihn erschlagen und gemeinsam mit dem Leichnam ihrer Mutter einfach in den Keller geworfen. Danach hatte sie wohl seine Wohnung ausgeräumt und seine Habseligkeiten entsorgt. Bis auf Kathi, die hatte sie bei sich aufgenommen. *Immerhin hatte sie die Katze nicht auch noch getötet. Zu den Mitmenschen grausam, Tieren gegenüber aber ... Wie konnte ein Mensch nur so sein?*

Das Schlimmste an der jetzigen Situation war, dass sich Sabrina Wichert noch immer auf freiem Fuß befand. Während die Polizisten die Haustür aufgebrochen hatten, war sie anscheinend durch ein Fenster auf der Rückseite des Hauses gesprungen und durch den Garten entkommen. Man hatte nur noch Blutspuren von ihr am Fensterrahmen sowie einige Fußabdrücke im Schnee gefunden, die aber bereits auf dem Nachbargrundstück verschwunden waren. Bis heute hatte die Polizei sie nicht auffinden können.

Es klingelte an der Tür. Yvonne schaute auf die Uhr. Die beiden waren zu ihrer Überraschung außerordentlich pünktlich. Sie ging zur Gegensprechanlage und nahm den Hörer ab.
»Hallo?«, fragte sie. Sie bekam keine Antwort.

»Wer ist da?«, versuchte sie es noch einmal. Plötzlich hörte sie einen lauten Knall. Entsetzt ließ sie den Hörer fallen und stürmte in die Küche, um aus dem Fenster zu schauen. Draußen entdeckte sie einige Jugendliche, die lachend und grölend die Straße entlangliefen. Erleichtert atmete sie auf. Jedes Jahr dasselbe Spiel. Bereits Tage vor

Silvester verballerten die Leute schon ihre Knaller.

Sie ging zurück in den Flur, um den Hörer wieder auf die Gegensprechanlage zu legen. Hoffentlich wurde Sabrina Wichert bald geschnappt, sodass wieder Normalität in ihr Leben Einzug halten konnte. In ein Leben ohne ihren Bruder.

Yvonne wischte sich eine Träne aus dem Auge.

Über die Autorin

Mehr auf: www.melisa-schwermer.de

Melisa Schwermer, Jahrgang 1983, verschenkte schon als Kind lieber selbst Verfasstes als selbst Gebasteltes an die Verwandtschaft und hat sich mittlerweile als Thrillerautorin einen Namen in der Buchbranche gemacht. Ihr Psychothriller „Abgewiesen" wurde zum Bestseller und hielt sich wochenlang auf Platz 2 der Kindle-Charts sowie an der Spitze der Kategorie „Krimis und Thriller".

Weitere lieferbare Titel:

Injektion

Injektion 2: Die Rache

Injektion: Die Gesamtaugabe

Abgewiesen

Der Käfer

Diverse Kurzgeschichten in Anthologien

(erschienen im Amrûn-Verlag)

Danksagung

An dieser Stelle möchte ich zunächst bei allen Leserinnen und Lesern bedanken, die vor über zwei Jahren die erste Version der Katzenlady gekauft und gelesen haben. Dabei spiel es keine Rolle, wie gut (oder auch wie schlecht) Ihnen mein Buch gefallen hat. Sie haben mir eine Chance gegeben, und das ehrt mich. Nun bin ich einen Weg durch die Buchbranche gegangen und habe viel dazugelernt. Ich hoffe, wenn Sie diese Katzenlady lesen und vergleichen, fällt das auf. Auch denjenigen, die das erste Mal von mir oder Katzenlady hören. Ich hoffe, Ihnen hat das Buch gefallen. Falls ja, bin ich sehr dankbar, wenn Sie Ihren Freunden von mir erzählen und das Buch außerdem auf der Verkaufsplattforn bewerten. Hinter mir steht kein großer Verlag, der Werbung für mich schaltet und die Veröffentlichung organisiert. Ich bin also auf positives Feedback von Ihnen angewiesen, damit mich weitere Leserinnen und Leser entdecken.

Sollten Sie konstruktive Kritik üben wollen oder Fragen an mich richten, schreiben Sie mir gerne eine Mail oder besuchen Sie mich auf meiner Homepage (es gibt dort immer mal wieder kleinere oder größere Gewinnspiele, melden Sie sich einfach in der Mailingliste an, wenn Sie nichts mehr verpassen wollen):

melisa.schwermer@gmail.com

www.melisa-schwermer.de

Ich bin immer bemüht, so schnell und ausführlich wie möglich zu antworten, auch wenn es manchmal einige Tage dauern kann.

Liebe Beate und lieber Matthias, ihr wart die Ersten, die an mich geglaubt haben. Insbesondere Matthias hat mich immer wieder ermutigt und mir in den Hintern getreten. Vielen Dank. Hoffentlich gefällt euch, was daraus geworden ist. Vielen Dank auch an Katja, die Gespräche mit dir sind so wertvoll und ich bin froh, dass wir uns zusammengerauft haben ;-). In diesem Zusammenhang auch vielen Dank an Astrid, dein Korrektorat, das so viel mehr war, hat unheimlich viel Spaß gemacht und es gibt dem Buch sehr viel.

Scharloddäää, danke, dass du so lange dichtgehalten hast.

Zum Schluss ein (nicht minder wichtiges und) natürlich riesiges Dankeschön an meinen Liebsten, der mal wieder unheimlich geduldig war und immer ganz leise getippt hat, wenn es darauf ankam. Auch wenn du nicht auf diese Art von Büchern stehst, quälst du dich dennoch ab und an mal durch ein Kapitel. Du bist super! Ich liebe dich.

Danke fürs Lesen und bis zum nächsten Mal, Ihre

Melisa Schwermer

Ein letzter Dank geht an Traumstoff für das wundervolle Cover, das sie meiner Lady verpasst hat. Vielen Dank !

Printed in Great Britain
by Amazon

48052176R00154